石油花

李庆霞 / 著

青海人民出版社

图书在版编目（CIP）数据

石油花 / 李庆霞著 . -- 西宁：青海人民出版社，2020.11
ISBN 978-7-225-06042-2

Ⅰ.①石… Ⅱ.①李… Ⅲ.①报告文学－中国－当代 Ⅳ.①I25

中国版本图书馆 CIP 数据核字 (2020) 第 203840 号

石油花

李庆霞 著

出 版 人	樊原成
出版发行	青海人民出版社有限责任公司
	西宁市五四西路71号　邮政编码：810023　电话：（0971）6143426（总编室）
发行热线	（0971）6143516/6137730
网　　址	http://www.qhrmcbs.com
印　　刷	青海西宁印刷厂
经　　销	新华书店
开　　本	720mm×1010mm　1/16
印　　张	14.25
字　　数	220 千
版　　次	2021年1月第1版　2021年1月第1次印刷
书　　号	ISBN 978-7-225-06042-2
定　　价	50.00 元

版权所有　侵权必究

序　言

集中地专门书写柴达木石油女性，这是第一次。

之前，当然有过对柴达木石油女性的书写，且不少，但都没有如此的系统和专注，特别是对"石油家属"这一特定称谓的女性的集中打捞，之前也有，但不够集中，这是第一次。

将写作的目光投向这个女性群体，并集合呈现出来，是对柴达木石油文学的一次丰富和补正。从这个层面上说，李庆霞女士的书写功德无量。

柴达木盆地因其独特的地理自然条件，被称为生命禁区，可想而知在这里开采石油的艰难。几代石油人胸怀"我为祖国献石油"的壮志，在"天际线之上"献了青春献终身、献了终身献子孙，热血肝胆而又壮怀激烈。作为石油工人的妻子，她们嫁给了石油，嫁给了柴达木，也嫁给了言说不尽的艰难和困苦。

然而，面对苦难，她们并不示弱。

女性这个群体，理当被呵护，被守卫。然而，当直面高天流云和瀚海戈壁，她们担当的不仅仅是与男人一道的战天斗地的工作，而且还因为为人女、为人妻、为人母的角色和身份，她们的付出会更多，生活也会更艰辛。可以说，她们是柴达木石油航母的稳定器和压舱石。

作者将书写的女性划分为两类群体，一类是女性职工，一类是女性家属。这两类群体的代表人物，构成了柴达木石油之花。

女性职工，像马崇煊、侯桂芳、孙子华、龚德尊、张勤秀、秦淑娟、李玉真、高风格、刘梦娟、赵婷等人，她们的职业有医生、服务员、石油专家、教师、作家、放线工、采油工、焊工等，她们曾是各自不同时代油田闪亮的星辉，也曾成为油田内外作家和记者们笔下追逐的高光点，其充满正能量的故事让石油人家喻户晓、老幼皆知。她们是支撑柴达木石油的另一片天空。

女性家属，像陈展娥、窦当莲、牟小林、沈淑芹、宋玉花、孙生桂、赵桂珍、周秀珍、朱美荣、朱如意等，她们来自天南地北，因为嫁给了石油人，便来到了柴达木，成了一名石油家属。她们让荒凉的柴达木有了情意，让孤单寂寞的石油人有了温暖，让石油家园有了生机和活力。她们为女则善、为妻则良、为母则刚，以特殊的大爱捍卫了石油的荣光，她们是柴达木石油的另一片大地。

无论是 10 位女性职工，还是 10 位女性家属，她们都是经过 65 年柴达木岁月检验的、精神品质值得信赖的先进人物，有的获得油田和相关单位表彰，甚至有的获得省部级和国家级奖励。她们具有典型代表性。但庞大的万千柴达木石油女性，都有各自的芳华，这里也只能借这些典型代表管中窥豹。

她们，是柴达木的另一片天空和大地。

她们，是青海高原的精神图腾。

她们也幸运地成为这个伟大时代对一种精神、一种力量的回执，因此再盛装走上前台，接受人们的想念和崇拜。

感谢柴达木孕育的石油之花！

青海石油文联作协

目 录

上 篇

生命使者	003
当金山下	017
春华秋实	032
命运之弦	050
勤秀人生	066
师道尊严	075
大地回声	084
生命之光	092
爱的天使	102
文学天空	111

下 篇

爱的天空	131
大漠莲开	139
标兵背后	147
弱肩担道	154
荒原不荒	163
爱生光华	170
命运交响	180
生命之殇	188
手上乾坤	198
牧放昆仑	208

后 记

219

上 篇

她们是女儿,是妻子,是母亲,她们也是柴达木荒原为油而战的"战士"。

她们怀揣报国理想,从祖国的四面八方奔赴柴达木。从此,她们便有了一个新的名字——柴达木石油人。

她们奋战在油田的各行各业,从事着勘探、采油、钻井、医疗、教育、后勤服务等工作。她们将最美的青春奉献给荒原大漠,她们将生命的大爱洒向戈壁瀚海。她们生儿育女,她们敬业奉献。她们看似柔弱,她们实则刚强。

妇科大夫马崇煊、食宿站长侯桂芳、女工程师孙子华、命运多舛龚德尊、采油女工张勤秀、模范教师秦淑娟、石油作家李玉真、放线女工高风格、焊工技师刘梦娟、爱心天使赵婷……

她们,把平凡的生命活出不平凡的光亮;她们,是柴达木石油女性中光辉璀璨的星星。

书写她们,是向所有柴达木石油女性致敬!

生命使者

先天下忧
后天下乐
打开生命之门
托起柴达木的希望
志远艺高
生命使者

曾经，她被称呼为大夫、恩人；曾经，她被称作柴达木的母亲；曾经，她被叫作生命的使者。

她是一个打开生命之门的人，她是一个托起柴达木石油人希望的人；她还是一个女儿、一个妻子、一个母亲。

她曾在柴达木盆地从事妇科工作近30年，先后接生了两代石油人，她把人生最宝贵的青春年华无私地奉献给了柴达木，她把内心全部的情和爱统统给了青海石油人。从医多年，她创造了一个又一个生命奇迹，她给了柴达木的女人们一次又一次重生的希望。

她就是马崇煊。

一

马崇煊，哈萨克族，出生在四川凉山的大山里。自幼家境贫困，父亲过早地离她而去，留下她和弟弟同妈妈、外公艰难度日。

不能不说，马崇煊是个幸运的孩子。虽然小时候的生活时常缺吃少穿，但外公却是个满腹经纶的儒士，家里有一箱子包括"四书"、"五经"、唐诗、宋词在内的国学经典。因此，马崇煊的成长就得到了外公的思想启蒙和文化熏染。

外公时常给她传授做人的道理，比如"生当作人杰，死亦为鬼雄"，比如"出淤泥而不染，濯清涟而不妖"，比如"人生自古谁无死，留取丹心照汗青"，又比如"先天下之忧而忧，后天下之乐而乐"……外公怀着对她的爱与希望，把一个人应该树立的品行和观念，不厌其烦地讲给年幼的马崇煊听。

尽管对于马崇煊来说，这些语句抽象且难懂，甚至每次听外公唠叨时，都有一点漫不经心，但事实上，这些充满光芒、充满力量的语句，却慢慢地印在了她的脑海里，成为她长大之后一直坚持的人生信条。

在她六岁那年，家里发生了一件让她终生难忘的事情。只有一岁多的弟弟生了病，但却无钱请医问药。抱着可怜的弟弟，妈妈哭天抹泪，悲痛欲绝。外公背着手在屋里走来走去，却束手无策。而小小的马崇煊看着可怜的弟弟，也不禁伤心地抹着眼泪。

就在一家人陷入绝境的时候，一位中年男子背着药箱来到了她家。他摸了摸弟弟烧得发烫的额头，诊了脉，并询问了弟弟的一些病况，最终做出判断，说弟弟得的是脑膜炎。

他打开药箱，取出针药，为弟弟打了急救针，还留下几包药，让家人按时给弟弟服用。

一家人感激不尽。外公抱歉地说："谢谢先生救我外孙一命，日后有钱，一定登门致谢。"

男子收起药箱，边外往走边说："先生不必客气，医生的天职是治病救人，钱在其次。富人之家，分文不少；贫苦之家，分文不取。"

弟弟得救了，一家人又恢复了往日的欢笑。而马崇煊心里却永远记住了这个救命恩人，并对医生这个职业有了最初的印象。她觉得当大夫可真神奇，竟然能把快死的人救活过来。

可以说，这次发生在弟弟身上的事件，对她以后的择业产生了巨大的影响。另外，也让她小小年纪就有了不计得失治病救人的想法。

马崇煊到了上学的年龄。由于外公的言传身教和自己的苦学好思,她一上学就考到了三年级。从小学到初中,再到高中,最终她考上了四川成都华西医科大学,成了当地第一个通过学习、考试走出大山的孩子。为此,乡亲们都拿着礼物前来道贺。她成了家人的骄傲,也成了全村人的荣光。

1959年春天,她大学毕业了。

在分配工作上,依她当时的学习成绩,留在大城市没有任何问题。但她响应了国家的号召,自愿报名"到柴达木去,到祖国最需要的地方去"。

对于她的选择,有人表示敬佩与赞扬,有人表示疑惑与不解,有人表达祝福与期待,有人表达担忧与遗憾。所有这些对马崇煊来说,都不重要。重要的,是她立志报国的一颗红心。

带着家人的叮咛和牵挂,带着老师的嘱托、同学的不舍,马崇煊背上行囊独自踏上了西去的列车。

西行路漫漫。外公临行前的叮咛一直盘旋在她的耳边。

"考上大学才是人生的第一步,最重要的是第二步,学以致用,报效社会。"

二

到了青海,马崇煊被分配到位于西宁的青海石油医院,当上了一名实习医生。

实习期间,马崇煊对那些来自柴达木盆地的待产孕妇产生了好奇。通过观察,在马崇煊眼里,这些女人既不像种庄稼的农村妇女,又不像在城里工作的职业妇女,她们身上散发着一种原始朴素又豁达的气质,她们的脸蛋黑里透红,皮肤有些粗糙,全身上下显示出与恶劣的自然环境斗争过的痕迹。而她们身上几乎都有着一种坚韧与乐观的特性。她们是什么人?她们来自哪里?这个问题,马崇煊很快就有了答案。

这些妇女都来自柴达木盆地的冷湖,她们有的是职工,有的是家属,她们的爱人都在柴达木盆地从事与石油有关的工作。由于冷湖自然环境恶劣,医疗条件差,孕龄妇女不适合在那里生孩子。也曾有人冒险在盆地里生育,结果大人、孩子都丢了性命。于是,油田规定,凡是怀孕三个月以上的妇女都得到西宁待产。于是,她们从柴达木千里迢迢来到西宁,等待着小生命的诞生。

这让刚参加工作的马崇煊对柴达木有了更大的好奇。她想，柴达木究竟是个什么地方，竟有如此可怕，连生孩子都存在危险。她看着这些待产的孕妇，暗下决心："我要去柴达木！"

于是，在实习了大半年之后，马崇煊递交了去柴达木的申请书。柴达木正急需补充壮大医疗队伍，她的申请很快得到了批准。于是，她背上行囊，坐上了开往柴达木盆地的大卡车。

从西宁到冷湖，她足足走了四天。一路上，翻山越岭，跨江过河，她饱览了青海壮丽的自然景色。然而，大部分地区却是一望无际、荒凉原始的戈壁与沙漠。这与她一年四季山清水秀的故乡景色完全不同。

她第一次感觉到了柴达木的不同寻常。她第一次体会到青海石油人处境的艰难。她也更加理解了为什么那些挺着圆滚滚肚子的孕妇抛家舍业不远千里跑到西宁生产。

一路上，马崇煊的内心颇不平静。

经历了四天的长途颠簸，马崇煊终于到了冷湖。

她看到，一条街道的两旁分布着帐篷、地窝子和铁皮房。没有树，没有草，没有高楼，也没有公园，这就是冷湖。眼前的景象，让她觉得冷湖就像一个原始的蛮荒部落。

是的，这就是冷湖，这就是当时中国的四大油田之一的青海油田机关驻地。

自1954年开始，经过六年的勘探与开发，柴达木盆地的冷湖正处在油气发展的重要历史阶段。

1958年9月13日，位于冷湖一高地的地中四井在钻至650米时发生强烈井喷，日喷原油800吨，连喷了三天三夜，从此，冷湖油田诞生。上级做出决定：集中力量，猛攻冷湖。于是，大量人员集中到了冷湖，四十多部钻机也分别从茫崖、柴旦等地抽调到了冷湖，一场轰轰烈烈的石油大会战在冷湖拉开了帷幕。

一时间，冷湖的戈壁滩上，红旗招展，人声鼎沸，荒原变热土，沙漠变油海。1959年底，冷湖油田年产原油高达30万吨，约占全国产量的12%，一跃成为当时继玉门、新疆、四川之后的全国第四大油田，为当时贫油的中国做出了突出的贡献。

就是在这样的历史背景下，马崇煊来到了冷湖。冷湖需要她，为油而战的冷湖的女人们需要她。

三

怀揣激情和梦想来到冷湖的马崇煊，第一天就吃了闭门羹。

那时正赶上全国的困难时期，到处缺粮少菜，冷湖天远地远，到处是戈壁和沙漠，一粒米一棵菜都得从内地运进来。因此，生活更是难上加难。从小吃惯了米饭的马崇煊，艰难地咀嚼着从食堂里打回来的又黑又黏牙的馒头，眼泪不由自主地滑落下来。

"就吃这个呀？真难吃！"

然而，即便是这么难吃的馒头也是定量供应，无法填饱咕咕乱叫的肚子。

她好想家，好想老家的白米饭和空心菜。

但瞧瞧周围的领导和同事，大家吃的都是一个样。一个个面黄肌瘦，有的人还全身浮肿，走路一摇三晃。她也只好把眼泪吞进肚子里，忍耐着、坚持着。

当时的冷湖医院，医疗设施非常简陋，医生配备也少，尤其妇科大夫，更是稀缺资源。加之，那个时段，第一批进盆地的石油工人，许多都到了结婚生子的年龄，因此，妇科大夫就格外忙碌。

而马崇煊工作没几天，就碰到了一个大难题。

一天，来了一个难产的孕妇，因为胎盘早期剥离，孕妇被送来时已经奄奄一息，必须马上手术。可那位有经验的妇科大夫恰好休假回了老家，只有马崇煊一个实习医生。工作半年多来，她还从来没有独自处理过这样的情况。看着奄奄一息的病人，她心急如焚，但又束手无策。一个人竟无助地躲到墙角"呜呜"地哭了起来。

"天哪！我该怎么办呀？我该怎么办呀？"

当时的副局长赵启明刚好路过，听到哭声，忙问她怎么回事。她说："病人需要手术，可我不会啊！人命关天啊，我该咋办呀？"

赵启明是一位转业军人，曾担任过卫生处的处长，他鼓励马崇煊说："别怕，病人情况危急，必须马上处理。你就用你所掌握的知识，大胆实践。有什么问题，责任我担！"

领导的劝慰和鼓励给了马崇煊勇气。于是，她擦干眼泪，打起精神，勇敢地上了手术台。手术的过程，她根据实习时所观察到的和书本上所学习到的知识和经验，既大胆操作，又一丝不苟。

一个小时后，孩子成功被取出，病人脱离了危险。

当那个她亲手托出的小生命发出响亮的哭声时，她会心地笑了。

"成功了！成功了！"人们兴奋地传递着这个激动人心的好消息。

紧急赶来的丈夫激动得说不出话来，只一个劲地拉着马崇煊的手说："谢谢！谢谢！谢谢！"

从此，人们对马崇煊的称呼由"小马"改成了"马大夫"。

一天，一位采油厂的女工因临产被紧急送到医院。马大夫听到有病人入院，立刻从办公室冲了出来，二话没说，从车上把孕妇一抱，就一路小跑进了产房。接着，就开始做起了各项检查。

所有在场的人都看得目瞪口呆，不由地赞叹："这小马大夫，也太能干了，一定能当个好医生！"

没过多久，产房里便传来了婴儿"哇哇"的啼哭声，又一个小生命在冷湖这片荒原上诞生了。

或许是冷湖太荒凉了，每出生一个生命，人们都如获至宝。这生命不仅是一个家庭的希望，也是柴达木石油的希望。

有一次，一个钻工的妻子因骨盆狭窄导致生产困难，马崇煊立刻为她采取了剖宫产手术。可孩子被取出来后，浑身发紫，没有了呼吸。她立刻判断可能是由于在腹内受到挤压，导致羊水堵塞了呼吸道。

虽然当时也有吸痰器，但危急时刻她也顾不得那么多了，立刻摘下口罩，直接用嘴对着孩子的嘴，用力地吸了起来。一时间，一股黏稠的液体充满了她的口腔。由于她及时吸出了孩子呼吸道里的羊水，孩子慢慢恢复了呼吸。孩子得救了，那位钻工妻子激动得满脸是泪。

当产妇的钻工丈夫穿着油乎乎的工衣跑到医院，看到妻女平安时，激动得话都说不利落了："对、对不起，马大夫，井上……忙，我来晚了！您受累了！谢谢！谢谢！"

马崇煊的口碑越来越好，柴达木的女人们也越来越依赖她，她成了柴达木生命的使者。

她一次次打开生命之门，托举出柴达木的未来和希望。

四

冷湖地处偏僻，医疗设施和条件都很落后，但马崇煊并不因此怨天尤人，更不因此等、靠、要，而是积极出主意、想办法。

在医疗实践中，马崇煊发现，这里的孕妇流产、婴儿缺氧、产后出血等病症很多，这是柴达木恶劣的自然环境对孕妇产生的影响。她必须通过不断学习和实践寻找针对高原地区孕妇及婴儿更好的治疗方法。

于是，她写信给内地的老师和同学，请求他们帮忙寻找相关医学书籍。20多封信件寄出之后，陆续得到了一些反馈。

每收到一本医学书籍，她都如获至宝，用功研读。上班忙没时间，她只有在工作间隙、夜深人静、周末假日之时抽空学习。她清楚，要想做一个为人民负责的好医生，就得付出比常人更多的努力才行。

经过她的观察和思考，她认为导致柴达木女工流产的主要原因应该是高原缺氧、营养不良、劳动强度大以及心理上的忧虑等综合因素，对此，她提出了"外保内补"的诊疗方案。她利用各种机会向孕龄妇女宣传生育常识和应该注意的事项。对于那些来医院保胎的孕妇，她发动医院的医护人员凑粮票、买莲子，熬制营养粥，为她们增加营养，还发动医护人员陪孕妇聊天、讲故事，以缓解孕妇的紧张情绪。她引导孕妇，利用深长缓慢的呼吸方法增加身体的供氧量。多项措施综合实施，收到了良好的医治效果。

这样的治疗，恐怕在全国也不多见。因为，这已经超出了普通意义上的医疗范畴。

她还结合中医理论，研究出一些妇科疾病的治疗方法。

一个结婚几年始终不孕的女青年找到马大夫，诉说了自己想要孩子的急切心情，也诉说了因为家人对她要不上孩子的担心。马大夫用自己研制的中药药剂，让她吃了两个疗程。40天后，便传来了女青年怀孕的好消息。

还有一个接连怀了三次孕都流产的妇女，也是在马大夫的精心调理之下，成功受孕，并保胎成功。当那位妇女顺利生下孩子时，她的丈夫按捺不住内心的激动，"扑通"一声跪在马大夫面前："马大夫，你真是我家的大恩人呀！我终于有孩子啦！"

马崇煊还根据自己的探索和实践，写了多篇有关高原妇女病治疗及保胎、顺产方面的论文，并一一转化为切实可行的治疗方案提交到医院。获准之后，收到了良好治疗效果。

整日的辛苦和忙碌，让马崇煊越来越理解了外公教她的那句"先天下之忧而忧，后天下之乐而乐"的价值和意义。每当她遇到困难或感到疲倦，她总会不自觉地想起外公的教导。

做一个对社会有用的人，做一个尽职尽责的好医生，这成了马崇煊坚不可摧的信念。

五

然而，天天为病人忙碌的马崇煊，突然有一天竟被下放到南湖农场去劳动改造了。那是1966年的严冬。

一切来得太突然，让马崇煊有些始料不及。但她内心清楚，她是医生，她没做过任何错事，无论别人给她扣什么样的"帽子"，她都要坚持做一个尽职尽责的好医生。

到了南湖农场，她没有被拉去耕田、种地。她的职业是医生，她的使命是治病救人，无论到哪里，无论身处什么样的环境，这一点永远都不会变。这是马崇煊对自己的定位。

或许是她名气太大，她还没有在南湖落稳脚跟，就有人找她看病了。

一个藏族男子抱着一个小孩找到她，焦急地说："您是大夫吧，快救救我儿子吧。"

马崇煊没来得及多问什么，立即查看了孩子的病情。她判断出孩子得了麻疹合并肺炎，情况比较危险，得及时治疗。

但眼前这间简陋的小诊室缺针少药，拿什么救啊？这让马崇煊为难了。

于是，她立即向当时的敦煌县医院求助。结果，敦煌县医院的院长回复她说："我这里已经接收了50多个这样的病人了，病床住满了，实在没有办法。"

她一了解，原来南湖农场有很多孩子都得了这个病。

没有办法，靠不了别人，只能靠自己了。她先给这个男孩做了简单的退烧处理。然后，让男子先带着孩子回家。

之后，她便一边托人备药，一边背起药箱挨家挨户去巡诊，逐一调查走访，建立病人档案，给孩子们打针、吃药。70多个孩子，她一个不落地走访、调查、治疗。

一个多月的时间，马崇煊不顾个人劳苦，马不停蹄地奔波在一家一户巡诊的道路上。在她一次又一次精心诊治下，孩子们一个接一个地痊愈了。就连病情最重的5个孩子，最后也脱离了生命危险。

孩子们笑了，家长们也笑了，而马崇煊却累倒了。她一连躺了三天才缓过劲来。

马崇煊在南湖农场受到了前所未有的尊敬和爱戴。家长们被马崇煊的敬业精神深深感动了，他们纷纷给马崇煊送来水果、茶叶、鸡蛋表达谢意，但都被马崇煊一一谢绝。

为了更好地为病人看病，马崇煊张罗起了那个破烂简陋的医疗室。她托人配备齐全接生器械和做剖宫产手术用的全套工具。她时刻准备着为需要她的病人服务。

有一天，一位哈萨克族牧民赶着毛驴车拉着快要生产的妻子，冒着严寒从20里以外的阿克塞急急忙忙赶到南湖。

一见到马崇煊，他就急切地说："听说你是大夫，请救救我的妻子。"说完，便蹲在地上捂着脸"呜呜"地哭了起来。

马崇煊急忙拉起他，说："别急，慢慢说，到底怎么回事？"

牧民接着说："我妻子已经是第十次怀孕了，前面九个孩子都死了。她今年都42岁了，这次如果再不成，我们都不知道该怎么办了。我们到处打听，才打听到你是个好大夫，麻烦你帮帮忙！"

马大夫立刻查看孕妇的情况——是到了预产期，但胎位不正，需要做剖宫产手术。

于是，她向牧民和他的妻子详细介绍了剖宫产的原理，强调了做手术的必要性，但也提到了可能存在的风险。牧民和他的妻子同意马大夫做手术。

马大夫让牧民把他的妻子留在诊室，自己先回家去，明天再来接人回家。

小小诊所，只有一张床位。为了让孕妇有一个好的状态迎接第二天的手术，马崇煊在病床前用三张凳子拼了一张"床"，然后，把炉子烧得旺旺的，陪着孕妇睡了一夜。她和孕妇聊了许多知心话，让她紧张的心情放松下来。

第二天，在牧民丈夫到来之前，马大夫已经成功地将婴儿取了出来。很幸运，母子平安。

当再一次急匆匆赶来的牧民看到妻子和孩子都平安无事时，激动地用双手将带来的羊肉汤端给马大夫，说："你吃！你吃！"

马崇煊看着年近50岁的牧民，内心有些酸楚。一向不接受病人礼物的她，双手接过饭盒，舀出一勺羊汤，仰头喝下。她的眼泪竟忍不住流了下来。她觉得，这对牧民夫妻为了要一个孩子，竟经历了那么多痛苦，太不容易了。

牧民看着可爱的儿子，嘴里不停地赞叹："神啦，真是神啦！"

在南湖农场期间，马崇煊不管外面如何风云变幻，她都一丝不苟地治病救人。她成了所有人可依赖的朋友。

因此，当她要被派往冷湖五号基地时，大家纷纷流下了不舍的眼泪。

"马大夫，你多保重啊！"

"马大夫，有空回南湖看看啊！"

"马大夫，我们真舍不得你走啊！你走了谁给我们看病啊？"

……

不舍也得舍。马崇煊含泪挥别南湖农场的乡亲之后，被送到了冷湖五号基地。这次，"造反派"不让她当医生了，要让她建房子，干重活。

可是，负责看管她的老罗知道马崇煊是什么样的人，因此并不为难她。当马崇煊再次表明她要治病救人的想法时，老罗不但没有反对，还大力给予支持和帮助。

于是，在冷湖五号基地，马崇煊再一次收拾起一间简陋的医疗室，并想办法让同事帮忙，配齐了所有接生和手术用的工具，她又可以为妇女看病和接生了。

由于马崇煊心里想的全都是治病救人的事。因此，在冷湖五号基地，她自我加压，为自己赋予了相当大的责任。她挨家挨户调查走访，建立了全部女工和家属的病历档案，对每一个怀孕女性的家庭及身体状态都了如指掌。

在那间简陋的医疗室或职工家里，她平均每天都要接生一个新生婴儿，每天都要做四五次妇科手术，其他的检查、开药等工作还不包括在内。因此，有人曾经做了一个统计，马崇煊在冷湖五号基地劳动改造的近两年时间里，共接生了500多个婴儿，各类大小妇科手术2500多次。这么大的工作量，可以想象马崇煊得有多忙、多累。

因为相信马大夫，有的职工不去医院找其他大夫，专门冒着风险到冷湖五号基地请马大夫去位于老基地的家里为妻子接生。为此，马崇煊毫不畏惧，冒险前行。她说："怕什么！我是医生，治病救人是我的天职！"

不得不说，只有心怀责任和大爱，才如此视病人为亲人；只有胸怀情操和使命，才如此全力以赴，并奋不顾身。

六

因为马崇煊一心忙工作，她总是无暇顾及家庭和孩子。

尤其是1971年她的丈夫调去北京之后，照顾两个儿子的重担就落在了她一个人身上。那一年，大儿子九岁，小儿子才七个多月。

作为妇产科医生，工作不分白天和夜晚，随时都有要生孩子的人，因此，马崇煊一天24小时，随时都在应对这样的突发状况，生活极不规律。

有一年冬季的傍晚，狂风夹杂着沙尘刮个不停。马崇煊忙完工作，急匆匆下班往家赶。她担心这样的鬼天气儿子会出去玩。在那之前，曾有一个孩子在大风天迷了路，再也没有找回来。

回到家，看到两个儿子都在，她才放下心来。都晚上8点多了，她和儿子都饿了，于是，她提起水桶准备去打开水回来做饭。

刚出院门，迎头撞到了在狂风中跑来的护士。"马大夫，一个孕妇有危险……"没等护士说完，她把水桶一放，飞快地向医院跑去。

身后孩子的哭声，被阵阵吹来的大风淹没了。

原来，这是个患有癫痫病的孕妇，即将临产，却犯病了。马崇煊赶到时，病人浑身抽搐，四肢蜷缩，腹中婴儿正面临危险，家属站在一旁焦急地抓耳挠腮，不知所措。

马崇煊立刻投入了紧张的工作。她为病人打了针，慢慢缓解了她的癫痫症状。待病人情况稳定后，又做了剖宫产手术。等孩子被成功地从孕妇的肚子里取出，已是凌晨2点了。处理完刀口，安顿好婴儿，马崇煊这才感到又累又饿。她这才想起，两个儿子什么也没吃，不知道睡了没有。她多想立刻回到儿子身边去呀！可是，病人随时都有再次发作的可能，她只能继续陪在病人身边。直到天亮，下一班的护士来接班，她才赶紧往家里赶。

一路上，她的心里有些慌乱。她不知道这一夜两个儿子是怎么过的，小儿子才那么小。

当她接近家门口时，一眼看到了敞开着的房门。啊！完了，昨晚走得太匆忙，竟然连门都忘记了关。

她冲进屋里，屋里没有动静，两个儿子似乎还在睡觉。她走到床边，看到大儿子穿着衣服躺在被窝里，被子盖了半个身子，睡得正香。小儿子却躺在被子外面，身上没盖任何东西。她一摸，浑身冰凉，小小的耳窝里结着冻成了冰块的泪水。

她一下子意识到小儿子被冻坏了。

她有些慌了，赶紧找了件棉衣包起冻僵了的小儿子，起身就往医院跑，一边跑，一边自责。作为一个母亲，她对儿子太不负责任了。如果小儿子有个三长两短，她这当妈的不得后悔一辈子啊！

小儿子患了急性肺炎，生命危在旦夕。

作为医生的马大夫救了那么多人，治了那么人的病，却没照顾好自己的儿子。她内疚，她自责，她悔恨，她害怕，她趴在昏迷不醒发着高烧的小儿子身上，泪水滂沱，泣不成声，这是她第一次在众人面前哭泣，这是她第一次表现出一个母亲的脆弱与无助。

好在老天护佑，在医生的全力救治下，儿子慢慢脱离了危险。她的愧疚之心也才慢慢得到缓解。

后来，大儿子被丈夫接到北京上学，小儿子继续由她照顾。

可小儿子太小，马崇煊又这么忙，也真不是个办法。于是，医院领导特意在医院留了一个床位给她的小儿子。

工作忙时，马崇煊就把只有一岁的小儿子用被子围在病床上，让他自己玩。

大家知道马大夫的情况，于是，都会抽空帮忙去抱抱孩子，哄他玩。

有一次，小儿子从床上跌了下来。哭了一会儿，见没人理他，他就爬出了门，继续在过道上爬，结果被一个眼科病人不小心踢了一脚，孩子哭了，病人吓了一跳。病人把孩子抱回了病房，陪他玩，喂他饭。

可以说，小儿子是扶着医院的墙根学会走路的。

有时候，病床紧张，马崇煊就把小儿子接回家。上班之前，把小儿子放在床上，并在他腰上绑根绳子，系在床头上，任其一个人在家挨饿哭闹。

为了柴达木石油人的后代，马崇煊甚至顾不上自己的孩子。这种先人后己无私奉献的精神，感动着成千上万的青海石油人。

除了儿子，马崇煊作为一个妻子，也无暇顾及丈夫的感觉。而作为一个女儿，远在故乡的妈妈生病了，她也只能让弟弟一个人照顾。因此，对家人，她内心充满了歉疚。

其实，对于马崇煊来说，凭她的医术和能力，调到北京或成都工作不成问题。有时回四川探亲，成都的同学也劝她："柴达木那么艰苦，不如回来吧，这里收入高，气候还好，或者调到北京，一家人可以过个安稳日子。"对此，马崇煊只是笑笑。她知道说什么别人也不会理解她对柴达木的感情，没人知道柴达木的女人有多么需要她、依赖她，也没人理解，她内心"先天下之忧而忧，后天下之乐而乐"的信念有多么坚定。

她热爱柴达木，她更热爱柴达木的人。她属于柴达木，柴达木也需要她。

七

马崇煊病倒了。

其实，她的胆囊在半年前就有了炎症。只因太忙，一拖再拖。今天有人做手术，明天有人做体检，后天有人做结扎，总之，天天都排得满满的。同时，长年累月的忙碌，她饥一顿，饱一顿，冷一顿，热一顿，有时忙起来，一天都吃不上几口饭，喝不上几口水。长此以往，再强壮的身体也受不了。

这一天，她给一个孕妇做剖宫产手术时发病了。手术开始不久，她就开始感觉到前胸和后背的疼痛，一旁的护士觉察出了她的异常，示意叫其他大夫换她。马崇煊却坚持不肯。就这样，伴着疼痛她坚持缝完了最后一针。之后，便瘫在了地上。

马大夫住院了。

消息一传开,整个冷湖的人都知道了。于是,人一拨接着一拨来看她。水果、罐头、鸡蛋、麦乳精等营养品堆了半间屋子,马崇煊拒收一切礼品,让他们都统统拿回去,但没人听她的,仍旧一拨一拨地来了又走。

"马大夫,你太累了,好好休息吧!"

"马大夫,你光顾着别人,却不顾自己,以后可得注意啊!"

"马大夫,你看你图个啥呀,把自己搞成这样子,别太傻了呀!"

"马大夫,这是我给你煮的粥,趁热吃点……"

"马大夫,等出了院,到我家去养着,我给你炖鸡汤补补……"

有的人,一见到病床上的马崇煊,就一个劲地哭。

也有人,只是安静地站着,用沉默地陪伴表达对马崇煊的关爱与心疼。

马崇煊看着这些纯朴善良的人们,内心五味杂陈。她觉得,自己做得还远远不够。

几天后,马崇煊做了胆囊手术。还没等完全恢复,她就又出现在了妇产科的病房里。

在青海油田工作了近30年的马崇煊,先后接生了两代柴达木石油人,救治了成千上万的妇女和婴儿。她是柴达木的生命使者,她是柴达木的母亲。

退休后的马崇煊,是在一个黎明时分悄悄离开油田的。

她受不了送别的场景,她怕看到石油人的眼泪。

当金山下

似柔弱　却刚强

弃荣华　守寒凉

当金山下

弱女子谱写大华章

心似大地　背如山岗

1995年，北京世界妇女大会。

在北京人民大会堂，侯桂芳的名字在1000多位妇女代表的耳畔回响。播音员正在激情朗读石油作家肖复华的报告文学《当金山的母亲》，那感人的故事，令千人动容。

这位大山的母亲叫侯桂芳，她是青海油田的一名石油女工。

在青海油田，侯桂芳曾是一个众人皆知的名字。她以一个女人柔弱的身躯托举起一座大山的巍峨，她以内心坚定的信念温暖了无数长途司机的心。

她是女儿，是妻子，也是母亲。她是弱女子，更像男子汉。她既普通，又伟大。当金山下，她是一种精神；柴达木盆地，她是一个楷模。

一

本来，侯桂芳可以在南方温润的小城当一名能歌善舞的翩翩仙子，可命运难违，她却成了一名与戈壁风沙为舞的石油工人。

1939年，侯桂芳出生在广东梅县一个华侨之家。祖母是缅甸人，家业颇丰。

抗日战争时期，祖父祖母带着父亲回到了祖国。回国后，父亲就读于广东的一所大学，毕业后在梅县附近的一所中学当老师。

祖父母去世后，家庭境况日渐衰落。父亲一个人的工资要养活一个七口之家，日子过得相当艰难。因此，侯桂芳的弟弟们小小年纪，就得上山砍柴补贴家用。她作为家中唯一的女孩，人不但长得漂亮，学习还好，父母心疼她，不让她干重活，希望她在学校好好念书。

13岁那年，有一天放学回家，刚进家门，6岁的小弟就哭着扑到她怀里，"姐姐，哥哥打我！我饿！我饿！"

原来，小弟实在太饿了，就在做饭时偷偷吃了一口米饭，刚好被打柴回来的大弟看到。于是，冲上去就给了小弟一拳，并警告他不准偷吃。

侯桂芳搂着可怜的弟弟，心疼地流着眼泪，"别怕，有姐姐在。"

对于家庭的贫困，对于弟弟的辛苦，侯桂芳看在眼里，疼在心里。她实在不忍心看着幼小的弟弟们为供她读书过早背上生活的重担。于是，一到周末，她就亲自上山去砍柴。

有一次，当她背着一大捆干柴回到家，母亲看着她被树枝刮破的脸和被镰刀磨烂的双手，心疼地说："芳儿，你只管上学，砍柴的事就交给弟弟干！"

侯桂芳用手抹了一把额头上的汗，满不在乎地说："没事的，妈，弟弟们都还那么小，我不能一个人在学校享清福嘛！"

但是，光靠砍柴实在解决不了家庭的实际困难。17岁那年，侯桂芳决定退学，她想早点独立，为家庭减轻负担。

侯桂芳身材高挑，面容俊美，还有着一副天生的好嗓子，跳起舞来像仙女，唱起歌来像百灵，加之聪明勤奋，退学后不久，便以出色的自身条件考入了梅县文工团，成了一名人人羡慕的歌舞演员。为此，一家人也格外骄傲。

本想着，当了演员，家里的生活就会好过起来。但是，天天排练，根本没有多少空闲的时间帮家里干活，而工资待遇也实在微薄得撑不起一家人的生活。

当了一年演员后，侯桂芳觉得演员虽然看起来风光无限，让人羡慕，但不能解决家境的贫困，要这种虚荣，又有什么意义呢？

这时候，远在青海工作的姑姑来了一封信，说柴达木盆地在招工。招上之后在西宁培训两年，然后分到油田工作。柴达木盆地虽然自然条件艰苦，但工资应该比在老家当演员有保障。

侯桂芳决定一试。

从广东到青海，山高水长，路途艰险，一个19岁的大姑娘，当父母的怎么放得下心呀！

"芳儿，生活苦点没关系，青海条件差，又离得远，妈不放心让你去。"妈妈语重心长地劝说着。

"妈，我长大了，什么苦都不怕。与其这么穷困地过日子，还不如就让我出去闯一闯。我打定主意了，我要去！"侯桂芳态度坚定。

于是，1958年的夏天，侯桂芳带着亲人的叮咛和牵挂，带着对家人的责任以及对未知命运的期许，乘上了西去的列车。

两年后，侯桂芳正式成为了一名为油而战的石油女工。从此，她的生命便与柴达木紧紧联系在一起。

二

与广东相比，柴达木盆地恶劣的自然环境的确超出了这位南方姑娘的想象。

上无飞鸟，地不长草，氧气吃不饱，风吹石头跑。白皙俊俏的侯桂芳，踏入盆地没多久，娇嫩的皮肤就被强烈的紫外线晒得发红发紫，缺水干皱。急性子的她走路一快就气喘胸闷，头晕脑涨。

而那个时候的冷湖，正处于开发建设的初期。帐篷、地窝子、干打垒，住宿条件比老家还差。这是侯桂芳怎么也没有想到的。

但是，既来之则安之。再苦再难，都要坚持。

起初，侯桂芳被分配到冷湖油矿当采油工。

她热情大方，勤奋好学，很快就适应了采油工作。

但没过多久，饥饿波及了冷湖。没粮，没肉，也没菜，饥饿的人们开始剥树皮，去野草滩逮兔子，去沼泽地抓野鸭，下到湖里去捞鱼……后来，油田成立了打猎队，组织职工去昆仑山打猎，之后又在南湖、马海、倒淌河等地开辟了农场，开荒种地，一手保生活，一手抓生产。

侯桂芳因为从小在农村长大，种过田，养过猪，样样会干，于是被抽调到倒淌河农场去开荒种地。情况得到好转之后，她又被调到了冷湖制氧厂，成了一名制氧工。

侯桂芳所到之处，总是吃苦耐劳，任劳任怨。她干一行爱一行，不讲条件，只讲奉献，深受领导和同事的好评。

在制氧厂，师傅对她非常关心，眼看着她都26岁了，还没有对象，便替她着急起来。

有一天，师傅悄悄地将一张六寸黑白照片放在了她的桌子上。

侯桂芳下班回到宿舍，见到桌子上的照片，一眼就被那位男子胸前的四枚军功章吸引住了。

"哇，四枚军功章呢，一定是个很厉害的人！他是谁呀？"

师傅向她介绍道："他叫李发科，老家在陕西，1956年从部队转业来的，现在是运输处外运站阿克塞站的站长。人品不错，也很能干，只是到现在还没个对象……"

侯桂芳若有所思。她开始回想自己路过阿克塞时的情景。

"对，我想起来了，是有一个男人，忙前忙后，给大家倒水端饭，话不多。"说着，侯桂芳的脸竟泛出了红晕。

"只是……"

"什么？"

"只是阿克塞与冷湖中间隔着当金山，以后你们见面不太方便。"师傅说出了她的顾虑。

动了芳心的侯桂芳却说："只要人好，远就远点，我不在乎。"

就这样，侯桂芳成了李发科的妻子。

结婚之后，隔着一座大山的这对夫妻，像天上的牛郎和织女。侯桂芳牵挂山那边的丈夫，李发科惦念着山这边的妻子。他们偶尔会利用休息日，搭上便车翻山越岭去相见。

这样下去总不是个办法。于是，侯桂芳向领导提出申请，请求调到丈夫李发科所在的小站工作，只要能和丈夫在一起，干什么都行。没想到，领导很快答应了她的请求。

阿克塞运输站地处当金山下，孤寂、荒凉、条件艰苦，加之车来人往，接待救急，工作相当繁重，很少有人愿意到那里上班。现在竟有人主动提出，领导当然求之不得。

于是，侯桂芳离开了冷湖，来到了当金山下，与丈夫一起以站为家，携手同行，共守荒原。

三

阿克塞运输站位于当金山口老阿克塞的长草沟，只有几间简陋的小平房，主要负责为进出盆地的油田司机和职工提供食宿，为过路的车辆提供加水、救急等服务。

当时，进出盆地的路况很差，全是坑洼不平的土路。无论是货运还是客运，长途行驶，路上总要有个歇脚吃饭的地方。因此，从柳园到敦煌，从敦煌到冷湖，再从冷湖到花土沟，沿途设置了好几个这样的运输站，专门为司机和休假的职工提供方便。

从甘肃进入柴达木盆地，当金山是必经的关隘。站在海拔3648米的当金山口，东接祁连，西连阿尔金，向北是青海，向南为甘肃。阿克塞运输站就位于当金山的山脚下，是进出当金山的必经之地。

侯桂芳和丈夫以站为家，一年三百六十五天，没有星期天，没有节假日，每天从早忙到晚，烧水、做饭，救助抛锚的车辆。

虽然忙碌劳累，但有家有丈夫，侯桂芳并不觉得苦。

一年后，侯桂芳怀孕了。要当妈妈了，侯桂芳既高兴又心酸。自己在这荒郊野外受苦倒没啥，孩子也得跟着受苦，想想真有些不忍心。

责任心极强的侯桂芳，挺着日渐隆起的肚子，依然在站上日夜操劳。忙碌已经成了她的习惯。她体谅司机们的不易，把每个路过这里的人都当成自己的亲人。司机们对她也好，经常带些敦煌的杏儿、枣儿等特产给她。

有一天，怀孕六个多月的侯桂芳正在忙着做饭，突然感觉肚子疼，而丈夫李发科刚好外出不在。

"还没到预产期啊，不会要早产吧！"她有些慌了。

她本想休息一下就好了，可疼痛却越来越剧烈了。

"哎哟，哎哟，来人哪……"她疼得蹲在地上起不来了。

这时，刚好有个年轻的卡车司机路过，打算停车吃个饭就走。刚停好车，就听到屋里的叫喊。他冲进屋里，一看蹲在地上的侯桂芳，立刻明白了是怎么回事。于是，他赶紧把侯桂芳抱到了车上，水都没顾上喝一口，一踩油门就往冷湖方向开去。

当金山里，山路盘旋，坑洼不平，卡车"突突突"地艰难爬行。司机心急，只恨自己开的不是飞机。他还是个没结婚的小伙子，对照顾孕妇没有任何经验。一路上，他的心里像揣了几只兔子，紧张得乱跳。

"这一路上荒无人烟，万一有个三长两短，可咋办？"司机的心都提到了嗓子眼，手心里全是汗。

侯桂芳蜷缩在副驾上，双手抱着肚子，扭曲变形的脸上豆大的汗珠子直往下滚。

三个小时后，他们终于到了冷湖医院。

当气力全无的侯桂芳被抬到病床上时，高原缺氧和长时间颠簸，让她错过了最佳诊疗时间。最终，孩子没有保住。

痛失爱子，侯桂芳的心似乎被挖掉了一块。病床之上，她哭得撕心裂肺，肝肠寸断……

这一年，她28岁。

荒原无语，大山静默。当金山下，一个女人的心在流血。

四

十几天后，侯佳芳把内心的悲伤悄悄收藏起来，擦干眼泪，打起精神，开始没日没夜的劳作，继续为过往行人烧水、做饭，送去关爱与温暖。

1965年，侯桂芳第二个孩子又悄悄在肚子里孕育着。远在广东的妈妈坐不住了，不能再让女儿有半点闪失，她决定来阿克塞照顾女儿。

"这么远的路，妈妈一个人能行吗？阿克塞条件这么艰苦，妈妈能适应吗？"侯桂芳既高兴，又担心。

但想想肚子里的孩子，她还是答应让妈妈来住一段时间。等孩子生下来，再把妈妈送回去。

当妈妈千里迢迢地来到了阿克塞，眼前的景象让她的心凉了半截。

这是一个什么鬼地方啊！荒郊野岭，光秃秃的连棵像样的草也没有。再看看那几间低矮昏暗的小平房，屋里那些简陋的桌椅板凳。妈妈实在无法相信这就是自己的宝贝女儿生活的地方，抱着女儿号啕大哭了一场。她真后悔当初答应让女儿出来，她心疼女儿为了养家糊口生活得这么艰苦。

妈妈的到来，让侯桂芳感觉很安心。这么多年了，为了工作，和妈妈分别得太久了。这下，母女俩可以好好说说话了。

妈妈慢慢地适应着这里的一切。没事的时候，就帮女儿、女婿一起干活。

不久之后，侯桂芳顺利地生下了一个女孩，一家人非常高兴。侯桂芳终于由一个女人变成了一位母亲。他们给孩子取名：李莉。

当金山下，荒原之上，侯桂芳一家三代，条件虽然艰苦，但却生活得其乐融融，平静幸福。

五

没过多久，一场风暴席卷了全国。阿克塞这个最不起眼的荒凉小站也起了波澜。突然有一天，李发科被人带走了，有人说他是反革命。一下子，一家人平静的生活被打得七零八落。

事情来得太突然，侯桂芳一下子蒙了。丈夫被带走后，她一直六神无主，坐立不安，不知道去问谁，不知道丈夫究竟犯了什么错。

晚上，丈夫被送了回来。只见他浑身是土，头发乱蓬蓬的，眼睛肿得像桃子，嘴角上还挂着血痕，侯桂芳一下子抱着他哭了起来。

"这究竟是怎么回事呀，他们怎么把你打成这个样子？"

丈夫双眼含泪，却说不出一句话来。只是静静地走到床边，躺了下去，把身子蜷缩成一团。

侯桂芳擦干眼泪，端来一碗稀饭，放在床头，"发科，吃点饭吧，吃完好好睡一觉。"

丈夫的肩膀开始抖动起来，他哭了，哭得伤心却压抑，嘴里不断重复着一句话："我不是反革命！""我不是反革命！""我不是反革命！"

见此情状，侯桂芳的妈妈也悄悄地抹着眼泪，女儿李莉看到爸爸成了这个样子，更是吓得大哭起来。

当金山下，这间孤独的小屋，在这个寒冷的夜晚，显得更加孤独了。

第二天，侯桂芳也被莫名其妙地带走了。那帮不分青红皂白的"造反分子"让她揭发丈夫李发科的反革命罪行，还让她和李发科离婚。

侯桂芳百思不得其解。

"反革命，怎么会呢？""离婚，有什么理由？"

她和李发科结婚正是看中李发科胸前的那四枚军功章啊！在这个没人愿来的荒凉的运输站，李发科这个站长一当就是好几年。他没日没夜地工作，从没向组织提出任何条件，从没做过任何对不起组织的事情，怎么就成了反革命呢？再说了，结婚这几年，他们一起工作，一起生活，从来没有红过脸吵过架，怎么能离婚呢？

侯桂芳态度坚决，拒绝揭发丈夫，也决不同意离婚。

当她经过一天的折磨回到家时，妈妈关切地问："芳儿，他们打你了？"侯桂芳强忍悲痛，轻描淡写地说："妈，没事，是场误会。"

当她端过妈妈为她熬了又熬、煮了又煮的热稀饭时，眼泪还是忍不住滚在了碗里。

侯桂芳忍辱负重，白天忙前忙后打理运输站，夜晚独自伤心流泪，担惊受怕。她觉得冤屈，但无人讲理。她心疼丈夫，但又无能为力。

有一天，李发科突然被送回了家。他是因为眼睛肿了看不清东西，没法参加劳动才被送回来的。

他一进门，就拉住侯桂芳的手说："桂芳，我对不起你，让你受苦了！我受不了了，我不想活了……"说完，就呜呜地哭了起来。

侯桂芳既难过，又生气。

"发科，我们吃点苦算啥！关键是你要坚强，要挺住啊！孩子还小，妈妈年纪大了，你看我肚子里的孩子马上就要出世了，你可不能舍下我们不管呀！"

面对此情此景，妈妈也走出来劝李发科。

"发科啊，人哪，还得往远里看，越难越要扛。你是男人，不能倒下啊……"

李发科紧紧握住妈妈的手，泣不成声："妈，让你受苦了，发科对不起你啊！"

晚上，李发科躺在床上，看着面容憔悴的妻子，他用粗糙的大手轻抚着妻子的头发和面颊，声音颤抖着说："桂芳，这些年，让你和妈妈受苦了。结婚这几年，你跟着我，没过上好日子，如今却又因我受连累……"

没等他把话说完，侯桂芳就捂住了他的嘴。

"发科，生活苦点没啥。只是苦了你，不知道这样的日子啥时候是个头啊！"

这一夜，他们都没睡着。

第二天，侯桂芳挺着大肚子早早就起床来到了伙房，她要为出早车的司机准备早餐。

她把刚烧开的一大锅水从炉子上端下来，放在地上，准备用另一个锅蒸馒头。或许是身子太重，又或许是因为一夜没睡好的缘故，她一转身，竟不小心踩翻了开水锅。

"啊！"她一声惨叫，随之身体倒了下去。

一时间，开水漫了一地。她只觉得身子左侧从腿到脚火辣辣得疼。她一边忍着疼，一边努力地向门口爬去。

一爬到门口，就大喊："有人吗？救救我！有人吗？救救我呀……"

这时，刚好有个小伙子在发动车，听到有人喊，立刻跑过了过来。一看是侯桂芳，忙问："侯师傅，你怎么了？"

"被开水烫了，赶紧送我去医院！"

小伙子立刻把她抱到车上，急忙向阿克塞县医院驶去。

到了医院，一位哈萨克族大夫立马查看。侯桂芳疼得脸都变了形，烫伤的部位红肿得像腊肠，还起了很多水泡，有的正往外流黄水。

检查完，大夫说："得打半麻，这样的疼痛，男人都受不了啊！"

"会不会影响肚子里的小孩啊？"一个护士担心地说。

"都什么时候了，保大人要紧！"

于是，大夫果断为侯桂芳打了麻药，算是暂时止住了痛。

小伙子赶紧去石油局医院报了急救。

第二天，侯桂芳被接到了冷湖石油医院。在医生护士的精心护理下，她腿部的烫伤逐渐恢复，而孩子也成功保住了。

住院29天后，侯桂芳生下了她的第二个孩子，是个男孩，起名李红。

孩子长得很结实，这让侯桂芳松了一口气。但一想到丈夫还不知道什么时候才能回家，侯桂芳的心里顿时有了沉重之感。儿子一出生，就要面对残缺的家庭。现实真是太残酷！

妈妈心疼侯桂芳，知道女儿心里苦。因此，她放弃了回广东的想法，一直默默地陪在女儿身边，帮她带孩子，替她烧水、做饭、打扫卫生。再苦再难，也得一起挺过去，这是一个妈妈的无私与大爱。

当金山下，两位母亲，一对儿女，相扶相携，共度艰难。

六

有一天，终于雨过天晴了。

李发科回来了，造反派自此也就彻底忘记了阿克塞，忘记了李发科。一场风暴就这么悄无声息地结束了，像来时一样突然。

李发科终于与家人团圆在了一起。

作为丈夫，作为父亲，李发科感觉愧对妻儿老小。于是，他暗下决心，余生一定好好工作，好好照顾家人。

然而，李发科的身体越来越差，最后竟被诊断为食道癌。他还这么年轻，竟得了这么重的病，一下子心灰意冷了。而刚刚看到希望的侯桂芳，一颗布满伤痛的心又一次被击得粉碎。

"老天爷，为什么命运对我们如此不公啊！"

侯桂芳叫天天不灵，叫地地不应。

医院给李发科开具了转外就医的证明，他要回陕西老家去治病。

临走前的那天晚上，侯桂芳忙着为丈夫收拾东西。

李发科坐在床上，看着忙前忙后的妻子，想着她刚到阿克塞的俊俏容颜，如今却充满了沧桑和疲倦。她才三十出头的年纪，却像是四十多岁的样子。他想到，她一个女人家，上有妈妈，下有幼女、小儿，工作那么繁重，生活那么艰难，他却帮不上一点忙。想着想着，就忍不住哽咽起来。

侯桂芳坐到丈夫身边，紧紧地握住丈夫的手，说："你放心，站上、家里有我在，不用你担心。只是我不能陪你一起去治病，我这心里也真过意不去……"

说着，也忍不住红了眼圈。

"我这一走,还不知道啥时能回来。快过年了,我托人给你买了一台缝纫机,到时你给妈妈、孩子,包括给你自己都做件新衣裳。这些年,你只顾忙工作,连件新衣裳也没买过,真是委屈你了……"

侯桂芳忙问:"哪来的钱买缝纫机?"

李发科说:"从我看病的钱里面挤出来的。"

李发科离开阿克塞,回西安看病去了。阿克塞运输站的重任和一家老小的生活重担又一次压在了侯桂芳一个人身上。

几个月后的一天,没有盼来丈夫,却等来了噩耗。一封来自西安的加急电报送到了侯桂芳手里:夫病危,速回。侯桂芳头"嗡"的一声,差一点晕倒在地。

妈妈扶她坐下,语重心长地说:"芳儿,回去看看吧,站上的事我替你顶着。无论结果怎么样,你自己一定要坚强。我和莉儿、红儿在这里等着你……"

侯桂芳日夜兼程地赶回了西安。看到被病痛折磨得不成人样的丈夫,侯桂芳心如刀绞。她没日没夜地守护在丈夫身边,但依然没有挽回丈夫的生命。十几天后,丈夫走了。

侯桂芳悲痛欲绝。忍痛安排完丈夫的后事,她就匆匆踏上了西行的列车。

一路上,侯桂芳的心像是被挖空了,什么感觉也没有。

当她失魂落魄地回到阿克塞的家,一进门便看到墙上挂着丈夫那张戴着四枚军功章的黑白照片,相框下方放着一台崭新的缝纫机。她再也控制不住内心压抑多天的悲痛,冲出门去,跑到空旷的戈壁上放声大哭起来。

她的哭声伴着漠风在旷野里飘荡回旋,让鸟惊魂,令山动容。她哭她不幸的丈夫,她哭命运的不公,她哭妈妈跟着她受罪,她哭一双儿女可怜……

她伏在一块大青石上,哭累了就睡,睡醒了又哭,忘记了时间,忘记了一切。

善解人意的妈妈没有去打扰她,在家里煮好了粥,静静地等着她。她知道,女儿心里实在太苦了,就让她好好哭个痛快。

也不知道过了多久,当侯桂芳再次醒来,她觉得已经哭不出眼泪了,心里的郁结和压抑似乎也消失了。于是她站起身来,一时间竟觉得自己轻飘飘的,差一点栽倒在地上。

她红肿着眼睛回到屋里,见妈妈正坐在床边悄悄抹泪。她坐到妈妈身边,搂着妈妈的肩膀，轻轻地说了一句："妈，没事了。"

妈妈这才起身为她端来不知煮了多少个小时的粥，莉儿和红儿也纷纷围过来喊她"妈妈、妈妈"。一下子，她感觉空空的心里又满满当当了，消失的力量又回到了体内。

"是啊，老李走了，妈妈和孩子需要我，这个小站也需要我啊！"

自此，侯桂芳再也没掉一滴眼泪。她要用自己的肩膀挑起一家老小的重担。她要接过丈夫的接力棒，全心全意把这个运输站管理好、经营好。

七

侯桂芳把根深深地扎在了当金山下。

十多年来，这个小站上的炊事员和服务员来了又走，走了又来，不知换了多少茬，没有几个人能忍受得了这里的寂寞与荒凉，没有几个人喜欢这样的工作和生活，可侯桂芳一家老小一直坚守着。

四季流转，雪雨风霜，侯桂芳以站为家，忘我工作。她心地善良，意志顽强，把过往客人当家人，用自己的责任和担当，把这个荒凉的小站经营得热心暖肠。路过这里的人，对这位勤劳能干的女站长，无不夸赞，无不敬仰。

当金山上坡陡路狭，一年四季风霜雪雨，阴晴不定，车过当金山，始终是伴着危险前行。因此，进出当金山，车辆抛锚、司机当"团长"的事时有发生。而每一次，侯桂芳都会备上热饭，提了开水去救急，总能让那些身处困境的司机师傅们感到温暖，看到希望。

有一次，运输五大队的一名司机开着一辆货车夜过当金山，可能是太困了，打起了瞌睡，一不留神，车便撞在了山崖上。司机一惊，赶紧下车查看。发现车头的右前侧严重受损，保险杠断了，引擎盖也鼓了起来。他回到车上，试图重新发动，却怎么也发动不起来。

此时，正值天寒地冻的 11 月，山上的温度已降到零下二十多摄氏度。司机冻得浑身直打战，心里却急得火烧火燎。心想，这样待一晚非得冻死不可。但除了等，没有任何办法。

半小时后，终于等来了一辆大货车。货车司机看到有车撞成这个样子，赶紧下车询问情况。由于车重货多，货车司机没法帮他把车拖走，只好快速下山去报救急。

当侯桂芳听说山里有车抛了锚，赶紧备了热饭，提了开水，又到自己房里拿了一床厚棉被，出门挡了一辆过路车，急急忙忙赶往出事地点。结果，车还没走出多远就停下了。也真是的，偏偏这个时候车坏了。司机抱歉地赶紧下车检查。

侯桂芳却等不住了。她想，这么冷的天，司机一个人在山里会冻坏的，一分钟也耽误不得。于是，她下了车，抱上被子，提上饭盒和暖瓶就往前走。

司机叫住她："侯师傅，这么冷的天，这么远的路，你一个人啥时能走到呀？"

侯桂芳头也不回，边走边说："时间不等人啊！去晚了，司机会冻坏的。你修好车再来追我吧！"

在海拔3000多米的大山里，夜黑得伸手不见五指，一个女人，冒着寒风，沿着山路，不顾一切地向前走啊，走！走啊，走！她忘了累，也忘了冷，更忘了怕，她心里想的只有那个挨着冻的司机。

当司机修好车赶上她时，她已经累得气喘吁吁，两腿发软了。

当抛锚的司机看到有人来了，立刻从车里跳下来。还没来得及说什么，侯桂芳就把厚厚的棉被朝他的身上裹去。

"冻坏了吧，赶紧暖和暖和。以后一个人开车可要小心哪！"

绝望中的司机握着侯桂芳的手，眼泪汪汪地说："侯大姐，谢谢你，谢谢你跑这么远来救我。你再不来，我真要冻死了……"

看到司机平安，侯桂芳这才舒了一口气。

类似这样的救急，侯桂芳不知经历了多少次。每一次，她都以最快的速度给受困人员送去饭菜，送去温暖。她的温暖融化了许多人的心。

1979年的夏天，当金山连下了三天三夜的暴雨。洪水泛滥，滚滚而下，冲出了河道，冲毁了道路。

听着震耳欲聋的雨声，看着肆虐的洪水，侯桂芳心急如焚。她担心靠近河沟的库房会被大水冲倒，里面可是阿塞克运输站全部的生活物资啊！如果房屋倒塌，物资就会片甲不留，全站十几个人和来来往往的过路司机、职工的吃饭就成了问题。她祈祷着，希望雨能尽快停下来。

可是，雨根本没有停下来的迹象，甚至越下越大。侯桂芳实在坐不住了，她和妈妈交代了两句，就冲进了雨中。

她先去查看了库房的情况，后墙已经裂开了一条缝。刻不容缓，得抓紧时间抢救物资。她快速地叫来六个工人，她给每人发了一块塑料布披在身上挡雨，并交代道："我们必须以最快的速度把库房里的物资抢救出来，越快越好。我在里面拿，你们在外面接，没有我的命令，谁也不准逃。"

一个工人担心地问："侯站长，这么大的雨，万一房子塌了怎么办？"

"就是因为房子要塌了，才要去抢救东西。如果房子塌了，我被压在了里面，你们只管保管好物资，等雨停了再来挖我。"此时，侯桂芳已经做好了牺牲的准备。

他们来到库房前。侯桂芳一推门，门却变了形。于是，她毫不犹豫一脚把门踹开，快速钻进屋子，开始一件接一件地往外搬运物资。

猪油、青油、大米、面粉……

侯桂芳每搬一件，就感觉房屋的裂缝扩大一寸。她不是不知道面临的危险，但为了大家的口粮，为了公家的财物，她已经顾不得自己的安危了，甚至连自己的妈妈和儿女都抛在了脑后。

能多抢一件是一件，这是她唯一的想法。

半个小时后，物资全部抢运了出来。侯桂芳一身泥水从屋里钻了出来，刚走了两步，屋子轰然倒地。她双腿一软，差点跌倒在地。

当侯桂芳满身泥水，湿淋淋地回到自己的小屋后，妈妈已经为她准备好了干净的衣服，并熬好了粥。看到女儿平安无事，妈妈提到嗓子眼的一颗心才放了下来。

"看你淋的，累坏了吧！赶紧换个衣服喝碗热粥暖暖身子。东西搬完了吗？"

"搬完了。库房也塌了。"

"房子没了还可以重盖，只要人平安，东西保住，就是万幸啊！真是谢天谢地。"

侯桂芳的无私奉献和敬业精神，得到了领导和职工的广泛认可和高度赞扬。她把一个普普通通的小站经营得远近闻名，好评如潮。

侯桂芳因表现突出，曾多次被评为局级、省级劳动模范及全国"三八"红旗手。对于这些荣誉，她当之无愧，且名副其实。

当金山下，侯桂芳俨然活成了一种精神。

八

其实，坚守在当金山下的侯桂芳不是没有机会离开，但她却自动放弃了这样的机会。

1982年的春节，侯桂芳带着妈妈和两个孩子回广东探亲。二十几口的大家庭，三十多年来，第一次聚得这么齐全。于是，一家人借着春节的欢乐气氛，谈新叙旧，把酒言欢。

侯桂芳的舅舅在缅甸开当铺，近些年发了财。他知道姐姐和外甥女一家那么多年在荒凉的大西北生活得不容易。如今，姐姐已近七十岁高龄，他非常想带姐姐及桂芳一家一起出国，和他一起去过好日子。

于是，侯桂芳的舅舅悄悄地向侯桂芳和自己的姐姐说了他的想法。

侯桂芳态度坚定地说："舅舅，谢谢你的好意，心意我领了。我在柴达木已经工作生活了20多年，已经习惯了那里的一切，也舍不下那里的工作。虽然那里自然环境不好，但人好……"

舅舅又劝自己的姐姐说："姐姐，桂芳有她的工作，不走我能理解。你都这么大年纪了，还要跟着到戈壁滩里受那个罪，我这当弟弟的怎么忍心呢！你跟我去缅甸，好好享几年福吧！"

侯桂芳妈妈却说："桂芳一个人在那里，我不放心。我这把老骨头享不享福也不在乎了。我只想帮着桂芳一起把两个孩子拉扯大……"

妈妈的话，让侯桂芳眼窝一热。她清楚，这些年为了她，妈妈吃了不少苦。有妈妈在，她安心。

于是，春节过后，舅舅带着遗憾和对姐姐的心疼回了缅甸。

而侯桂芳带着妈妈和一双儿女乘上了西行的列车。

当远处闪着银光的当金山出现在他们的视线时，侯桂芳兴奋地指着前方，大叫起来："看，当金山，我们到家了！"

是啊，他们到家了。他们的家就在当金山下……

春华秋实

心向昆仑
志在荒原
寻油觅气敢为先
为油而战
一身肝胆

柴达木盆地是一个富含石油、天然气等多种资源的"聚宝盆"。

自20世纪50年代进行石油地质勘探与开发以来,至今已走过了65个年头。

几十年来,青海油田从无到有、从小到大,一代又一代石油人战戈壁、斗风沙,在荒无人烟的瀚海为油而战,薪火相传,谱写了一曲"我为祖国献石油"的英雄赞歌。

美国地质学家华莱士曾说过:"石油在哪里?石油在地质家的脑子里。"

的确,石油(天然气)这种经过亿万年沧桑巨变且深藏于地下的宝贵资源,人类要想成功发现并开采,过程漫长,工艺复杂,着实需要科学与智慧。

科技是第一生产力。油田要发展,科技要当先。科技兴油,始终是青海油田建设发展过程中坚定奉行的工作原则。

在青海油田诸多科技工作者中,曾有一位女工程师卓尔不凡,成绩斐然。她心向昆仑,志在荒原,以自己非凡的学识、毅力和担当,务实创新,为青海油田的可持续发展殚精竭虑,倾情奉献。

她的名字早已载入青海油田勘探开发的光荣史册；她的精神依然还在广大科技工作者中口口相传；经她发现的油气构造依然源源不断地为祖国的发展奉献着能源。她是油田的骄傲，她更是女性的楷模。

她就是孙子华。

一

孙子华注定与地质有缘。

20世纪40年代，孙子华出生在四川岷江边一个风景优美的小城。后随父母来到陕西咸阳，度过了她的少年时代。

她的家庭是典型的知识分子家庭，父亲是西北工业大学的数学教授，母亲是一名中学生物老师。从小生活在这样的家庭环境中，不得不说，她是幸运的。她性格开朗，品学兼优，是一个标准的好孩子。

她爱读书，爱幻想，经常沉浸在《少年文艺》的故事里。

说来也怪，在各种各样的故事里，她并不喜欢大多数女孩子都喜欢的情感故事，反倒对野外探险、戈壁寻宝、深山探矿等故事充满兴趣。她时常陷入故事所描述的场景里，跟随着故事中的主人公翻山越岭，风餐露宿，探险寻宝。她迷恋在广阔天地间行走的感觉。

爱唱歌的姐姐教给她许多歌曲，有俄罗斯歌曲、新疆民歌、革命歌曲……其中，诗人李季的《柴达木小唱》让她难以忘怀。

辽阔的草原望不到边，
云彩里悬挂着昆仑山。
镶着银边的尕斯库勒湖，
湖水中映照着宝蓝的天。
这样美妙的地方哪里有啊，
我们的柴达木就像画一般。

她一次一次想象着诗中的景象，内心充满了向往。

"如画的柴达木，有机会我一定去看看。"她心想。

可是，对她影响最大的，却是那首《勘探队员之歌》：

是那山谷的风，
吹动了我们的红旗；
是那狂暴的雨，
洗刷了我们的帐篷。
我们用火焰般的热情，
战胜了一切疲劳和寒冷。
背起了我们的行装，
攀上了层层的山峰，
我们满怀无限的希望，
为祖国寻找出丰富的矿藏！
……

这充满豪情的歌词，这充满力量的曲调，使孙子华的内心产生了奇妙的变化。

"我要学地质，我要为祖国寻找丰富的矿藏。"这竟成了孙子华内心升腾的渴望。

1960年，她初中毕业，本打算报考西安地质学校，但是，这一年地质学校不招生，她只好报考了西安市阿房区师范学校。她自我安慰：能当个好老师也不错！

没想到，两年后的1962年，国家实行"调整、巩固、充实、提高"的方针，开始缩减教育战线，她就读的学校被"调整"掉了。学校解散，她失学了！但是，机会也来了，她可以去实现自己学地质的梦想了。

她拼搏了一个暑假，补习了俄语及物理、化学、历史等高中课程，顺利地插班上了高中三年级。

一年后，她参加了高考，成绩还不错。在选专业报志愿时，爸爸建议她学数学，姐姐劝她学物理。但是，她早有了自己的打算，那就是学地质，要为祖国找矿。她填报的志愿书上，前三个志愿全是地质学校。

最终，她梦想成真，顺利地被北京地质学院的石油及天然气地球物理勘探专业录取。

二

孙子华注定与柴达木有缘。

1968年，她大学毕业了。她又站在了人生的十字路口，一个重大选择在等待着她。

新疆、玉门、银川，很多油田都在招人，但在她的脑海里，一直念念不忘李季《柴达木小唱》里描述的望不到边的戈壁、悬挂在云彩里的昆仑山，以及那镶着银边的尕斯湖。

她向往柴达木，向往戈壁大漠的宽广与辽阔。于是，她义无反顾地选择了青海油田，选择了远在天边的柴达木。

那个时期，青海油田的发展正面临新的抉择。冷湖油田经历了十年的发展，从最高年产30万吨位居全国四大油田之首，逐渐降到了年产几万吨的低产油田。没有新的储量做后盾，没有新的发现做支撑，青海油田一度陷入了可持续发展的艰难困境。

为了寻求新的突破，上级研究决定"重上西部建家园"。于是，全局上下齐动员，调兵遣将，重整旗鼓，组织了1000多人的队伍挥师西部，进行更大范围的石油勘探。

因此，那个时候的柴达木西部，正张开热忱的怀抱迎接着来自四面八方的知识分子和有志青年，一同加入寻油找气的石油会战。

孙子华来了，同她一起前来的还有作为她同班同学的恋人朱惠名。报到后，他们被分配到位于大柴旦的青海油田东部勘探处。

那个年代，新分配的大学生要先下放到基层进行劳动锻炼，并且规定，谈恋爱的人不能分到一个队。

于是，孙子华和朱惠名一个被分到294地震队，一个被分配到293地震队。

从此，这对恋人虽近实远，各自忙碌在自己的勘探工区，风餐露宿，用脚步踏勘着柴达木的角角落落。

孙子华的工种是放线工。每天背着20多斤重的电缆和检波器，步行二三十公里，为接收地震信息，不停地放线、收线、插检波器。所到之处，都是人迹罕至的不毛之地。这样的工作看似简单，却是地震勘探的基础工作，直接关系到地震资料的好坏，她干得很认真。

为了提高工作效率，她试制了烟盒大的万用电表，又帮放线班的小伙伴们一人配了一个。

她说，我是国家培养的大学生，就算是当工人，也得当个好工人。

尤其第一次出工的红柳泉，竟然就在她从小到大不知想象过多少次的昆仑山下尕斯湖畔。这让她欣喜若狂，感慨万千。

她远眺昆仑，白皑皑的雪帽在阳光下闪着银光，这就是中国第一神山，中华的"龙脉之祖"啊！近看镶银边的尕斯湖，如同一块如玉宝镜，映衬着天的蓝和云的白。远山近湖，竟让孙子华感觉如梦一般。

她真想告诉远在几千里之外的姐姐：我到了昆仑山下，我到了镶着银边的尕斯库勒湖边！一时间，她忘记了高原缺氧造成的心慌气短，只想与姐姐分享她的快乐。

她想好好感受一下柴达木这如画般的倩影，好好体味一番昆仑山的神奇与伟大。

据《山海经·大荒西经》记载：

西海之南，流沙之滨，赤水之后，黑水之前，有大山，名曰昆仑之丘。有神，人面虎身，有文有尾，皆白，处之。其下有弱水之渊环之，其外有炎火之山，投物辄然。有人戴胜，虎齿，有豹尾，穴处，名曰西王母。此山万物尽有。

据《淮南子·地形训》记载：

（昆仑虚）中有增城九重，其高万千里一百一十四步二尺六寸。

关于昆仑山的记载和传说，自古以来总是让人充满遐想。能亲眼看到昆仑山，能如此近距离地感受昆仑山，孙子华感到无比幸运。

从那一刻起，孙子华就把昆仑之虚和尕斯之湖深深地装进了自己的心里。

她相信，迟早有那么一天，她会以另一种方式走近它们，认识它们。

这是柴达木给予孙子华的最美印记，也是孙子华立志献身石油事业的良好开端。

三

苦中有乐。孙子华在基层一干就是五年。

这期间，她充分体尝到了青海石油人的艰难与辛酸。同时，她也深深感受到柴达木石油人精神之崇高，意志之弥坚。

地震队的工作，是地球物理勘探工作中最基础的工作。所到之处，都是无人踏足的荒凉地带，自然环境恶劣，地形地貌复杂，没有路，没有水，没有通信设施，因此，生活条件异常艰苦，工作条件格外艰难。地震队的工作，是通过放线、定点爆破，以求取来自地层深处的震动资料，为科学解释地层提供参考依据。

戈壁沙漠，吃水是最为困难的事情。因为地震勘测地域广、战线长，所到之处，没有现成的可饮用水，只能从阿拉尔等地的水源地运送，野外施工期间，会经常因为路途遥远或车辆紧缺等问题，水不能及时送来，或送不进来。

在红柳泉施工时，由于通向水源的路没有修通，全队人员只好喝探井中打出来的水，有一股臭鸡蛋味，喝得全队人都拉肚子，队上小药箱里的氯霉素都发光了，也没止住。

后来，队里组织大家修路，他们用红柳枝、芦苇秆和砂石，铺出了一条通往阿拉尔的便道，这才喝上了好水。

盆地里的所有生活和生产物资均由西宁、兰州或敦煌拉运进来，路线遥远，运送周期长。因此，好好的菜等到了盆地不是蔫了就是烂了。因此，平时的伙食总是以罐头和海带、粉条等干货为主。吃到后来，所有的罐头都是一个味儿。

有一次，294地震队在冷湖鹊桥地区施工。

一天，孙子华随测量组出工。因为事先已经知道工区有翻浆地带，大家在车上准备了木板，遇到翻浆地带就给车轮下铺木板并戏称：给汽车铺木轨。这天平安无事，下午5点多就完成了任务。

就在大家高兴地准备返程时，却出了事。大家一时高兴，竟忘了铺木轨，卡车压破了盐壳，车轮陷了下去，盐壳下面是泥浆，也不知道究竟有多深。垫，不行！挖，也不行！

从下午5点干到晚上8点，车不但没有挪动，反而越陷越深。看看天色，太阳已落山了，天马上就要黑了。

于是，组长决定，弃车步行回营地，第二天再来拖车。

干了一天的活，大家带的水早就喝光了，为了能坚持走回去，他们放出汽车水箱里的水每人喝了几口。那水的味道呀，水锈味加上汽油味，别提多难喝了！

从车辆下陷的地方到营地，距离20多公里。这么远的路途，对于累了一天的地震队员来说真是一个不小的挑战。

但是，除了走，没有任何办法。否则，戈壁的夜晚会把人冻僵的。

测量组有两个老师傅，四个小伙子，加上孙子华共七个人。

走着走着，老师傅落在了后面，小伙子跑到了前面，孙子华落了单。天越来越黑，脚下的路坑洼不平，孙子华深一脚浅一脚，几次被深浅难辨的沟坎绊倒，然后摸黑爬起来，继续前行。

四周一片漆黑，前后都看不到人，只有天上的星星一闪一闪的，她有些慌张起来。为了驱逐恐惧，她大着胆子唱起歌来。

是那山谷的风，
吹动了我们的红旗；
是那狂暴的雨，
洗刷了我们的帐篷。
我们用火焰般的热情，
战胜了一切疲劳和寒冷。
……

听到她的歌声，远处的队员也随声附和起来。这样，孙子华和她的同伴们就都不害怕了。

漫长的夜行，孙子华用歌声为自己、为队员壮行。

那一夜，孙子华格外想念几十公里之外已经几个月没有相见的爱人。那一夜，孙子华唱遍了所有学过的歌曲。那一夜，永远印刻在了孙子华的内心深处。

夜黑得密密实实，只有远处营地微弱的灯光引导着她前行的步伐。当她跌跌撞撞回到营地时，已是夜里 12 点多钟了。她的样子别提多狼狈了，满脸通红，鬓角的头发上挂着汗水结成的冰凌，不知道是热还是冷。

在地震队工作那几年，她除了完成队上固定的工作任务，还自修了大学的专业课程。因为，上大学那几年，正赶上"文化大革命"，停课、游行，学校也失去了宁静，课程被耽搁，学业被荒废。因此，她要抓紧时间把在学校的损失统统补回来。

爱学习，爱思考，是孙子华从小养成的好习惯。艰难的生存环境并没有让她有所改变。爱唱歌，爱运动，是她的性格，艰苦的野外工作也没有让她丝毫消沉。

她爱唱歌，还会记歌，每当听到一首好歌，她就会迅速记下来，抄成大字报，每天晚上政治学习之前，教给大家唱。这让单调枯燥的野外生活有了色彩，有了欢乐。

她还兼管队里的小药箱，跟处里的王大夫学了一晚上医药知识，就敢给人打针看病，还曾经救了一个患急性阑尾炎的小伙子和一个患急性胆道蛔虫病的姑娘，真够胆大的！

那时的 294 地震队，是个朝气勃勃的集体。

每天出工归来，孙子华就和队友们一起打排球、打篮球、跳绳、跳高、投手榴弹，热闹异常。

在这样艰苦的环境中，她树立了"自己动手，样样都有"的思想观念。勘探队的师傅和队友们教会了她许多野外生存的本领，使她逐渐成长为一个合格的石油勘探队员。

几年的野外地震勘探工作，让孙子华走遍了尕斯库勒、切克里克、油砂山、红柳泉、狮子沟、大柴旦、马海等柴达木的角角落落。这让她对柴达木盆地有了更宏观的认识。

在基层淬过火的孙子华，即将迎来新的责任和使命。

四

1973 年，在野外工作了五年之久的孙子华，调到了青海油田勘探处综合研究大队，从事地震资料综合解释工作，开启了她另一段忙碌且成果丰硕的职业生涯。

在记述孙子华的科技攻关之前，我们不妨先对柴达木盆地的前世与今生加以说明。这有助于我们更好地理解青海油田的科技工作者们面临的地质环境。

很久很久以前，青藏高原的大部分地区被一个叫特提斯海的古海洋覆盖着，柴达木盆地当时也是一片汪洋。在那片浩瀚无垠的大海里，生活着三叶虫在内的许多古生物物种。

后来，地壳开始发生移动，欧亚板块开始漂移挤压，喜马拉雅山脉隆起，成了亚洲的脊梁，青藏高原也如史诗般诞生。

剧烈的造山运动造就了南部的昆仑山、北部的祁连山、西部的阿尔金山，同时，也导致众多水流向低洼处汇聚，形成盆地。盆地与四周发生地质断裂，海水流向低处，特提斯海逐渐缩小。

接下来，又由于板块的俯冲及碰撞作用，柴达木盆地南北两侧和海槽开始封闭，引起强裂构造运动，使得柴达木盆地相对隆起。

从 3.2 亿年前的石炭纪到 2.2 亿年前的三叠纪，柴达木盆地继续由海洋到陆地过渡，并有少量火山喷发。

2 亿年前，由于板块运动的进一步作用，柴达木地区海水逐渐消失，从而成为陆地。

800 万年前，随着印度洋板块与亚欧板块碰撞作用的加剧和青藏高原的快速隆起，柴达木地区最终完全与西侧的古地中海隔开，并与周边的昆仑、祁连等山系产生高差，从而成为今天世界最年轻的高原盆地。

多次造山作用在变化多端的地应力条件下，形成了挤压型、直扭型和旋扭型三类构造型式，交织成一幅复杂多变的应变图象。

而在这些复杂的地质运动过程中，大量的植物和动物死亡，自身的有机物质不断分解，与泥沙或碳酸质沉淀物等物质混合组成沉积层。

由于沉积物不断地堆积加厚，导致温度和压力上升。随着这种过程的不断进行，沉积层变为沉积岩，进而形成沉积盆地，这就为石油的生成提供了基本的地质环境。

由于柴达木盆地是青藏高原受挤压破坏最严重的地区，地质构造极为复杂，堪称世界性复杂地质构造的"集大成者"。有个形象的比喻，说柴达木盆地就像一个摔到地上然后又被人重重踩了一脚的瓷盘子。因此，勘探难度极大。

由于地质结构特殊，国内成熟的找油经验在柴达木盆地并不适用，无法照搬硬套。即便是盆地内相隔不远的区块之间，勘探模式也都无法完全等同。每一个区块都有自己的成藏规律，每一个区块都有自己的特点和个性。因此，这就需要科技工作者们不断探索，不断认识，不断总结，不断发现。

而每一次探索都是一次挑战，每一次发现都是一次突破。

孙子华就是其中的一位挑战者和发现者。

五

在勘探处综合研究大队起初的日子里，孙子华跟着师傅周明道一起工作。

师傅对她的影响很大。他虽然没有上过大学，但有责任心，工作能力也强，且工作经验丰富，工作中给予了孙子华很多的帮助和指导。

师傅常说："野外工人那么辛苦地求取资料，我们没有理由不认真对待。我们的工作是否准确，直接影响油田的找油成果。"

师傅的话，孙子华牢牢记在心上。加之几年的野外工作实践，她当然理解资料的来之不易。因此，她工作起来勤奋务实，认真严谨。

老地质师汪祖智，是孙子华的又一位师傅。他1956年北京地质学院毕业后就来到了柴达木。20多年来，他踏遍了盆地的山山水水，柴达木的地质资料都在他的心里。他工作严谨认真，对年轻人的指导也非常耐心。孙子华跟他学习地层生储盖条件的分析和构造圈闭的地质评价，增长了不少知识。

1977年夏天，他带着孙子华去了北京的中科院地质力学研究所，向地质学家们请教柴达木盆地的地质力学问题和构造展布规律，又去涿州物探局向专家学习先进的资料解释方法，使孙子华的工作水平有了较大提高。

孙子华由于工作表现出色，没过几年，便成了勘探处研究大队柴达木西部南区解释组组长。她带领解释组的成员对比资料，研究构造，不断探寻地壳深处的秘密。

1980年，她和同事们第二次对砂西地区进行了解释，绘制了构造图。根据他们的研究成果，在该地区布了几十口井，拿下了该地区的含油面积。

1982年，地震勘探发现了乌南构造，他们加班加点及时提供了构造图。

那时正值春节，家家户户都在准备过年，孙子华却除了工作什么也顾不上。她和同事们白天晚上连轴转，终于及时绘制出构造图，并于2月份提出井位。7月份就传来了出油的好消息。这一年，他们还对柴西南区进行了综合解释工作，对1973—1981年的1900公里时间剖面进行了系统解释。

同年年底，孙子华和张福祥编写的《柴西南区地震地质综合解释报告》获得局科技成果奖。

1984年夏天，孙子华所在的勘探处研究大队合并到局地质研究院，从冷湖搬到敦煌七里镇石油基地。孙子华解释组分到柴达木西南联队。联队长雷宾足是个经验丰富的地质师。和他一起工作，孙子华的眼界更开阔了，不仅要解释构造，还要学会从地质角度去评价一个构造。

1985年，孙子华在对尕斯断陷地震资料连片解释后，将目光锁定在尕斯库勒湖东边的一片沼泽地上。

这是一片盐沼，冬季也不结冰，地震勘探工作一直上不去，因此在历年来的地震构造图上始终都是虚线。

这片沼泽的东南面，曾钻过一口探井，跃地4井，出过0.24方油。曾有人调侃：若是香油嘛，还能吃一阵子……

孙子华不甘心，这里到底是什么样子呢？

孙子华和全组的同事将历年的成果图和时间剖面图反复进行研究对比。她发现，这片地区的断裂展布形态有点奇怪，很像是一个右旋的风车，而这片沼泽正处在风车的轴部。另外，一条伸入盐沼的测线在末端有抬高的迹象。

"也许这里真有一个旋扭构造？！"

有了这样的假设，孙子华感到很兴奋。

科技不但要有严谨的态度，还需要有大胆的思维，尤其要解放思想，开拓创新。有时候，成功就是多了一个念头，多了一次尝试，多了一种假设，或者多了一种逆向思维。

他们收集了这里所有的零星资料，例如不闭合的剖面资料、以前不认识的资料、以前否定了的异常高点资料，都拿来了，再分析再研究。

经过反复研究和论证，最终，孙子华和她的同事大胆地在挤压盆地里解释出了一条张性正断层，并成功勾画出一个5平方公里的穹隆圈闭构造。取名：跃进二号东高点。跃地4井就在这个构造的低部位。

紧接着，孙子华他们又在雷队长的指导帮助下，对这个构造进行了地质评价和储量预测。

在此基础上，他们编制出了《柴达木盆地西部尕斯断陷地震反射资料综合解释及评价》。报告一出，引起青海油田管理局高度重视。

1986年3月，油田管理局根据孙子华解释小组的研究成果，部署了跃12井，并成功打出了30多米厚的油层。经过计算，探明石油地质储量800多万吨，比预测的还要高。而且，事实证明这里的确是个旋扭构造。

这次尕斯库勒跃进二号东高点构造的发现，是青海油田历史上第一次在没有完整地震测线，不能直接看到隆起形态的情况下，用科学理论为指导，通过分析和假设推断出来的穹隆构造，也是青海油田第一个先由解释组通过综合评价预测出储量，然后再进行实际钻探的构造。

这是一次创新，更是一次历史性的突破。孙子华的创新思维后来成为油田科技工作者经常借鉴的思维方式，由此创造出的直接或间接的经济效益实在难以估量。

正是因为这次发现，让尕斯库勒油田真正走上了前台，一跃成为青海油田的主力油田。

就在这一年，国家批准了青海油田的三项工程建设，即：建设尕斯库勒油田120万吨产能；建设以尕斯库勒油田为主要油源的435公里原油输送管道；在管道终端的格尔木建设年加工原油100万吨的炼油厂。

1993年，三项工程正式建成投产。自此，青海油田便步入了集勘探、开发、集输、炼油和销售一体化的现代化发展道路。

六

柴达木盆地东部三湖地区，蕴藏有丰富的天然气。

1964年，北参三井在钻探过程中起火，冲天大火烧毁了钻机和井口的一切。大火一直烧了20多年。最后，火灭了，北参三井成为一个像火山口一样的大坑。

1976年，勘探队伍再次挺进涩北。在涩深15井钻探完成后的试油作业中，因井下发生强烈井喷，造成薛崇仁、王警民等六名在场的同志壮烈牺牲，血染井场，代价惨重。

明明这里有丰富的天然气，但是，就是查不清楚含气圈闭在哪里。真让人郁闷！

1978年，孙子华在东部解释组工作时，曾经解释过东台吉乃尔湖南面凹陷的地震资料。经过解释，她发现构造顶部有异常，存在"速度低"的现象，但是勾不出圈闭。

后来，局里勘探开发的重点放在了柴达木盆地西部，孙子华也调到西部南区组，东部台南地区的解释只好搁置一边。

之后的十年，科技人员又针对台南做过三次解释，但都没有突破。

1987年4月，孙子华已升任油田研究院物探主任工程师。由于心里一直放不下台南，因此，她在做好技术管理和日常工作的同时，挤出时间研究台南。

可是，新的解释成果图出来了，仍和前人的结果一样，无法勾出圈闭。

她迷惑了，她不甘心！整整两天，她的视线没有离开那新解释出来的构造图。

她终于发现构造图的形态有些不同寻常。一般情况下，地层受挤压产生变形，应该是波状起伏和隆凹相间，为什么这图该出高点的部位却凹了下去呢？

她又仔细研究这个凹下去的大坑，发现坑沿竟在同一个水平线上。于是，她又大胆假设起来：会不会是地层含气造成的假象呢？她又想到，这里应该是构造的最高处，而且存在"速度低"的现象，凹坑的坑沿是平的。

将所有这些因素加以综合分析后，孙子华提出这样的一个推断：会不会这就是气水界面呢？

当她提出这样的推断时，她感觉到了一种前所未有的喜悦。她似乎有种感觉，她碰触到了问题的关键。

但光有假设是不够的，还要有足够的证据证明才行。

为了验证地层含气会使构造顶部的反射同相轴下凹，她设计了一个地层模型，借用涩北一号气田地层速度填入其中。然后，她请同事邹崇新用计算机计算合成地震剖面。与此同时，她也使用自己的方法进行了理论计算。

合成地震剖面出来了！含气部位果真出现了反射同相轴下凹，与她在实际地震剖面上看到的一样。这说明她的推断是合理的。这里就是一个含气构造，是地层含气速度降低，造成了反射同相轴的下凹，这就是一个"速度陷阱"！

往往难题就只是那么一层薄薄的窗户纸，一旦捅破，答案便呼之欲出。

就这样，孙子华解开了台南构造之谜，为柴达木三湖地区天然气的勘探与开发提供了依据。

孙子华又参照绘制地质剖面图的方法，发明出简便可行的"趋势面法"，恢复了台南构造顶部的真正形态，圈闭面积达40—60平方公里，十多年没有解释出来的含气构造，被孙子华她们解释出来了！

紧接着，又对圈闭进行了地质评价和储量预测，预测出台南构造含气层段在800—1600米，预测天然气储量在68亿—86亿立方米。

1987年5月，孙子华和助手吴光大完成了《青海省柴达木盆地东部台南小幅度构造精细解释及含油气评价》的撰写。

在一次油田召开的探井井位会上，孙子华摆事实、讲依据，从容自信地提出在台南打探井的建议。

由于证据充分，理由充足，局长当场拍板："好，下一口探井，就上台南一井。"

同年12月，台南一井开钻。

而孙子华却因劳累过度住进了医院。她多想亲自去看着台南一井开钻，她多想能亲自看到气浪冲天呀！

还没出院，她就等来了好消息：台南一井钻至1000米喷出强大气流，日产天然气百万方。

成功了！

她高兴得几乎要从病床上跳起来。

多少个日夜的煎熬啊，终于有了结果！

台南气田的发现，让孙子华的名字传遍了柴达木的角角落落。

七

作为地震勘探队员,孙子华和爱人朱惠名的家庭,肯定与一般人家不一样。

刚进柴达木那几年,两人各在自己的地震队忙碌着,几个月见不着面是常有的事。经常是,孙子华回大柴旦了,朱惠名还在昆仑山下的阿拉尔;朱惠名回大柴旦了,孙子华又出工去盆地西部了。要紧的事,只能在大柴旦的小屋里留字条了。

记得1970年2月结婚后,两人有8个月没见着面。9月份孙子华回到大柴旦,见到了朱惠名7月份留下的字条:"桶买大了,盆买重了,壶买小了,你凑合着用吧!"丈夫为小家的努力和对她的爱跃然纸上,让她心里暖暖的。

几个地震队之间,没有邮递员,来往信件只能靠各小队的管理员回大柴旦时顺便捎带。几个月见不着信,也是常事。

记得有一次,孙子华在大柴旦巧遇朱惠名队上的管理员,孙子华赶紧把她新买到的一袋橘子交给管理员。当朱惠名在昆仑山下收到这袋橘子时,真是欣喜万分,他与队友们分享了这袋橘子,大家也分享了他的快乐!

几年后,孙子华调回勘探处研究大队,朱惠名调回勘探处生产科,但两人仍然很忙。

再后来,孙子华任地质研究院物探主任工程师,朱惠名任地调公司解释站站长,两人更忙了。

为了节省时间,孙子华把家务事简了又简。平时,别人在家做饭,她去食堂打饭;过年过节,别人在家包饺子烧肉,她炖排骨焖米饭,简单,省事。女儿海仑评价妈妈:没有比你更能凑合的!

1978—1980年,儿子小昆和女儿海仑被先后接回了柴达木,孙子华不可能像别人家妈妈那样给孩子做好吃的,也没有时间盯着孩子写作业。于是,她就给孩子定了个规矩:自己能做的事情自己做,每天的作业,自己检查自己负责,妈妈只负责检查考试卷子,看你学会了没有,不会的,妈妈给讲,粗心错了的,一题一巴掌。

孩子没有了依赖,只好靠自己了。

记得有一次,海仑考了98分,那两分是粗心大意错了的,没说的,两巴掌。下午上学,同学问她:"海仑,你考了全班第一,妈妈给你什么奖?"

"什么奖？两巴掌！"

又有一回，海仑考了60分，战战兢兢地拿着卷子回家，几乎要哭出来。孙子华一看，这一单元她根本就没有学懂，只好耐心地给孩子再讲一遍。

两个孩子看孙子华忙，也想着为她分担。

儿子七八岁就帮孙子华买饭，下菜窖取菜。

有一个暑假，朱惠名在西部南翼山施工，孙子华又要去花土沟开会，怎么办？没说的，小昆背起书包，就跟孙子华出差了。车到南翼山，小昆去工地找爸爸朱惠名，孙子华就去花土沟开会了。一周以后，小昆又跟着孙子华回了大柴旦。

孩子非常懂事，让孙子华感动。

让她没想到的是，在南翼山跟爸爸朱惠名生活的一周，小昆见识了石油勘探队员的工作和生活，以至于多年之后一直念念不忘。

妹妹海仑接到青海后，小昆又当起了妈妈的小帮手，带着妹妹玩、接送幼儿园。

爸爸朱惠名经常不在家，小昆想要帮妈妈挑水，可是，他的个头太矮，水桶都离不了地，怎么挑呢？可小昆执意要挑，孙子华拗不过他，只好在扁担上挂两个小钩，让他挑两个水壶。能帮妈妈挑水，小昆觉得自己像个男子汉了，非常得意。

女儿海仑，也是学着妈妈的样子，努力做好自己的事，尽力帮妈妈干活。七岁以后，哥哥回了北京，她就成了妈妈的小帮手，去食堂打饭，去小卖部买菜，完全像个小大人。

搬到敦煌后，她还帮妈妈做西红柿酱、晒杏干……

三年级暑假，海仑看妈妈那么忙，还要赶回家做午饭，就自告奋勇，承担了做午饭的事。

第一次做饭，她很得意，认真准备了一番，妈妈下班一进门，她就说："洗手，吃饭，米饭丸子汤！"好像她是家长一样。

作为勘探队员的孩子，儿子和女儿从小就学会了自强自立，并且知道孝敬父母，帮助朋友，有着较强的适应能力，这让孙子华和朱惠名倍感欣慰。尤其孩子长大以后，他们更加体会到，这样的优良品性，是多么宝贵的精神财富。

孙子华再努力,也有拉不开栓的时候。这时,研究队的同事和朋友就成了她坚强的后盾。孙子华忙不过来时,就会让海仑去这个阿姨家或那个姐姐家。遇到这种情况,海仑背起小书包,抱着小被子说走就走,从来不让妈妈操心。她知道,不管住谁家,也不能耽误学习。

海仑七岁那个冬天,患麻疹合并肺炎,高烧不退,咳得喘不过气来,没办法了,只好住了医院。在给孩子输液的间隙,孙子华赶紧回家给孩子熬粥。炉子灭了,要现生火。等煮好粥赶到医院时,她却惊呆了。女儿竟烧到了41.7°C,嘴里说着胡话,已经不认人了!大夫正在组织抢救。

最终,有惊无险,孩子救过来了,孙子华也吓得再也不敢离开孩子了。没法做饭,研究队的朋友们就轮流给她们送饭,一直到孩子出院。

1987年底,孙子华得了急性甲亢,朱惠名工作离不开,是地调公司解释站的姑娘把孙子华护送到冷湖局总医院。后来,孙子华需要转院去西宁,朱惠名陪着去西宁,又是解释站的姑娘、小伙子们在敦煌照顾海仑。

1988年夏天,孙子华第二次去西宁住院时,海仑却因肝炎在敦煌住院。朱惠名又要工作,又要照顾住院的海仑,眼看就要累倒了。是老朋友侯耀华的夫人李秀玲主动担起了照顾海仑的责任。她一天三顿给孩子送饭,想着法子做好吃的,有空就去陪孩子,比孙子华这个妈妈还尽心。

因为有研究队朋友们的真诚帮助,孙子华和朱惠名闯过了一个又一个难关。

朋友们的深情厚谊,是他们在青海20多年最大的收获。

孙子华把人生最宝贵的22年奉献给了柴达木。

1990年,带着不舍与眷恋,孙子华和朱惠名调到了冀东油田,在渤海之滨继续为国家寻找石油宝藏。

八

1995年,青海油田天然气开发公司在格尔木成立,孙子华团队发现的台南气田划归涩北气田管理。从此,青海油田开始了大规模的天然气开发,一举跻身全国四大气区,并正式进入油气并举发展的新时代。

1996年至2001年,柴达木盆地相继建成了涩北—格尔木、涩北—敦煌、南八仙—南翼山等长输管线，将盆地里的天然气输送给了千家万户。

2000年，国家开始实施西气东输工程。以柴达木盆地涩北为起点长达953公里的涩—宁—兰输气管线审批立项，5月1日开工建设，9月6日全线贯通，设计年输气能力20亿立方米，成为西气东输的重要组成部分，为国家能源和产业结构的调整、环境保护，以及东、中、西部经济共同发展做出了巨大贡献。

台南气田，作为涩北气田管理的重要气田之一，最高日产量曾达到每天1340万立方米。其实，在青海油田，曾流行过这样一个说法："青海油田看采气一厂，采气一厂看台南。"可见，台南的重要地位。

而台南，正与孙子华密切相关。

命运之弦

梦在高天
爱在心间
命运之弦
断了续　续了断
却不知
怪地　还是怨天

在青海柴达木盆地冷湖公墓的400多座坟茔中,一座并不起眼的坟前立着这样一块墓碑,上面写着:"爱妻龚德尊"。

1981年12月19日,龚德尊因天然气中毒逝于冷湖家中,终年46岁。为她立碑的人是她刚结婚一年半的丈夫,名叫黄治中。

她的故事,还得从20世纪50年代讲起。

一

20世纪50年代中期,当"到祖国最需要的地方去"的冲锋号角在全国吹响,浩瀚无垠的柴达木盆地正在进行大规模的勘探与开发。

天际线上,漠风浩荡,荒无人烟,大漠戈壁正敞开宽广的胸怀迎接着来自全国各地的青年志愿者。

一批又一批立志报国的有志青年激情满怀,斗志昂扬,纷纷报名,"到柴达木去,到祖国最需要的地方去"。

这一年，龚德尊还不到19岁，刚刚从北京石油学院大专班毕业。

她活泼开朗，成绩优异，深受老师们的喜爱。毕业后，学校建议她留校任教。北京，作为国家的首都，多少人梦寐以求，心向往之啊！而大学教师，又是多么令人羡慕的职业！

可是，摆在眼前的大好前程并没有打动龚德尊的心。她心怀远方，志在高天。她要到祖国最艰苦的地方去，她要去柴达木。

于是，她背起了行装，一路西行。

柴达木以火热的胸膛迎接了她的到来。她被分在了位于冷湖的青海石油管理局地质研究所，成了一名古生物研究员。

初到冷湖，高原缺氧、寂寞荒凉的自然环境并没让她退缩；住帐篷，骑骆驼，啃干馍，喝冷水，艰苦的生活条件并没有让她害怕。

因为，她是寻梦而来。

二

工作没多久，同在地质研究所上班的一个叫黄治中的小伙子引起了她的注意。

黄治中身材瘦高，一头蓬松乌黑的头发，她觉得他的身上有一种不同于别人的感觉。他俩都是单位的团支部委员。接触多了，龚德尊便经常在眼里，在心里悄悄地打量黄治中。

她得知，黄治中是贵州人，毕业于重庆大学地质专业，只比她大一岁，也是自愿报名来柴达木的。

"看来，也是个有理想有抱负的人哪！"龚德尊寻思着。

而真正让龚德尊倾倒的还不是黄治中在工作上的良好表现，而是他渐渐表现出的音乐才华。

油田成立了歌咏队，黄治中任队长。

这一下，黄治中在龚德尊的心目中更特别起来。为了有更多接触黄治中的机会，龚德尊也报名参加了歌咏队。实际上，她可算得上是五音不全的一类人。

是那山谷的风

吹动了我们的红旗

是那狂暴的雨

洗刷了我们的帐篷

我们有火焰般的热情

战胜了一切疲劳和寒冷

……

在黄治中的带领下，嘹亮的歌声一次次回荡在冷湖这片荒原的上空，年轻人的心也随着优美的旋律激情荡漾。

接触次数多了，龚德尊发现自己越来越离不开黄治中了。爱情的小草正在她的心中发芽、长高。而这个时候，黄治中对龚德尊还没有什么感觉。在他眼里，龚德尊身材瘦小，长相普通，并无特别之处。况且，工作之余，他时常沉浸在自己热爱的音乐里，无暇他顾。

有一天，黄治中做了一件让很多人都不能理解的事。他花 135 元托人从内地买回来一把小提琴。那时一个月的工资，才不到 100 元呀！

龚德尊也有些不理解，就忍不住问了他："别人有了钱，不是存着就是买块手表啊、衣服啊、自行车啊什么的，你咋就舍得买小提琴呢？"

黄治中说："不为别的，只为喜欢。"

简单的几个字，竟让龚德尊特别受用。是啊，只为喜欢，这理由简单，但充分。

"好吧，没饭吃，可以找我哦！"龚德尊大方地说。

花光了所有钱的黄治中，不好意思主动去找龚德尊借饭票。每次开饭，善解人意的龚德尊总是主动提前把饭打回来给他。

"这姑娘虽然其貌不扬，心地倒是蛮善良的。"

一个月下来，黄治中对龚德尊有了不同的看法。

自从有了小提琴，黄治中的房间里便会不时传出悠扬的琴声。这琴声，让荒凉的戈壁有了不同的意味，让单调的生活有了浪漫的气息。

龚德尊更是时常陶醉在黄治中的琴声里，尤其那首《梁祝》，简直让她如痴如醉，百听不厌，而内心爱的火焰也总是按捺不住，左冲右突。她经常急迫地想见到黄治中，恨不得天天能和他在一起。

为了能与黄治中有更多机会相处，龚德尊竟然也给自己买了一把小提琴。她拿着琴来到黄治中的住所。

"教我拉琴，好吗？"龚德尊有点羞涩地问。

"当然可以！"黄治中答应得非常爽快。

就这样，一个教得认真，一个学得起劲。你来我往，情感也就越来越浓。

不知不觉中，黄治中也爱上了这个长相平平却有一颗美好心灵的姑娘。

工作上，一个进行古生物研究，一个从事地质分析。他们相互帮助，相互支持，你追我赶，业务水平不断提升。

生活中，他们情趣相投，琴瑟和鸣，享受着艺术给予他们的滋养，在荒凉的戈壁之上共同体味着人生的价值和意义。

风沙雨雪，日月星辰，戈壁大漠，远山近湖，他们在辽阔的天地之间相扶相携，相牵相伴，为祖国的石油事业奉献着青春的热忱与光焰。

爱情让他们平凡单调的生活有了柔情和蜜意；爱情让他们对于未来有了新的向往和憧憬；同时，爱情也让两个孤独的灵魂有了停靠的港湾。

戈壁的风为他们欢呼，大漠的沙为他们起舞，熟悉他们的人们更是为他们的情投意合送上了美好祝福。

斗转星移，四季轮回，相爱似乎让时光插上了腾飞的翅膀。一转眼，三年过去了。他们的爱也日渐成熟，他们已经在为结婚做着精心的准备。

远离父母家人，黄治中要亲手为心爱的人准备嫁妆。被褥、衣服、锅碗瓢盆，真是细心又周到。龚德尊眼巴巴、美滋滋地盼着自己穿上嫁衣，做个幸福的新娘。

可是，婚还没来得及结，黄治中就接到单位安排他去北京石油学院进修一年的通知。

黄治中觉得，能走出盆地，到北京进修，当然是难得的好事。对此，龚德尊也非常支持。心怀理想，积极上进是他们共同的特点。

于是，他们约定，等黄治中进修回来再结婚。

说实话，让热恋中的两个人一别就是一年，的确有些残忍。但他们还年轻，为了工作，为了将来，他们愿意等。

临行送别，两个人紧紧拥抱，依依不舍。

"等我。"

一个满怀深情。

"等你。"

一个满眼泪花。

三

一年的时间，龚德尊在冷湖努力工作，黄治中在北京认真学习。

其间，他们通过书信互通消息，互传相思。时间和距离都没有消减他们之间的感情，甚至分别得越久，他们的爱越深，情越浓。

1978年年初，黄治中结束学业，回到了柴达木盆地。

当他怀着急迫的心情回到了冷湖，龚德尊用她温暖的怀抱迎接了他。

久别重逢，这对情侣有说不出的激动。他们又拉起了心爱的小提琴。琴声悠扬、醉人心魂，爱意绵绵、情话密密。

上了班，黄治中感觉到，冷湖这个远在天边的戈壁小镇也正从一场噩梦中慢慢苏醒。他又一次深感庆幸。

黄治中和龚德尊一边上班，一边着手准备耽搁了一年的婚礼。

他们重新把曾经准备好的"嫁妆"一一拿了出来，他们要好好布置一下自己的婚房。彩带要挂，红双喜要贴，对联要写，喜糖、花生、烟酒，一样都不能少啊！

正当两人沉浸在即将成婚的喜悦中时，黄治中突然被领导叫了去。一路上，黄治中美滋滋地想，一定是领导知道他们要结婚，亲自过问一下婚礼的准备情况，看有什么需要帮助。

可是，当他哼着小曲来到领导办公室，领导既没问他婚礼的事，也没问他工作的事，只冷冷地说了一句："你被打成右派了！"

没有铺垫，没有解释，只有结论。

这当头一棒打得黄治中脑袋"嗡"的一声。

"我在北京学习，一没说什么，二没做什么，凭什么我就成了右派？"黄治中实在觉得莫名其妙。

"白纸黑字上写着：典型的不说话的右派，骨子里反党，不用说什么。"领导把一纸"定罪书"放在他面前。

黄治中气得浑身发抖，他还想继续理论一番，但领导压根没给他机会。这让他心灰意冷。

本该幸幸福福步入婚姻殿堂的龚德尊，面对突然降临的打击，一时间也傻了眼。她弄不清楚这究竟是怎么一回事，她更不知道接下来的生活会变成什么样子。但她了解黄治中，坚信他是好人，不管是不是右派，她都爱他，都要和他结婚。

然而，第二天，领导又把龚德尊叫了去，让她揭发黄治中的罪行。对此，她气得火冒三丈，并大声反问道："他工作积极，学习刻苦，自愿报名来柴达木，并决定为祖国的石油事业奉献一生，他有何罪？他热爱生活，爱唱歌，会拉琴，积极参加各种活动，他有何罪？他一没说什么错话，二没做什么错事，他有何罪？"

但是，没有人听她讲理，也没人给她理讲，结论不可更改。

几天后，正当龚德尊谋划着要和黄治中举办婚礼时，更悲惨的事情发生了。黄治中要被下放到青海劳改农场进行劳动改造。

决定是那样突然，又是那么残酷。没有解释，不容争辩。

第二天，黄治中就上了一辆卡车。

临行前，龚德尊哭着喊着去送行，可押送人员却不容她靠得太近。

这一别，天远地远，何时才能相见啊！他们的眼在流泪，心却在流血。

当汽车徐徐开动，两人四目相对，心如刀绞。

黄治中擦了一把眼泪，说："等着我！"

龚德尊边流泪边点头："我等你！"

车越走越远，龚德尊使劲地追着车跑，内心撕裂一般疼痛。

汽车走远了，她也跑不动了。她一屁股跌坐在地上，五脏俱焚，呜呜地哭了起来。

漠风呜咽，天地洪荒。整个天地之间，只有一个无助的女人在悲号。

黄治中走了，龚德尊的心也就空了。

她失魂落魄地回到家，整个人像霜打的茄子，不知道接下来的日子一个人该怎么过。

而还没等她想清楚如何面对接下来的生活，命运无情地把她推向了崩溃的边缘。因为龚德尊与黄治中的恋爱关系，加之她的不合作态度，一顶右派的"帽子"也无情地扣在她的头上。

她被下放回四川荣县的老家。

真是世事难料！

曾经让这两个年轻人倾注了一腔热血的柴达木，竟这样无情地抛弃了他们。

四

带着一颗破碎的心，带着她的"嫁妆"和两把小提琴，龚德尊乘上了回乡的列车。

她没有想到，自己志愿奔赴柴达木的热情还没消退，就得与柴达木无情分离。她献身石油事业的决心才刚刚落地生根，竟这样被无情连根拔起。她想不通。她怎么能想得通！

一路之上，她思念着恋人黄治中，她不舍着心中至爱的柴达木，不思茶饭，心如浮萍。

好在，虽然远离了恋人，故乡却有一个疼她爱她的姐姐，有姐姐在，生活再苦再难也不怕。想到姐姐，龚德尊心里便有了一丝安慰。

几天之后，她终于到了家。她想象的姐姐热情迎接的场景没有发生，等着她的竟是到荣县附近的农村进行劳动改造。

一间低矮的老房子，几件破旧的木家具，两把小提琴和一箱"嫁妆"，组成了她临时的家。

从小到大，龚德尊从来没有参加过农村的劳动。她上学，工作。在家被姐姐宠着，爱着，关心着，保护着；在学校被老师喜欢着，看重着，夸赞着；在冷湖，有同事关心着，有黄治中深爱着。而在这里，没有人疼，没有人爱，有的只是冷嘲热讽，孤苦伶仃，艰苦劳累，担惊受怕。

因为身份特殊，村里的人对她冷眼相看，躲躲闪闪。

下地劳动，她身体瘦弱，担不动粮食，割不动茅草。有一次，队长指着她篮子里的那把青草，挖苦道："一天就割这点草，自己吃都不够吧！"即便这样,龚德尊的手还是磨出了水泡。

她的那双细皮嫩肉的手本来也不是用来拿锄头和镰刀的呀!

可命运弄人,她有什么办法!她有委屈,但没处说。她有冤屈,却没处诉。她只有独自流泪,默默叹息。

每当这个时候,她就格外想念远在天边的黄治中,也不见个来信,也不知道他怎么样了。

最可怕的是,深更半夜,她时常被一阵踢门声吓醒。

于是,每天晚上她都用木棍把门顶得死死的,又把铁锹、锄头之类的农具放在触手可及的地方。她想,如果真有人闯进来,她就要一拼到底。

漆黑的夜里,她时常一声不吭地蜷缩在床上,一坐就是一夜,内心反刍着在冷湖与黄治中相知相恋的美好记忆。但更多的是忧虑,他究竟是死还是活呀?怎么连一点消息也没有呢!

有一天,她忍不住去了一趟县城,她要去找姐姐问问,黄治中有没有消息。

姐姐见她脏兮兮一副可怜巴巴的样子说:"都是黄治中害的你,到现在,你还想着他。他都不爱你了,你就死了这条心吧!"。

"怎么可能?他不可能变心的,他说好让我等他的!"

龚德尊根本不相信姐姐的话。虽然远隔千里万里,但爱恋和思念从未间断。她坚信这一点。

这时,姐姐打开一封信,指着其中的一行字,让龚德尊看。

"在劳改农场,我爱上了另一个姑娘!"

龚德尊的眼前一黑,差点晕了过去。定睛一看,的确是黄治中那熟悉的字体。

"不可能,不可能,不可能,他怎么可以这样对我?"龚德尊大哭着跑出了姐姐的家门,失魂落魄地回到了自己的小屋,面如枯叶,心如死灰。

这个打击比任何一次都大。

这些天来,再苦再难,有爱在心间,她就觉得有希望,有活下去的动力。如今,爱没了,她的心也死了。

她病了,一病就是很多天。

身无分文,没法去医院。这时,一个好心的邻居给她出主意,让她把小提琴和"嫁妆"卖了,活命要紧。

一提小提琴,更戳到了她的伤心处。唉,曾经的美好竟一去不复返了。而那个曾经深爱他的男人也变了心。既然这样,小提琴不留也罢!她狠狠心,把两把小提琴都卖了。

那两把饱含着深爱的小提琴最终救了她的命。通过吃药、打针,龚德尊慢慢又活了过来。

一天,她的姐姐把她叫了去,说:"一个人的日子不好过,找个男人嫁了吧!"

没有拒绝,没有欢喜,龚德尊就这样又一次接受了命运的安排,身心麻木地嫁了人。

而对于眼前的这个男人,她只知道是个外乡人,其他一无所知。

五

黄治中被带走后,起初一直在青海的某劳改农场进行劳动改造。

后来,他听说龚德尊被遣返回了老家。于是,他就开始写信给她,一方面倾诉相思之苦,一方面让她了解他的处境。

可是,他并不知道,龚德尊已经去了农村。更糟的是,他那一封情真意切的信都落在了龚德尊姐姐手中。

谈恋爱时,龚德尊曾向黄治中说起过姐姐,说姐姐对她如何关心爱护,如何挣钱供她上了大学,如何在她上海实习期间因为雨水太多给她寄钱买雨鞋,所有姐姐的好,龚德尊全都记在心里。

而当姐姐收到黄治中的信,并义正词严地指责他连累了妹妹,要求他与妹妹断绝关系时,黄治中的心也越来越不平静。他不知道龚德尊的真实情况,甚至那些来自四川的信件,他也搞不清究竟是她姐姐的意思还是龚德尊本人的意见。但他依然一封接一封地写。

最后,是姐姐的态度激怒了他。于是,在一封信里,他回道:"不要以为只有你家的姑娘最值得人爱,在劳改农场,我爱上了另一个姑娘!"

后来,姐姐觉得这个黄治中实在有些无可救药,就写去了最后一封信,信中说:"龚德尊已暴病身亡。"

因此,当姐姐把那一句绝情的假话指给龚德尊看时,黄治中其实正在对她日思夜想，痛苦煎熬。

而黄治中得到龚德尊身亡的消息时，决定将这深深的爱埋藏在心里。

后来，黄治中辗转马海、大柴旦、小柴旦等地，因为劳动改造表现好，四年后，他被提前释放了。

同样，他也回到了自己的故乡贵州。故乡的亲人给了这个落难的才子以最大的热情和包容。黄治中是从故乡走出去的为数不多的几个大学生之一。乡亲们尊重这样的人，不管他是什么身份，他们都敬他，爱他。这让黄治中感觉到了久违的自由与温暖。

他多才多艺，在故乡他生活得快活自在，为乡亲们写对联，替不识字的人家写家书，深受乡亲们爱戴。他感受到家乡人的纯朴与善良，他热爱家乡的一草一木。

让乡亲们最不能理解的是，这位多才多艺一表人才的黄治中，为什么一直不结婚。别人为他介绍对象，他却说，自己有对象。天天一个人独来独去，对象在哪里？乡亲们纳闷不已。

自从黄治中接到龚德尊病故的消息，他就打定主意一辈子不结婚。他只爱龚德尊一个人，不管这个人是死是活，是远是近。

因此，回到故乡后，他做的第一件事就是用故乡上好的木料做了一块木牌，亲手刻上"爱妻龚德尊"。

他把木牌放在自己的案头。每天供一支香，并说一声"我爱你！"吃饭时，也会喊一声："德尊，吃饭了！"

除了坚守自己的爱情，黄治中还咽不下一口气。他每个月都向油田相关部门写一封申诉书，申诉自己的清白。不管过去多长时间，不管有没有人理会，他都一月寄一封，从不间断。在他心里，没罪就是没罪，清白就是清白，他坚信总有一天历史会还他真相，洗刷掉他身上不该有的污点。

当生活安定下来，黄治中的心也渐渐平静了。

有一次，他在参观一所监狱展览馆时，一把小提琴吸引了他。他感叹，一个犯人在狱中都能做出如此像样的小提琴，我怎么就不能呢？

他的心起了涟漪。他想起了冷湖，想起了那把花了自己一个半月工资的小提琴，也不知它现在何处；他想起了龚德尊，想起了两人一起拉琴相恋相爱的美好岁月。

一种久违的感觉又弥漫在他的心头,浪漫、美好、麻酥酥又醉醺醺。他又开始做起了小提琴的梦。

于是,回家之后,他便开始寻找木料,研究如何制作小提琴。之后的很长一段时间,他都废寝忘食地沉浸在制作小提琴的快乐里。音乐让他重新复活了。

几个月后,他终于如愿以偿地重新拥有了一把自己的小提琴。

完工的那一天,他沐浴更衣,精神焕发,他要把第一首曲子献他的爱妻。

他点了一支香,插在爱妻木碑前的香炉里。然后端坐在"爱妻龚德尊"前的椅子上,仔细地调整琴弦,校正音准。一切准备就绪,他便悠悠地、缓缓地拉起爱妻最爱听的那曲《梁祝》来。

琴声悠扬,如泣如诉,黄治中的泪水也如同断了线的珠子,一颗一颗敲打在崭新的散发着清香的琴弦上……

六

在四川荣县,结了婚的龚德尊,越来越像个地道的农民了。

她熄灭了爱情的火焰,关闭了亲情的门窗,伏身向下,与土地较劲,低下头颅,为生活拼杀。她被贫困的现实生活压得瓷瓷实实,腰变粗了,手变硬了,脚底板踩在泥土里更结实有力了。

她日复一日地重复着相同的生活,养儿育女,春播秋种,与那个男人相依为命。生活虽然艰难,但心里越来越平静。既然命运安排她过这样的日子,她也就认了命。

日子过得真快,一晃竟过去了十年。她也从一个姑娘成了四个孩子的母亲。

本以为这样平静的日子会过一辈子,结果,命运却又给她开了个不小的玩笑。

突然有一天,她的丈夫被抓走了。

原来,和她生活了十年的男人竟然是一个畏罪潜逃的罪犯。并且,在他的老家既有老婆又有孩子。因此,与龚德尊长达十年的婚姻是无效婚姻。

刚刚过上安稳日子的龚德尊一下子又被现实搞蒙了。她被这样的结局吓出一身冷汗，老天爷，她竟被这个男人欺骗着过了十年。面对这样如同笑话似的残局，龚德尊欲哭无泪，想死的心都有了。她想不通她的命运为什么总是被如此无情地捉弄，自己却毫无办法。

她看着眼前这几个半大不小的孩子，既心疼，又心酸。她没了丈夫也就罢了，关键是孩子们也没了爸爸。无论如何，饭还得吃，日子还得过，再苦再难也要把孩子抚养长大！

四个孩子，她留下两个，丈夫的家人带走了两个。

从此，龚德尊过起了既当爹又当妈的日子。参加劳动，照顾孩子，日子过得比从前更加艰难。

在村子里待久了，村民们也都渐渐淡忘了龚德尊最初的身份，只把她当作一个本分的村民。街坊邻居对龚德尊的遭遇都深表同情，偶尔也会过来帮帮她的忙。但那个年代，各家各户日子过得都不富裕。

龚德尊日夜操劳，种地，养鸡，抚养儿女，尽着一个母亲的义务和责任。

她哪里是在生活啊，简直就是在熬日子！

七

1979 年的一天，龚德尊正在地里干活，听到队长在喊她的名字："龚德尊，龚德尊，县上叫你去一趟！"

在农村生活已经 20 年了，龚德尊时常被人称为"大嫂""雁娘""喂""哎"等，时间久了，自己的名字自己听着都觉得陌生起来。而农村日复一日的劳作，让她与世隔绝，外面的世界发生了什么，对她来说并无意义。

而县城，对她来说也多与痛苦的记忆有关。因为自己右派的身份，她时常被组织上叫去，提醒她要好好劳动，好好表现，不要胡思乱想。这些年来，她不到万不得已，绝不进城。甚至，她都忘记了自己的组织关系还放在县委组织部。那些表格对一个农民来说，用处不大。况且都 20 年过去了，她早已认同了现在作为农民的身份。

队长再三催促，让她心里有些慌乱。她担心又有什么不幸的事降临。

"是好事！赶紧去！"

"好事？能有啥好事？"龚德尊嘴里嘟囔着，她根本不敢相信有什么好事会落在她头上。这些年厄运连连，对于未来，她早就不抱什么希望。

"赶紧去一趟县委组织部,单位来信了,你落实政策了！"又是队长的催促。

她听清了队长的话,但一时并没有弄清究竟落实了什么政策。但确定是好事后,她立即起程去了县城。

一路上,她有些激动,又诚惶诚恐,不知道究竟是什么样的消息在等着自己。

当她推开县委组织部的办公室,组织部的人一眼就认出了她。

"你是龚德尊吧,青海来信了,你平反了。有什么困难和要求,你可以提。"

"平反了？我不是右派了？"

"是啊,你的冤案平反了。喏,这是青海来的文件。"

工作人员说着,就把一张盖着红印章的红头文件递给了龚德尊。

那份薄薄的文件拿在龚德尊手上,却几次差点滑落到地上。她看了半天,终于看清了"青海石油管理局委员会"这几个字。她的心似乎被锥子猛地扎了一下。青海、柴达木,那可是她20多年前梦想起飞的地方啊！这些年,她几乎都忘记了。

这个消息来得太突然,如同相当年她被打成右派一样突然。她一时间竟有些茫然不知所措。

"看你年纪也不小了,还有两个孩子,可以留在荣县县城工作,当然,也可以返回青海油田。你有什么打算？"工作人员继续说道。

"回青海！回柴达木！"她脱口而出,没有思考,更没有犹豫。

"你再想想,留在县城也挺好,你一个人带着两个孩子,青海那么远……"工作人员非常体恤地劝她。

"不,我要回青海,我要回柴达木！"龚德尊态度坚决。

她也不知道自己为什么如此坚定要回青海。但这是自然而然从内心深处发出来的声音,那么真实,那么充满力量。

原来,青海、柴达木一直藏在龚德尊的内心深处,只是被残酷的现实遮蔽了。

回青海的决定一下,柴达木似乎就开始在龚德尊的心里又鲜活起来。曾经的梦想,又回到了这个沉寂压抑了20年的女人心里。曾经的戈壁、大漠、白云、蓝天,以及冷的湖、热的沙,——在龚德尊的心里苏醒过来。

原来,这么多年来,她的梦还一直在啊!原来,她对柴达木的爱也一直在啊!当然,还有她曾经的爱情……

她要走的消息传遍了整个村庄,全村的男女老少都为她感到高兴。

"哎,终于熬出头了!"很多人都这么感叹着。

但多数人并不理解她为什么非要回到那个抛弃了她的柴达木。只有一个关系最好的邻居支持她。

"去吧,按照自己的想法去生活!这些年,你受苦了。"

邻居的话,让她感动。

可是,一家三口,从四川到青海,几千公里的车程,光路费就得好几百元。她一时犯了难。

再难也要走。这是她的决心。

于是,考虑再三,她卖掉了老家的房子和全部家当,凑足了回青海的路费。

临走的前一天,龚德尊拉上几个关系要好的姐妹,去县城拍了一张合影。照片里的龚德尊,脸上的笑容虽然沧桑,但很灿烂。

临走的那天,一村老小都来为她送行。老乡们给她拿来了糖果、毛巾、花生、瓜子等礼物,装满了她那只曾经装着自己"嫁妆"的皮箱。龚德尊双眼垂泪,连声道谢。

带着乡亲们的祝福,带着对未来生活新的憧憬,龚德尊拖着一双儿女踏上了西去的列车……

八

一路上,龚德尊的心飘摇着,也起伏着。20年了,离开时还是个大姑娘,回来时,却已是满脸风霜。

当她再次看到当金山,当她再次看到如水墨画般的赛什腾,当她再次看到广阔无际的戈壁沙漠,当她再次看到那片冷的湖,当她再次感受到那天高地阔的舒畅与自在,当她再次感受那清凉的漠风,一切竟都如此熟悉,似乎她一直没有离开。

"柴达木,我回来了,带着我的清白回来了;冷湖,我回来了,带着20

年的苦难回来了。"她在心里呼唤着，感叹着。

到了冷湖，她和孩子暂时被安排在了冷湖的招待所。

新的生活即将在龚德尊的面前展开，龚德尊的心却总有一丝不安。她甚至觉得现在的自己与冷湖有些格格不入了。毕竟离开了已经20年啊！

一天，有人告诉她"他也回来了！"龚德尊不禁心里一颤，她有些不相信。

第二天，去食堂打饭时，她对面走过来一个熟悉的身影。

"果真是你！"龚德尊愣在了那里。

"你不是……"黄治中也愣在了那里。

接着，两个人便紧紧地拥抱在了一起。

分别了20年，他们都明显老了。这20年，他们各自生活在自己的世界里，彼此竟一无所知。她带来了两个孩子，他却只带来了她的木牌。这些年究竟发生了一些什么？这是他们都迫切需要了解的事情。

当他们相对而坐，分别向对方讲述起自己20年间的人生经历时，龚德尊因自己对爱情的背叛而悔恨，而黄治中为龚德尊经历的苦难而痛心。

自此，龚德尊故意躲着黄治中，她觉得她愧对黄治中的痴情，她再无资格与黄治中奢谈爱情。但无论龚德尊怎么躲藏，黄治中总是保持对她的痴情。

他们依然被分配在曾经的地质研究所工作。

但20年的农村生活，让他们的知识都生了锈、脱了节。面对比自己小很多却业务能力很强的年轻人，他们时常觉得力不从心。历史还了他们清白，却无法弥补曾经的损失。于是，只有不断学习，努力追赶。

好心的领导，感觉出他们之间的关系有些微妙。于是，干脆出面进行了撮合。

结果，一个暗自欢喜，一个求之不得。

一对分别了20年的情侣在历经了人生众多磨难之后，重新走到了一起。黄治中为爱坚守二十几载，如今终于旧梦重圆，还收获了两个孩子。龚德尊终于又迎来了幸福。

一家四口，组成了一个幸福的大家庭。单位还专门为他们分了新房。

悠扬的琴声再一次在冷湖的上空悠扬地响起，幸福的感觉重新回到了他们的心里。他们要好好弥补20年的损失，他们要加倍享受这来之不易的重逢。

多想时光就此止步，让他们永远沉浸在这久别重逢的幸福之中。可是，命运对他们实在太不公平。

就在他们结婚一年半之后的一天，一个人在家的龚德尊因天然气中毒，不幸身亡。

天然气中毒，在那个年代的冷湖时常发生。那个时候，生活用气都是直接从井场铺设管线连接到家里的炉灶上。天然气的来源并不稳定，时大时小，时有时无。因此，稍不留意，就会造成泄露或爆炸。这是那个年代柴达木简陋的生活条件所致，很难避免。

事故发生那天，黄治中因母亲去世，正在回乡奔丧的路上。刚到柳园，正准备上火车，便接到了爱妻去世的噩耗。

失而复得，得又复失，龚德尊的离世，对人到中年的黄治中又是致命一击。

一个苦难的生命就这样匆匆地走完了一生，甚至没有留下一句道别的话语。一个家庭，从此便不再完整。

失去妻子的黄治中，将独自带着一双儿女，走完人生的后半程。

而每年的清明，他都带着孩子一起来给妻子扫墓，并在她的坟前静静地拉上一曲她最爱的《梁祝》……

勤秀人生

因勤而秀
因勇而荣
责任升华为使命
言行结晶成精神
勤秀人生
光芒万丈

一

在父辈眼里，或许只有勤奋，才是改变命运的唯一出路，尤其对于出生在贫困家庭中的孩子，因此，她便有了这个非常务实的名字——张勤秀。

或许，从小她就深刻领会了父亲经常念道的那些个简单质朴的词句的重要意义，比如"笨鸟先飞"，比如"高标准，严要求"，比如"勤学苦练"，又比如"勤劳节俭"，因此，参加工作后，张勤秀始终牢记父亲的教导，以勤奋务实的工作作风一步一步让自己从平凡走向了不平凡，从柴达木荒凉的戈壁走向了中国的首都北京，成为青海油田人尽皆知的女工模范和学习典型。

张勤秀，1955年11月出生在甘肃，兄弟姐妹共有6人，她排行老二。后来，一家人随父亲搬迁到了青海省的大柴旦。1973年，只有17岁的张勤秀为了分担家庭的重担，主动要求参加工作，成了青海钾肥厂的一名工人。一年后，她被青海油田招工，成了花土沟一名采油女工。

20世纪60年代末，青海油田经过了冷湖油田最高年产30万吨的辉煌，面临接替石油储量不足、原油产量逐年递减的被动局面，为开拓新的勘探开发疆域，上级研究决定重上西部建家园，于是成立了西部钻探指挥部，勘探、钻井、采油、修井、机修、水电、医疗等一千多人齐聚花土沟，在这片荒凉的戈壁荒漠上开始了新的艰苦创业，为油而战。

1974年，张勤秀被招到青海油田后，就是被分配到了西部钻探指挥部的采油队，从事采油工作。

二

初到花土沟的张勤秀，很快便品尝到了柴达木盆地恶劣的自然环境给予她的洗礼。

风沙飞扬，烈日当空，干燥少雨，高寒缺氧。不久，她白皙的皮肤便失去了光泽，湿润的嘴唇也裂开了口子。简陋的职工宿舍，一到刮风天就满屋飞沙。但是，她没有一丝抱怨和悔意。对她来说，她到这里来是工作的，不是享乐的。条件再差，也要坚持，这是她的决心，也是对父母家人的责任。

张勤秀一直感念遇到了一个好师傅，让她一参加工作就得到了严格的训练和高标准的要求。

那个年代，师带徒是青海油田的优良传统。师傅既像老师又像家长，不但在工作中传承技艺，教授规范，还在生活上给予关心和照顾。

张勤秀的师傅叫石必芳，比她早参加工作几年，为人热情友善，有着丰富的采油工作经验。

工作上，石师傅要求严格是出了名的。操作保养抽油机、量油测气求产、油井故障分析、油气资料求取，擦井口、平井场、测示功图等，每一项工作都有严格的规定和要求，每一个环节都容不得半点马虎。

师傅的严格要求不但没有吓倒张勤秀，反倒让她深感幸运，也深受感染。她在师傅身上看到了柴达木石油人敬业奉献的优良品质，这与她个人自强上进、勤奋好学的品性高度契合。

从小到大，张勤秀从来不怕吃苦。工作之后，她更是一心想着多学习、多锻炼，把整个身心都投入到了工作、学习之中。

她的思想上始终有根弦，总觉得自己做得不够好，学得不够多，因此，无论是工作之中，还是在工作之余，她一直处在学的激情中。从理论到实践，她如饥似渴。

由于勤奋好学，她只学了半年就已经能够单独顶岗了，当时的学徒期可是三年哪！

她的进步之快让石师傅对她刮目相看，且佩服有加。她经常对领导和同事们说："我从来就没有见过像张勤秀这么喜欢学习的女孩子。"

而在生活上，来自石师傅的关心和爱护，让张勤秀感觉格外温暖。虽然远离父母亲人，她并不感到孤独，她把师傅当成了自己的亲人。

张勤秀的勤学苦干很快在整个采油队众人皆知了。

1975年，采油队领导决定成立女子采油班，让张勤秀担任班长。

虽然那时她才参加工作不到一年时间，但她勇敢地挑起了这副重担。她同另外三名女工组成了当时西部钻探指挥部唯一的一个女子采油班。从花8井到花27井，四个女工管理着十几口油水井和五个井场。

打铁还需自身硬。作为班长，张勤秀高标准、严要求，严格交接班制度，严格工作流程，班班做到"三清、四无、五不漏"。四季往复，寒来暑往，她们在寸草不生的山沟里，风里来沙里去，以日月星辰为伴，以荒凉寂寞为友，为油田的采油事业奉献着自己的青春和年华。

每次修井过后，井场和井口满是油污，需要她们清理。擦拭井口得用棉纱蘸上柴油才能擦得干净。要是在冬天，零下二十多摄氏度的气温，她们将手伸进柴油里淘洗棉纱，冰得如同针扎一般。每次擦完井口，手都冻得像胡萝卜。

修井作业时，原油时常把井场上弄得到处都是。因此，收拾井场是一项大工程。她们用铁锹铲，用扫把扫，一干就是几个小时，手磨得生疼，腰累得酸困。但再苦再累，标准都不能降。

如果遇到沙尘天气，巡井尤其痛苦。大风鬼哭狼嚎着把她们单薄的身体吹得东倒西歪，加之坡陡沟深，行路之难，每一步都充满危险。沙子打在她们脸上，火辣辣得疼。

冬天，时常会发生油管冻堵的情况。为了给油管解冻，她们时常采用火烧水浇的办法。滴水成冰的野外，她们把管线烤暖了，自己却冻透了……

在张勤秀的带领下，她们女子班的油井出油最好，产量最高，时常受到队领导的赞扬，后来她们班组被油田评为先进班组。

三

勤学奉献的张勤秀，不但在自己的采油工作中表现出色，还在她的本职工作之外勤学苦练。

当她得知采油一线缺少医生以后，她自告奋勇，报名参加了西部医疗队开办的医疗培训班。那个时候，她还是采油学徒工。她想，多学点知识总有好处，况且，她的确想为身处野外的职工们做些事情。

培训加自学，她很快掌握了基本的医疗常识，成了大山深处一名"赤脚医生"。

她说："那时年轻，有热情，不知道累，学医心切，除了参加培训，接受医疗队医生的指导，自己还找了许多医疗方面的书籍，没事就学，不懂就问。

"当时，单位在我宿舍旁边专门设了一间医务室，不管上白班还是上夜班，下了班总是先为生病的职工家属拿药打针，随叫随到，每天几乎睡不了几个小时的觉。

"有一天，一个姓张的师傅牙疼，脸肿得变了形，但依然还在坚持上班。我在给他治病的同时，深深地被他的爱岗敬业的精神打动了。

"柴达木的条件艰苦，但人却活得有精神，不讲条件，只讲奉献。我时常被这种精神所打动，总觉得自己做得还不够好，学得还不够多……"

采油队一百多名职工家属的健康全都装在张勤秀的脑子里，唯独没有她自己。她上班前、睡觉前，总是把所有该打的针一个不落地打完，哪怕半夜三更，有人生病，她也一分钟也不耽搁。一心为公的她深受全队人的尊重和爱戴。

她说："那些年，虽然吃不好饭，睡不好觉，但能为大家解除病痛，我觉得这样的生活过得充实，有意义。"

张勤秀几乎把自己全部的业务时间全奉献在了为职工看病上，但她依然觉得自己做得不够好，不够多。这是一种怎样的精神境界呀！

爱岗敬业、无私奉献、为油而战，柴达木石油精神就是一个个像张勤秀这样的忘我工作的人干出来的。在柴达木的勘探开发史上，这种精神一直在广大职工家属中播撒并发扬光大。或许，他们根本说不准这精神的要义，但他们却用自己的实际行动来精确演绎并践行。

"赤脚医生"的兼职工作，张勤秀一干就是六年。

这期间，她已不记得给多少人拿过药、打过针、包扎过伤口，她已不记得为多少人带去精神上的温暖和心理上的安抚。荒凉的大山深处，她如同一棵生命顽强的绿树，为人们带来希望，为大山增添春色。

大山作证，所有这些无私的付出，都是发自张勤秀内心的真诚愿望。

四

人常说，关键时刻方显英雄本色。一个连死都不怕的人，定是真英雄。

1976年9月的一天，半夜12点，张勤秀与上个班的同事做了交接班。

那天白天，身为班长的张勤秀忙碌了一天，还参加了单位组织的毛主席追悼大会。晚上接班时，她心情沉重，身体也有些困乏，但是依然没有放松对自己的要求。按照规定，两个小时做一次站内巡检。

凌晨2点多钟，她在进行第二次巡检时，远远地就听到花10站的分离器发出"呲呲"的声音。她意识到，可能有什么情况，便赶紧走到加热炉那边查看。她看到加热炉外面堆了好大一堆原油，而加热炉的上下两层正燃着熊熊大火。

必须关掉加热炉里的火，否则原油肯定会被点着。于是，她立即将加热炉下层的火关掉。而当她准备去关上边那层火的闸门时，原油"呼"一下着了起来。

张勤奋一边喊人，一边后退。边往后退，边脱下自己的工衣外套扑打大火。衣服瞬间被点着了，她也不小心被地上四溢的原油滑倒在地。

一时间，火焰攻击了她沾满原油的身体。她一边扑打着身上的火焰，一边将加热炉旁边的沙子往火上抛撒。

她舍死忘生地与大火进行着拼死搏斗……

当同事们纷纷赶来，齐心协力把大火扑灭的时候，张勤秀已经遍体鳞伤昏迷不醒了……

最终，火被扑灭了，避免了一次爆炸事故的发生。张勤秀却永远失去了健康的身体。

她被紧急送往西部医疗队进行救治。医生、护士进行全力救治，清理伤口、消毒、修复皮肤，紧张忙碌了四个多小时。

当张勤秀稍一清醒，还没等医生问话，她首先问了一句："油井保住了没有？"在场的医生和护士无不为之动容，纷纷垂泪。这都到了什么时候，她还不顾个人死活，只想着油井！

这次受伤，张勤秀的腹部、腰部、胳膊、头部等多处烧伤，面积高达30%，属二度烧伤。当时的医疗队医疗设施简陋，医疗水平也达不到处理张勤秀这样危重病人的程度。

花土沟距离冷湖有400多公里，路况又非常差，以当时的危急情况，并不具备及时转外就医的条件。因此，就在这样非常有限的医疗条件下，张勤秀默默地忍受着剧烈的疼痛，配合着医护人员，一点一点恢复着烧伤的身体。

烧伤的痛苦是所有外伤中最难以忍受的。要防止皮肤溃烂，得一层一层地抹药，灯烤，不仅仅是疼，还痒。烧伤部位之多，面积之大，别说对于一个年轻的女子，就算对于一个强壮的男人也是不可想象的。但是，淬了火的张勤秀，其精神比从前更苦壮，境界比从前更高远。

住院期间，她不悲观，不绝望，以顽强的意志与伤痛做斗争。

领导和同事对她关怀有加，让她战胜伤痛的决心和信心变得更足。她的坚强和乐观感动着所有的医护人员，都视她为真英雄。

在伤势得到控制之后，医疗队建议张勤秀转到冷湖或外地继续治疗，但她却觉得没有必要。躺在病床上的张勤秀，心里一直牵挂的却是她的女子采油班，她山沟里的病人们。能不能早日回到采油队，能不能早日为更多的人看病打针，是她最担心的事情。至于皮肤是不是落下疤痕，身上是不是落下残疾，她竟然没那么关心。

一个多月过去了，张勤秀的伤痛逐渐得到好转。虽然皮肤依然疤痕累累，但已没有恶化的可能。于是，她不忍心继续躺在病床上，有太多事情等着她去做呢，她强烈要求出院归队。

张勤秀重新回到了采油队，继续担任女子采油班的班长，继续废寝忘食为采油队的职工家属大人小孩拿药打针。直到几年后去北京开会，她才又重新进行了植皮手术。

通过这次奋不顾身的救火行动，张勤秀的形象再一次树立在采油队及油田人的心中。她用自己的行动证明，她是一名爱岗敬业、无私奉献、为油而战的柴达木石油战士。

五

一个自带光芒的人，理当被高高托起。

一个自强不息的灵魂，理当被众人景仰。

因为表现实在太突出，1977年，张勤秀的身份又多了一项，那就是人大代表。

这一年，她先是被推选为茫崖地区人大代表；接着又被推举为海西州人大代表；又接着被推选为青海省人大代表；最终，被成功推选为第五届全国人大代表。那可是海西州唯一的名额啊！

面对一次一次会议和选举，张勤秀有点不知所措。她依然觉得自己做得不够好，学得不够多。这是她的执念，也是她快速成长的根本原因。

当她于1978年2月坐在北京人民大会堂，同全国几千名代表共同行使民主权利的时候，她感觉是那么不真实。一个柴达木偏远小镇的基层工人，能同国家领导人一同开会，她觉得像是在做梦。

自此，张勤秀连续参加了五年全国人大会议。她从起初不知道代表提案是什么，到后来通过调查了解一连提了二十多条提案，她的代表身份让她获得了新的成长，有了新的认识。

她说："一个提案必须由四个人签字才算数。第一年不知道还要征集提案。到了第二年，我就知道了。于是，针对油田发展中存在的困难，在油田领导和同事们的帮助下，我征集了许多比较切合油田实际的提案，比如油田扩建问题，比如花土沟到冷湖的公路修建问题，比如职工家属的落户和转正问题等，其中十一条得到了回复。作为代表，能够为油田发展争取政策，我感觉非常光荣。"

其实，对于一个地处偏远的最基层的工人来说，去参加全国的代表大会，对张勤秀来说，既是肯定，也是激励。

1978年7月，张勤秀还参加了全国石油化学工业第二次工业学大庆先进集体、先进个人表彰大会，并被树为标兵。

这一系列不同凡响的身份和荣耀，让张勤秀的人生达到了新的高峰。但她并没有因此而忘乎所以，曾读到关于她的一篇报道，有这样的记述：

当代表后，张勤秀依然是原来那样衣着朴素，生活俭朴，经常是工衣不离身，鞋子上面打补丁，刮风天腰里系根绳。她上过北京，见过大世面，懂得必要的化妆品和新式服装能够增添仪表的美丽。可是，她更懂得我们国家还穷，开发柴达木尚需要继续艰苦奋斗，当代表理应给群众做出表率……

我们的基地距离火车站近四百公里，外出开会一般都得派小车到火车站接送。可是作为人大代表的张勤秀去北京开会，来回都是自己到运输站找顺路的卡车……

对她来说，荣誉是要求，是鞭策，是鼓励，而不是用来炫耀的资本。荣誉背后，她更看重务实的作风和踏实的付出，那才是做人最重要的东西。

况且，张勤秀始终认为，是油田的关怀和培养，让她有了那么多的荣誉，她只是做了她应该做的。

六

工作几年来，张勤秀一心扑在工作和学习上，一直无暇顾及自己的婚姻大事。

1978年年底，在同事的介绍下，她与从部队转业到油田修井队的刘志富相识并结婚。

她说："因为平时只想着工作和学习，在别人眼里，我这样的工作狂，将来一定不会持家。所以，一直没有对象。当别人介绍这个转业兵的时候，我想着当过兵的一定很踏实，也就答应了。修井工是相对较苦的一个工种，这我是知道的。因为在采油队，我经常接触这些工人。苦、脏、累、险，全占了。很多女孩子都不愿意嫁给修井工。但我觉得只要人本分就好……"

后来，因为表现突出，张勤秀从基层调到了机关从事档案室管理工作。她又通过自学，取得了成人中专的文凭。之后她又调到水电从事管理工作，直到 2005 年正式退休。

无论哪个单位，无论什么工种，所到之处，张勤秀始终保持着勤奋好学、务实奉献的优良作风，不为名声，不为利益，只为那颗自强不息、不甘落后的心。

如今，已经当了奶奶的张勤秀，烧伤留下的后遗症依然长年困扰着她。每到春、秋换季时节，她的皮肤就会起疹子、瘙痒，非常不舒服。她说："每当这个时候，我都会想起几十年前的那场大火。只有自豪，从没后悔。"

师道尊严

用爱育人
以智施教
律己才能正人
率先才能垂范
教育典范
百代流芳

退休之后,她的形象以汉白玉雕塑的形式永远矗立在了青海油田第一中学的校园内,成为一种精神,让一届届学子景仰,让一批批教师学习。

她叫秦淑娟,一个青海油田教育战线上的优秀代表,一位受人尊敬的模范教师。

一

在从事教师职业之前,秦淑娟曾作为一名采油女工在柴达木盆地荒凉的冷湖战天斗地,挥洒热血,为青海油田的石油事业兢兢业业。

那是一段艰难的岁月。

这样的岁月,是每一个初进柴达木的石油人都必须接受的现实考验。只有接受了这样的洗礼,只有经受住了这样的考验,才算得上一个真正意义上的柴达木人。

1967年,秦淑娟毕业于南京大学数学系。

1968年春天，她与恋爱中的同学谈顺舟一起来到了位于柴达木盆地的青海油田冷湖油矿。

柴达木盆地自1954年开始勘探以来，成百上千的有志青年和知识分子带着理想和激情从祖国的四面八方来到这片瀚海戈壁，为祖国的石油事业奉献年华。这是柴达木石油最初的基因构成，包含着激情、梦想、无私、奉献等许多优秀品质。

秦淑娟也是带着梦想和激情而来，带着"我为祖国献石油"的情怀而来。

那是一个特殊的年代，所有新分来的大学生都要到基层，接受"再教育""再锻炼"。于是，数学专业出身的秦淑娟成为一名风餐露宿的采油工，而谈顺舟则成了一名苦、脏、累、险的修井工。

接下来的三年时间，一个俊秀文静的南方姑娘便在柴达木的风霜雪雨中摸爬滚打，日夜兼程。

戈壁的风吹糙了她的皮肤，高原的日头晒黑了她的脸庞，稀薄的空气时常让她的呼吸紧促，胸口发闷，大漠的风沙时常迷住了她的眼睛，干燥的空气让她本来红润的嘴唇干裂开口。

一天一天过去，秦淑娟经受住了考验，慢慢地适应了柴达木的生存环境。

然而，学校里学的数学公式和定理慢慢在她脑海里淡化，她每天面对的是采油树、管钳、铁锹、汽油、棉纱这些生硬的具体的设备与工具。巡井、养护、求产、解冻、记录，这些琐碎而又繁重的工作让她瘦弱的身体接受着前所未有的锻炼与考验。粉条、木耳、白菜、罐头等日复一日单调的饮食导致她皮肤粗劣、指甲深陷，身体严重营养不良……

有一次，她在采油作业过程中，突然感觉天旋地转，眼前一黑栽倒在地。同事们赶紧将她送到医院。而就在同一天的差不多同一个时间，谈顺舟在修井作业中手被机器砸伤，也被紧急送往了医院。

当从眩晕中醒来的秦淑娟听到这个不幸的消息，一下子从床上坐了起来，她急着要看丈夫。可还没等她下床，一阵天旋地转的感觉再次袭来，她又倒了下去。

自此，秦淑娟便患上了眩晕症，并时常发作。

三年艰难的岁月，秦淑娟与丈夫互敬互爱，在荒凉的戈壁上孕育出了爱情的果实，两个小孩相继诞生。孩子的到来，让一个家变得完整。荒凉的戈壁，因孩子的到来而显得温情脉脉。有了孩子，工作之余的生活便更加忙碌起来。

好在经过几年的锻炼，秦淑娟不断从柔弱到坚强，从不适应到适应，她完成了柴达木的成人礼。她的根须慢慢地扎进了柴达木戈壁的深处，成了一株生命力顽强的红柳。

二

1971年，秦淑娟调到了冷湖四号学校，正式成为了一名老师。起初教英语，1975年，改教她的专业——数学。

从采油工到老师，这个身份的转变，让秦淑娟真正找到了人生的意义和价值。

"师者，传道授业解惑也。"

秦淑娟深知一个老师所担负的责任和使命。她更深知，作为教书育人的老师，自身素质必须过硬。这素质包括表现在言行举止上的德行和教授知识、传授技能的水平。因此，她从严格要求自己入手，开始学习探索如何做一个好老师。

三年的野外一线锻炼，让秦淑娟对柴达木人有了更深的理解，她深深懂得，在这片荒凉原始的戈壁上，教育有着怎样的分量，老师有着怎样的使命。

她懂得柴达木人的苦，更懂得柴达木人孕育后代的艰难，因此，她打心眼里爱着柴达木的这些苦孩子。柴达木的父母们为青海油田的石油事业奔波忙碌，无暇顾及孩子们的生活和学习。因此，作为老师，不仅要做一个老师，还要做一个家长；不仅要教授他们知识，还要教育他们做人。

这是秦老师的决心，更是秦老师的情怀。

在秦老师眼里，好学生不仅要学习好，更重要的是思想好、德行好。因此，作为班主任的她，每学期给孩子们上的第一节课不是英语，也不是数学，而是思想品德。

她给同学们讲故事，摆道理，动之以情，晓之以理。她教孩子如何做人，如何做一个对自己、对家庭、对社会负责的人，如何做一个善良的懂得感恩的人。

而作为老师，秦淑娟严于律己，以德为先，从言行举止上做好学生们的表率和榜样。要求学生做到的，她首先自己要做到，而且要做好。她从不迟到、早退，早操一起和学生们跑，晚自习陪学生们一起上。周末节假日经常加班加点辅导学生们的功课，及时发现学生的思想动态，并采取有效解决措施。可以说，她几乎把所有的时间都用在了学生身上。

作为老师，如何才能获得好的教学效果，是秦老师经常思考的问题，这也是一个老师最先要解决的问题。

在她看来，要想给学生们一滴水，作为老师，就得拥有一桶水。要想给学生们一湖水，作为老师，就得拥有一片大海。同时，如何把繁杂难懂的知识变成学生们易学易记的知识，这是秦老师最为重视的问题。

她认为，老师不仅要拥有大量的知识，还要会消化、会吸收、会总结、会提炼。传授知识，不仅仅是让学生们了解和记忆，更重要的是让他们学会思考；不仅要让学生们掌握知识，还要锻炼他们的思维方法和思辨能力。尤其是数学这门课，比其他科目更抽象、更难懂，要想让学生们很好的掌握，方法相当关键。

为了积累和消化所教内容，秦老师既采取了最笨的办法，也采取了最智慧的办法。

为了吃透教材，秦老师每接一届高三，她都要从头开始熟悉教材，重新备课，严格按照教学大纲组织教授内容，一丝不苟，精益求精。她挤出时间将高中的所有知识点进行全面总结，一次次梳理，一次次调整，不厌其烦。这对高三学生的全面复习非常有帮助。她及时总结上课过程中的经验或得失，好的坚持，不好的舍弃。经过不断的教学实践，她总结出"提问、讲述、总结、巩固"四段式教学方法，收到了良好的授课效果。

她为了熟悉教材，了解习题的难易程度，以便采取更有效的教学，她还利用业余时间演算习题。有一年，她曾做完了高中数学五本书上的全部课后习题、复习题，以及课外教学材料上的难题一百多道。这样的演算与练习，没有老师肯用这样的看起来不可思议的笨办法，很多人都觉得没有这个必要，但秦老师不但觉得有必要，而且还做得认认真真，仔仔细细。这对她更好地掌握教学分寸提供了帮助。

量积累到一定程度,必然会引起质的变化。

秦老师明白这个道理,因此,她是肯下苦功夫、肯用笨办法的人。也因此,她拥有了许多教学方法上的过人之处、智慧之处。

如何把抽象枯燥的数学讲得生动易懂,秦老师用了许多形象、有趣的方法。

比如:"同学们,如果我们要做一个脸盆,如何计算出需要多少铁皮呢?"

比如:"同学们,假设我们有一个苹果,每天吃掉一半,多少天能吃完呢?"

比如:"同学们,有一个椭圆形山洞,洞里关着一批犯人,只有一个看守。由于犯人们无法忍受洞中的生活,总是企图逃跑,但每次都被发现,也没有人告密,大家想一想,这是为什么呢?"

一个个数学概念和难题,通过类似这样形象生动的事例一一被分析、讲解出来。抽象的问题加以形象化,繁杂的问题加以简单化。这样的教学,不仅调动了学生们的听课兴趣和热情,还加深了他们对问题的理解和记忆。因此,秦老师的课堂上,学生们会不时发出这样的声音:"哦,原来是这样!""我懂了!""我记住了!""太有意思了!"

学生们的良好反馈,更增强了秦老师的信心。她的办法越来越多,学生们掌握得越来越牢。一门最难教的数学,被秦老师教得如鱼得水,好评如潮。

三

相对于教授知识,对秦老师来说,最难的是转变学生或家长的思想。

作为一个教育工作者,秦老师清楚,思想决定行为,想法决定做法。有些学生学习不好、家庭关系不好,或者态度、情绪有问题,根源在于他们的思想。要想真正解决问题,必须要从思想源头去找。

秦老师认为,只有不好的老师,没有不好的学生。不管学习好不好,也不管考不考得上大学,她喜欢并尊重每一位学生。她给予学生的不仅仅是学习上的关心和帮助,更多的是对学生本身的关爱。

因此,秦老师与学生之间的关系总是充满温暖和情谊。

1980年的春天,在冷湖四号学校的一间教室,秦老师上课时发现少了一名叫俊华的学生。一打听,才知道,俊华前一天晚上突发腹痛,被同学送进了医院。

她一下急了,"这么大的事,怎么不通知我呀?"

一个同学说:"您太累了,俊华不让叫您。"

的确,秦老师除了平时上课,周末也不休息,时常为那些学习有困难的同学补课。加之她有眩晕症,累狠了就会犯。这些同学都是知道的。

秦老师急忙赶到医院,结果,俊华因为阑尾穿孔,正在做手术。秦老师感觉很内疚,这么大的事,她竟然没有在第一时间赶到,真是对不起孩子,对不起家长。

她一直守在手术室外,几个小时后,俊华终于出来了。

秦老师冲过去,急切地问:"医生,对不起,我来晚了。怎么样?"

医生说:"没事了,手术很成功。"俊华蒙眬中听到秦老师的声音,喊了一声"秦老师",眼泪就流了出来。

秦老师握着俊华的手,难过地说:"有老师在,别怕。"

之后的几天,秦老师一有空就来陪俊华,还给他端水、送饭,像妈妈一样体贴入微,这让俊华深受感动。

1990年的初春,秦老师带着学生们在操场参加一场火炬接力赛。当时气温很低,还刮着风,其中一个学生冻得有些发抖,敏感的秦老师观察到了,立刻把自己的外套脱下来,披在那个学生身上。立刻,温暖包围了那位学生的身心。

在后来的一次座谈会上,这位学生动情地说:"秦老师不仅教给我们知识,还给予我们爱与温暖。她是我学习的榜样,她是指引我前行的明灯。能做秦老师的学生,我感到非常幸福!"

在秦老师的班上,曾经有一个全校出名的"双差生"。他要么上课总是说话,要么是逃学出去玩,总之,天天调皮不学习。最后,学校还给了他一个处分。他的父亲对他很失望,每天回到家,父亲总是态度粗暴地骂他,甚至拳脚相加。在这种情况下,这位同学更加自暴自弃了。

秦老师了解到他的情况后,一次次找这位父亲谈心,希望他能改变对孩子的粗暴做法。孩子越是存在问题,家长越该付出耐心和爱心。

多次谈心之后,父亲对孩子的态度有了很大的转变。

秦老师又针对这位学生自身存在的问题,发动起全班的学生一起帮助他。

在老师、同学们的共同感召下，这位同学慢慢有了觉悟，有了悔改之心。通过一年的努力，学校取消了对他的处分，他还入了团，最终考取了大学。

上了大学之后，他给秦老师写了一封长长的信，表达他内心的谢意。

其实，在秦老师任教的28年里，类似这样的事情很多很多。她觉得这都是不值一提的小事，是一个老师应该做的。但能这么多年如一日，不计个人得失，把一颗诚挚的爱心安放在学生身上，的确非常人所能为。

这是一种博爱，一种大爱；这是一种崇高，更是一种伟大。

四

在秦老师的教导下，一批批学子走进了大学的校门，走向了社会这个大舞台。

在每一届高三的毕业班会上，秦老师总会和同学们说上这么几句话：

"同学们，感谢你们给予我的配合。在我们相处的这些日子里，总有一些事做得不够好，还请大家原谅。无论考不考得上大学，我希望每一个人都要以满腔的热情热爱生命，书写人生，做一个有良知、有教养、有理想、有追求、有价值的人……"

每当这样的时刻，同学们都会泪眼婆娑，难分难舍。

付出总有回报。每逢教师节或节假日，来自全国各地的信件、卡片、礼物像雪片般飞到秦老师的面前。

"秦老师，我很想念您，您一定要保重身体呀！"

"秦老师，您为我们付出的太多太多了。等我今后工作了，一定会好好孝敬您！"

"秦老师，您的存在，是奉献的化身；您的心血，将换来无数个收获的季节。愿您健康！"

"秦老师，在我的心里，您就像我的妈妈一样！"

……

那些上了大学的学生放假回到油田，总是第一时间相约前去看望秦老师。

一份份心意，一句句思念，一次次探望，一个个拥抱，都是对秦老师爱的回馈。秦老师为此而深感幸福。

"秦老师的业务能力、教学研究水平、解难题的能力以及教学效果都是最好的，在学校起到了很好的带头作用，她的劳动得到了社会广泛的认可。"这是一位中学校长对秦老师的肯定。

其实，最能说明秦老师教学水平的当然是一届届高中毕业生的数学成绩。在这里，简单举几组数字：

1981年高考，杨青萍获青海省数学单科第一名，许萍获青海省理科数学单科第一名；

1984年高考，全省理科数学及格率为8.4%，而秦淑娟班的及格率为51%，毕业合格率为100%，高考上线率为94%，正式录取率为90%；

1988年，秦淑娟接这个班时，总平均分是全年级四个班的最后一名，只教了一年，就跃升为全年级第一名。数学成绩100分以上的占全班的三分之一，占全校获100分以上人数的一半以上。高考时，数学及格率达100%，全班平均分为89.8分，比全国数学平均分高出2分；

1990年高考，秦淑娟班升学率为88.7%，吴俊获青海省汉族理科总分第一名，雷渤获青海省少数民族理科总分第一名，全班数学平均分高出全省数学平均分21分。

……

1996年，延期退休的秦淑娟带的高中毕业班55人，被高校录取53人，数学高考平均分超出青海省高考数学平均分31分。

……

所有这些成绩的取得，都是秦老师倾情付出最有力的证明。

因表现突出，秦淑娟曾多次被评为局"三八"红旗手、优秀共产党员、局劳动模范、省劳动模范。1998年，她还荣获青海省特级教师荣誉称号，一度成为青海油田广大职工学习的优秀代表。

这些荣誉的取得，进一步增强了秦老师作为一名人民教师的责任感和使命感。

春播一粒籽，秋收万颗果。

1998 年，退了休的秦老师，结束了她从事了 28 年的教学工作。2002 年，她回到了青海油田位于江苏省宜兴市丁山镇的办事处安享晚年。

　　太湖烟波，浩渺无边。这位阔别故乡三十四载的江南女儿终于回到了她当初起程的地方。她把人生最美好的年华奉献给了荒凉的柴达木，她把全部的情和爱都倾注在了柴达木的孩子身上。

　　如今，她虽身在江南，最挂念的却还是西北那个方向。

大地回声

踏戈壁 战荒原
寻油觅气
踏遍八百里瀚海
将生命修饰成大地的波纹
只为探听大地的心跳

一

人类居住的地球，表层是由岩石圈组成的地壳，石油和天然气就埋藏于地壳的岩石中。埋藏深度深则数千米，浅则数百米。可是，眼看不到，手也摸不着，油气究竟埋藏在哪里呢？

这是开发油气资源最先要解决的问题。

要想找到油气，首先需要搞清地下的岩石分布。这就牵涉到一个专用名词：地球物理勘探。

不同的岩石具有不同的物理性质，比如，导电性不同的岩石在相同的电压作用下，具有不同的电流分布；磁性不同的岩石，对同一磁铁的作用力不同；密度不同的岩石，可以引起重力的差异；振动波在不同岩石中传播速度不同，等等。

地球物理勘探，就是以岩石物理性质差异为基础，以各种物理方法为手段而进行的石油天然气勘探。常用的物理方法有重力勘探、磁法勘探、电法勘探和地震勘探。

地震勘探是近代发展变化最快的地球物理方法之一。它是利用人工激发的地震波在弹性不同的地层内传播规律来勘探地下的地质情况。

柴达木盆地自20世纪50年代进行地质初探以来，采取最多的勘探方法就是地震勘探。这是人与地层之间进行对话的有效方法，是柴达木人寻找油气资源的重要途径。

因此，成千上万的物探大军便成了最初踏上柴达木荒原的人。他们头顶烈日，脚踏盐泽，用脚步丈量戈壁，用心聆听大地回声，一次次唤醒了沉睡多年的土地，在本无道路的瀚海蹚出了青海石油的康庄大道。

青海油田的创业发展史，物探儿女开天辟地，战绩卓著，功不可没。

而这里要讲述的就是一位普通物探女工的故事。

她叫高凤格，曾在青海油田物探战线当过放线工。

二

1960年，高凤格出生在陕西西安。她与柴达木的缘分来自她的父亲。

她的父亲名叫高新岑，是1954年骑着骆驼进盆地的第一批老柴达木石油人。那是一次艰难的西行，那也是柴达木石油最初的大规模踏勘。自此，高新岑就成了一名为油而战的柴达木人。

小时候，在高凤格的印象里，父亲始终像个影子一样在生活中似有若无。一年中能见到父亲的日子最多只有几天。因此，长时间的分离，让她与父亲的关系很淡，甚至是陌生的。

母亲一个人拉扯着他们五个孩子，还要照顾爷爷、奶奶。在高凤格的眼中，只有妈妈每天忙碌的身影，爸爸只是偶尔从妈妈嘴里说出来一个名词。

是啊，在柴达木开发初期，柴达木石油人没有节假日，更没有轮休，一年四季日夜不停地奋战在盆地一线，勘探、钻井、采油、运输等各行各业，全部身心都放在了"我为祖国献石油"上，只顾工作，不讲生活。

对于父亲工作的地方柴达木，高凤格也一无所知。她不清楚父亲工作的地方究竟是个什么样子，她也不知道什么样的工作让父亲忙得回不了家。她只知道，父亲干的工作与石油有关，父亲工作的地方很遥远。但她清楚，是父亲一个人的工资担负起一家老少七八口人的生活。

那时，她还不懂得心疼父亲，还不知道父亲一个人在柴达木过的是种什么样的日子。直到后来，她也到了柴达木，成了柴达木人，她才慢慢体会到了父亲的不易。

高风格是在1971年来到柴达木盆地的。

在这之前，她的大哥和大姐都响应了国家的号召，上山下乡去了。父母实在不忍心再让其余三个孩子走同样的路，他们商量决定，把其余三个孩子和母亲的户口全都迁到柴达木。

高新岑的工作单位是青海油田位于大柴旦的东部勘探处。他办完了户口迁移手续后，就把高风格及她的二哥、弟弟一起从西安带到了大柴旦，让他们继续在勘探处职工子弟学校上学。

那一年，高风格上小学三年级。

从西安来到大柴旦，高风格这才意识到两个地方的差距实在太大。

大柴旦的风可真厉害，时常把她吹得东倒西歪；大柴旦的太阳可真毒辣，没过多久就把她的小脸蛋晒成了"高原红"；大柴旦的生活可真单调，天天吃土豆、白菜、萝卜；大柴旦可真小，只有一条街，没什么可玩的……

慢慢地，高风格适应了高原的生活。

1976年，高风格初中毕业了。

为了尽快生活自立，她放弃了上高中的机会，在16岁这年参加了油田的招工，成了名副其实的第二代柴达木石油人。

起初，她被分配在东部物探处的机修车间当钳工。两年后，她又被调到总机室工作。一年后，总机室撤销，她又被分配到了野外一线，成为292地震队的一名放线工。

三

真正感觉到柴达木石油人的苦，就是在高风格当了放线工之后。

东部勘探处主要勘探的区域是大柴旦、马海和南八仙等地。这些地区，不是一眼望不到边的戈壁沙漠，就是连绵起伏的雅丹地貌，还有连片的沼泽和盐碱滩，而无一例外，都是苍凉荒寂的人类禁区。

放线工的主要职责是将电缆线和检波器，按测量好的坐标位置进行摆放埋置。然后，通过放炮产生震动，接收并向仪器传输不同地下岩层反射波地震信号，以此来分析地下是否埋藏有石油或天然气。

高风格所在的地震队，一个班有 30 个人左右，90% 是女职工。她们背着几十公斤的电缆线，在戈壁荒滩上每天来回行走十几公里。放线，收线，并按照一定的间距挖坑，填埋检波器。

戈壁地貌复杂，有时看似平整的土层下面却埋藏着大大小小的石头，经常一铁锹下去，手都震麻了，却没有一点进尺，有时地表的盐碱壳坚硬无比，铁锹怎么都铲不下去。于是，她们总是如同啃骨头一样一寸一寸往下"啃"。手起了血泡，胳膊疼了，腰背酸了，她们全然不顾。

戈壁的风是无情的，说刮就刮，况且时常刮得疯狂肆意，昏天黑地。空旷戈壁，无遮无挡，风一来，高风格和她的工友们就说不成话，走不动路，东倒西歪，站都站不稳。尤其沙尘暴袭来时，黄沙浩荡，遮天蔽日，仿佛世界末日来临。每当这样的时刻，高风格就格外想念西安，想念西安的绵绵细雨，想念西安的绿树成荫。

高原的阳光格外明媚，也格外毒辣。高风格和她的工友们每次出工都用纱巾把脸蒙住，依然阻止不了紫外线的侵袭。脸上时常被晒得脱皮，还火辣辣地疼。

高风格依然记得，刚出野外不久的一天，她回到宿舍，在镜子里看着自己那张被风吹被日晒过的黑里透红、粗糙脱皮的脸，一向爱美的她，伤心地哭了。她洗了一遍又遍，可就是洗不白。雪花膏抹了一遍又遍，可就是抹不光润。

太阳暴晒的戈壁上，她们一出工就是整整一天，甚至晚上都回不去。有时累了，她们就躺到车底下的阴凉处，天当被，地当床，休息一会儿。

野外出工，最不方便的是上厕所。施工现场，往往都是一望无际的戈壁滩，无遮无挡，女职工每次上厕所都很不方便。

为了上厕所，队上几乎所有的女工都学会了开车。物探用车，个头都大，有的车光车轮子就比一个人还要高。作为女人，在野外生存，没有一点"野"劲是不行的。仅仅为了解决在平时再简单不过的拉屎撒尿问题，她们就得比其他人多掌握一项技能。

没有经过专业训练,她们却一个个都学会了开大车。戈壁茫茫,一个女人为了撒一泡尿,而兴师动众动用一辆庞然大物的情景,细细想来,既有一种奔放四溢的豪情,又有一种苦涩难言的酸楚。

有时,工程用车实在忙得腾不出空,或当地的地貌特征不适合行车,她们就叫上两三个女同事到工地附近,用棉衣拉一道矮墙,就近解决。

夏天蚊子多得吓人,叮起人来,毫不留情。而冬天的风,像长了尖刺,吹在皮肤上像针扎般疼痛。

为了少上厕所,高风格和她的女伴们出工期间尽量少喝水。但柴达木多风少雨,空气干燥,总会让人干渴难忍。真是左右不是,让人煎熬。

高风格说,有一次在马海施工时,她吃坏了肚子,总想上厕所,但又不方便上厕所。她一次次忍着肚子疼,一个人开上大车到没人的地方解决内急。可又怕耽误工作,就努力忍着,尽量少上几次。施工现场远离营地,她必须等全班工作任务完成后才能一起回。她难受得不知所措,一个人蜷缩在车上伤心地哭了起来。好不容易熬到了收工后,两个多小时的长途颠簸又让她苦不堪言,她硬是一路憋着回到了基地。

回到营地,她吃了药。接连三天,她都被拉肚子这件事折磨得坐立不安,心情郁闷,直到第四天才好起来。

在野外工作,生病是很危险的事。一旦出现危急情况,荒郊野外,远离基地,无法进行及时救治,会错过最佳治疗时间。幸好这次高风格只是拉肚子,如果是心脏病,问题可就大了。

在野外,吃不上饭、喝不上水是常有的事。送饭车和送水车有时会因为刮大风迷了路或陷入沼泽而不能及时赶到,高风格和她的工友们就得忍饥挨饿了。

她记得有一次在南八仙施工时,盼了半天的送水罐车来是来了,可罐里放出来的水却是红色的。因为,那辆罐车一边拉生产用的盐碱水,一边拉生活用的淡水。那一次,因为时间太紧张,来不及清罐,就直接灌了淡水。大家渴得实在没办法,也只好喝下这带铁锈的红水。

高风格说:"野外施工,不方便带碗筷。每次送饭车来了,我们就把铁锹擦一下,把菜打到铁锹上吃。不用铁锹的就用塑料布。没有筷子,我们就用做标记用的细竹竿代替。那时，没啥菜可吃，不是土豆就是白菜，主食只有馒头。有时风大，沙子漫天飞，菜里全都是。有时风太大，送饭车来不了，我们就饿着……"

马海地区多为盐泽，只有冬季才能施工。冰天雪地，寒风刺骨，高风格同她的工友们以顽强的斗志，穿梭在工地上。白天放线，晚上放炮之后，再收线，昼夜交替，日月轮回，他们重复着单调的动作，完成了一次又一次的放线任务。

她说："有时累了一天，坐在返回营地的槽子车里，那么冷的天，那么颠的路，竟然还能睡着。有时遇到特别难走的地段，一天下来，脚会磨出血泡，回到宿舍，袜子都粘在脚上脱不下来……"

其实，高风格在野外工作的时候，条件都已经好了很多。

她说："那时，营地有了板房。听爸爸说，以前勘探队员住的都是帐篷。风一吹，时常就把帐篷吹跑了。衣服、床单、脸盆吹得到处都是。后来，大家吸取了教训，睡觉时，用绳子把被子连同自己一起绑在床上。这样的话，帐篷吹跑了，被子还能留下来……"

工作之余，高风格还主动为同队的男职工洗衣服、被套、床单，用她的爱心温暖着身边的人，让荒凉的戈壁充满人间的温情。

高风格说："人在野外，远离父母亲人，同事就是亲人。环境越是艰苦，人与人的感情就越纯真。正是在野外工作的那些日子，让我对柴达木有了更真切的体会，对石油有了更深厚的情感。我知道，每滴石油里都包含着石油人的血和泪、苦与酸……"

在野外，条件有限，一切从简，完成任务，是他们的终极目标。严酷的环境，让身处其中的女人少了柔弱与娇羞，多了粗粝、坚韧和豁达。

只有经历过严酷自然淘洗过的人，才是真正的柴达木人。

高风格的野外工作生涯，让她对生命有了格外的感悟。

由于工作出色，高风格曾多次被评选为物探处"三八"红旗手。

四

1984 年，高风格收获了她的爱情。

1985 年，她又收获了爱情的第一个结晶。

临产前，高凤格从野外回到西安父母身边，生下了她的第一个孩子，是个男孩。

一年产假后，单位考虑到她的家庭困难，便把她调回了敦煌，做了一名材料员。那时，物探总部已搬到了敦煌。而丈夫关云，依然在进行着野外勘探工作。

一边工作，一边带孩子，还有公公婆婆需要照顾，高凤格在敦煌的工作与生活并不比在野外轻松。野外条件差，工作却相对单纯，但到了敦煌，多重身份的她，每天都忙得不可开交。

高凤格苦于自己文化不高，在教育孩子方面，就格外用心。她希望自己的孩子能够好好学习，接受高等教育，做对社会有用的人。

1990年，高凤格生下了她的第二个孩子，是个女儿。工作之余，一双儿女就是她生活的重心。

丈夫长期在野外工作，每年回家的时间只有三四个月。高凤格一个人带两个孩子，非常辛苦。而她每年还得去花土沟三个月，孩子无人照料时，她只好将两个孩子托付给弟弟照看。

孩子成长的过程，高凤格付出了很大努力。

她记得，有一次，儿子病了，丈夫在野外回不来，而小女儿一个人不敢在家待，哭着喊着要跟她。于是，高凤格背着生病的儿子，领着幼小的女儿，去医院为儿子看病。

夜很黑，天很冷，高凤格的心里酸酸的。

像她这样的情况，在青海油田相当普遍。很多夫妻都在一线工作，没法照顾孩子，只好把孩子送回老家由老人代养。有些没有老人的，就只有托付给其他亲戚或朋友照看。时间久了，会产生很多问题，比如父母与子女关系不好，比如孩子的教育跟不上，等等。这是青海石油人为了石油事业而不得不付出的代价，有些无奈，也有些残酷。

好在，高凤格的两个孩子没有让她失望。

说到孩子，高凤格充满自豪地说："小时候，我特别注重孩子的人品教育。遇到问题，总是动之以情，晓之以理。孩子们也很配合，学习成绩也不错。儿子上的是华中科技大学，现在拉萨工作；女儿上的是厦门大学，还到法国上了研究生,并在那里工作了几年,如今在上海工作。两个孩子没有什么恶习,工作生活都非常不错……"

她说:"带孩子,累是累点,但看着孩子一天天长大,心里还是蛮幸福的。孩子的爸爸很体谅我,每次从野外回来,都抢着干这干那。"

而对于自己的父母,高风格却充满了遗憾。

她说:"爸爸1980年退休回了西安。我一边工作一边带孩子,没有时间回去看他们。1990年,我在花土沟,父亲得了肝癌。我都没来得及回去看他一眼,他就走了。等我请了假,一路奔波回到家时,爸爸已经下葬了。我跪在他的坟头大哭了一场……"

高风格说到这些时,声音有些哽咽。

如今,已退休十年的高风格生活幸福美满,她照顾公婆,照看孙子,继续发挥着生命的余热。

曾经的艰苦岁月,已然沉淀成一种优良的基因密码,帮她维护来之不易的静好岁月。

生命之光

一身工装
一柄焊枪
勤学苦练　南征北战
天际线上　焊花闪闪
攻坚克难敢为先
谁说女子不如男

当她决定穿起工装拿起焊枪，她的人生就有了与众不同的走向，她的生命就有了光艳与明亮。

一个柔弱的女子，以焊枪为武器，以焊帽为盾牌，在西部广袤辽阔的荒原高地，南征北战，冲锋陷阵，以风沙雪雨为伴，以严寒酷暑为友，蹲立坐卧，焊花闪闪，取得了一次次成绩，收获了一个个荣誉，一度成为青海油田工程建设史中大名鼎鼎的电焊能手。她以劳动为美，以吃苦为荣，为油田奉献精湛技艺，为人生描绘精彩华章。

她叫刘梦娟，一位全国"五一劳动奖章"获得者。

一

1976年，刘梦娟出生在青海油田一个普通的石油工人家庭。父亲是一个吊车司机，崇尚劳动，勇于奉献，曾两次获得过青海油田劳动模范荣誉称号。

1992年11月，刘梦娟参加了工作，被分配到青海油田油建工程处当了一名焊工。

油建工程处是青海油田的一个二级厂处，主要负责油田的基础建设，诸如修路、架桥、铺设输油（气）管线、制作储油（水）罐等，工作环境大都在荒山野岭，工程任务通常紧急而繁重。其中，焊工是该厂处最主要的工种之一。

刘梦娟首先作为一名学徒，跟着师傅学习焊工技术。

上工第一天，师傅就对她说："要想干好焊工，必须练好几个基本功，一是蹲功，二是腕功，三是静功。要想保证焊接质量，这三功缺一不可。在今后的实践中，你一定要用心体会，好好练习。"

其实，师傅还忘记了一条，那就是苦功，也就是吃苦耐劳的功夫。这是后来刘梦娟自己体会到的。

工地上，刘梦娟蹲在师傅跟前，看师傅做演示。师傅右手抓起焊枪，夹了一根焊条，左手将焊帽遮住脸部，对着地上的钢板点了一下。"呲"一下，焊花四溅，刘梦娟赶紧用焊帽遮住了脸庞。师傅已经提前警告过她，这弧光很厉害，一不留神就会刺伤了眼睛。

闪烁的焊花，让刘梦娟感觉很好奇，她要亲自来试一试。

于是，按照师傅的指点，刘梦娟开始练习起来。

看起来简单易行的操作，自己操作起来却显得那么笨拙。手上没劲，焊枪握不稳，焊条点到的位置不准确。只蹲了一会儿，腿脚就麻得像有无数个小针头在扎她。焊帽使用起来也有些力不从心，她急于想看清焊点，而不小心被弧光刺了眼睛。

收工回到宿舍，她身体疲惫，眼睛红肿，忍不住趴在床上哭了。

柴达木盆地海拔高，氧气少，风沙大，日头毒，让身体单薄的刘梦娟接受着严酷的生存考验。可以说，她职业生涯的第一课，主题只有一个字：苦。

在野外施工工地，刘梦娟同男职工一起，脚穿大头皮鞋，身着厚重的工作服，头上裹得只剩两只眼睛。因此，她终于明白了经常听人说起的"三个分不清"，即干部和职工分不清，职工和民工分不清，男职工和女职工分不清。的确，工地上，大家都穿清一色的工作服，都戴清一色的安全帽，他们有一个共同的名字：柴达木石油人。

几个月的野外实习,让刘梦娟初尝了野外工作的艰难。有一天,她面对镜子里的自己,黝黑的脸庞、粗糙的双手、膝盖上的血泡,内心无比酸楚。

花样年龄的女孩子,本该青春靓丽,神采飞扬;本该唱歌跳舞,活力四射。她却像个男人一样天天与风沙共舞,与钢铁为伴,头顶烈日,脚踏荒漠,啜饮孤寂之滋,饱尝相思之味。

因此,从野外回到家,她眼泪汪汪地向父亲诉说起野外的艰难,本想以此打动父亲,让他帮忙调换一个轻松点的岗位。

可是,作为曾经两次荣获油田劳动模范的第一代老石油人,艰苦奋斗、无私奉献和为油而战的柴达木石油精神已深深渗透在了他的骨头里。他看着经过几个月风吹日晒辛苦劳作后不再娇美的女儿,虽然有些心疼,但并没有答应她的请求。

他语重心长地说:"娃儿啊,劳动不丢人,当工人更不丢人,三百六十行,行行出状元哪!焊工是个技术活,关键是要干得好。你要当上焊工技师才行啊!"

父亲的话,让刘梦娟打消了换工作的念头。她暗自下定决心,要好好学习技术,争取早日成为一名焊工技师。

一旦下定决心,困难就不再是困难,反而成了学习与锻炼、提升与成长的有利条件。

她找来焊工方面的书籍,从理论入手,钻研起焊工技艺来。工作中,她认真按照师傅的指点进行操作练习,随身还装着一个笔记本,每天记录下自己不明白的问题,也随时记录下操作过程中的成功经验。

为了更快更好地掌握焊接技巧,她利用午休时间,一个人跑到工房,加班加点反复练习。为了锻炼手腕的力量,练习时,她在手臂上绑上砖块。并且,一有机会,就向有经验的师傅和同事请教。

功夫不负有心人。刘梦娟勤学苦练,善思好问,焊工技艺一路突飞猛进。

两年的学徒生涯,她已经熟练掌握了焊工操作要领,不同材质、不同形状、不同厚薄的板材或管材,她都能焊接得美观平整,质量过硬。她的进步,得到了师傅和同事的一致好评。

1995年,只有19岁的刘梦娟以优异的成绩结束了学徒工的身份,成为同一批学徒中最早独立顶岗的人。

二

学中干，干中学。人一旦有了目标，就会不计得失，勇往直前。独立顶岗后的刘梦娟，很快就有了新的任务。

1995年，油田工程公司承揽了大型援藏"格101管道工程"，其中要焊一座5000立方米的大罐。如此体量的大罐，对公司来说还是头一次承建。因此，必须选派技术过硬的焊接工人才行，当时只有20岁的刘梦娟被点名"参战"。

面对领导的信任，刘梦娟既觉得荣幸，又深感压力。毕竟，她才是一个只有两年多工作经验的新手。但她珍惜这次锻炼的机会，她相信有挑战才会有进步。

于是，昆仑山下，刘梦娟和她的队友们吸着稀薄的空气，顶着紫外线超强的日头，站、蹲、坐、卧，与一块块钢板做着力与智的较量。

钢板切割得并不平直，为她们的焊接造成了一定的难度。但是，刘梦娟用她的耐心和恒心一点一点地点焊、修补。她要求自己不但要焊得结实，还要焊得美观。因此，在她手里，焊枪如同绣花针一样，缝织着一个个焊口和一道道焊缝，细细密密，齐齐整整。

焊花飞舞，汗打衣衫，风吹日晒，日夜轮转。腰站酸了，脚蹲麻了，胳膊疼了，眼睛肿了，刘梦娟和她的工友们经常一干就是一天。午餐在工地上伴着风沙简单解决，实在困了就躺在戈壁滩上，天当被、地当床睡上一会儿。

戈壁的风总是那么凛冽，高原的太阳总是那么炙热，干燥缺氧的空气总是让人心慌气短，走起路来像是踩在棉花上。但是，昆仑山下，通向西藏的建设工地上，热火朝天的工作场面，总是让刘梦娟感到精神饱满，激情满怀。

艰苦奋斗，无私奉献，为油而战，柴达木石油人走到哪里，就把精神带到哪里。

一天过去了，一个月过去了，一块块铁板经刘梦娟及工友们的精细缝合、连接、拼装。亲眼看着一座5000立方米的庞然大物从无到有、从小到大，一点一点在他们手中成形，消瘦了一大圈的刘梦娟内心是喜悦和骄傲的。

最终，经过质量专家检测验收，工程质量全优。

8月3日，"格101管道工程"全线竣工，投入试运行。

这条从格尔木炼油厂至101油库新建的输油管道，将格尔木炼油厂与原有的格尔木到拉萨的输油管线连接起来,从此柴达木盆地输送到格尔木炼油厂的原油经过加工后,即可直接输送到拉萨,满足西藏的用油。

庆功会上,大家的目光齐聚在刘梦娟身上。作为这项重点工程中年纪最小的焊工,她的优秀表现,得到了领导与同事们的肯定与赞扬,同时也充分体现了她勤学苦练的显著成效。这更加坚定了她要做一名技术过硬的焊工技师的信心和决心。

"下向焊"焊接技术,是在管道水平放置固定不动的情况下,焊接热源从顶部中心开始垂直向下焊接,一直到底部中心,其优点是焊接速度快、焊接质量高、材料消耗少以及焊接合格率高等。

1996年,青海油田为引进这项新技术,专门从内地请来一名高级焊工技师进行培训。刘梦娟参加了培训。

为了快速掌握这门技艺,刘梦娟付出了比别人多得多的时间和心思。她在手腕上绑上砖块,以增加腕力。她把饭带到培训现场,中午不回家,一个人加班加点进行练习。有了疑问,她就主动去请教老师。

她的学习态度让培训技师和其他学员都深受感动,他们没有见过这么用功的学员。最终,刘梦娟通过考核,成为青海油田首批取得"下向焊接合格证"的焊工。

1997年,刘梦娟以优异的表现获得青海油田"十佳青年岗位能手"称号。

1998年,刘梦娟又获得了"全省青年岗位能手"光荣称号。

同年,她参加了青海油田"仙—敦"输气管道建设工程,负责管道焊接第一道"打底"工序,且施工半年,她打底的工序合格率为100%。

1999年,刘梦娟参加了青海油田"仙—翼"输气管道建设工程,这次她是负责焊接"盖面"工序,且她焊接的盖面工作合格率也为100%。

短短几年时间,刘梦娟通过自己的勤奋,熟练掌握了德国工业标准焊接、锅炉压力容器、氩弧焊、二氧化碳气体保护焊、下向焊等焊接工艺,并先后获得《德国工业标准焊接合格证》《锅炉压力合格证》等五项焊接操作技术合格证。

三

2002年，对于刘梦娟来，是非常不平凡的一年。

带着一身绝技，刘梦娟参加了青海油田一年一度的技术大比武。赛场上，她镇定自若，无论是理论考试还是实际操作，都表现得游刃有余。最终，她力压群雄，一举夺冠，成为油田焊工队伍中的佼佼者。

同年，全国石油石化系统要举办焊工技术大赛，刘梦娟被油田选派，作为唯一的青海油田代表前去参赛。

8月，刘梦娟带着油田的期望，信心满满地来到设在河南洛阳的大赛集训基地，成了142名参赛选手中年龄最小且唯一的女性选手。

在这里，参赛选手们要统一集训一个月时间，然后再进行正式的比赛。

不比不知道，一比吓一跳。集训第一天，看到来自全国各地来的选手们个个出手不凡，技艺高超，刘梦娟一下子看到了自己的差距和劣势。而作为油田比赛第一名的优越感也被无情的现实一扫而光。

刘梦娟想到了青海油田的希望和领导的嘱托，她感到了前所未有的压力。她暗下决心，好好学习，尽自己最大可能提高技术水平。

按照规定，每天每位选手只发一套"试件"，内容也是严格按照老师的要求进行。她除了在训练时认真听讲，强化记忆，还随时做好记录。晚上回到宿舍，她把当天的训练情况进行分析和反思，不断强化训练效果。

为了能够多加练习，刘梦娟每天都"厚着脸皮"向管理人员多要几块"试件"，一个人加班加点反复练习。

训练之余，她还主动去向那些技术高超的师傅求教。她虚心好学的态度让很多人都深受感动，因此，她总能得到相应的答复。

正值盛夏，骄阳似火，暑气逼人，有时气温能高达40℃。加之工作现场焊花闪烁，热气腾腾，因此，刘梦娟每天都泡在汗水里坚持训练。

一个月时间，刘梦娟付出了她全部的真诚与努力。集训结束，她觉得自己有了明显的进步。

9月，142名参赛选手从洛阳辗转到大庆油田，一起参加技术大赛。经过几天紧张激烈的角逐，最终，刘梦娟取得了第22名的好成绩。

面对这样一个相当不错的成绩，刘梦娟却感觉非常失落，她甚至觉得有愧于油田的培养和领导的期望。

通过这次比赛，刘梦娟对自己有了更加客观和清醒的认识。

她觉得，比赛成绩是衡量一个人水平的标尺，自己的技术水平还有待进一步提高。通过这次集训和比赛，她不仅开阔了眼界，还认识了许多技艺高超的同行。这对她来说，是一笔宝贵的财富。

回到油田，刘梦娟变得更加虚心好学，也更加踏实勤奋。

在很长一段时间里，她都保持着与外界的联系。她经常通过电话、QQ等方式与外地的师傅进行技术交流。有什么疑难杂症，她也会主动向师傅们请教。

就在这一年，28岁的刘梦娟通过了青海油田的技术考核，成功晋级为青海油田历史上最年轻且唯一的女焊工技师。

四

随着格尔木下游市场需求规模的不断扩大，年输气量8亿立方米的"涩—格"输气管道已不能满足发展要求。青海油田审时度势，决定建设"涩—格"输气管道复线。复线全长177.25千米，设计输气能力20亿立方米，工程总投资为3.8亿余元。该工程于2006年8月18日正式启动，2007年3月1日全线开工。

为了确保此项工程能够保质保量建成投产，公司挑选了业务能力强、综合素质高的优秀焊工参加工程建设，还专门成立了油田首个"女子焊工班"，指定刘梦娟担任班长。

从自己干到带领班员一起干，角色的转变让刘梦娟肩上的责任更重了。

作为班长，刘梦娟对自己严格要求，做好表率，总是把最难最重的工作留给自己。另外，为了确保焊接质量，她实行"三检制"，即专检、自检和互检，严格落实检查责任，不放过每一道焊口，不合格就返工，毫不留情。"快、准、美、优"，是她们对焊接工作的原则性要求。

能被挑选入班的女子个个都身手不凡，加之刘梦娟的表率作用和精细管理，女子焊工班的焊接质量总是名列前茅，让人称绝。她们心里铆足了劲，比学赶超；她们团结友爱，互助协作。有那么一段时间，她们天天创造新的纪录，然后，又一个个被自己打破。

戈壁沙滩，盐滩沼泽，刘梦娟和她的姐妹们迎风沙、战雨雪，水里跪、泥里趴，为了青海油田的石油事业攻坚克难，奋力拼搏。她们以工地为家，忘了自己是女人，更忘了自己是妻子和母亲。

在她们的共同努力下，每天的焊接口数由最初的15道最高上升到75道。焊接一次合格率从最初的93.4%上升到98%。

在全班冲刺日焊接75道口纪录那天，刘梦娟一连干了十个小时。晚上回到营地，整个人都瘫了。焊枪握得太久，手僵得伸不直，吃饭时连碗筷都拿不起来。

最后，全班以焊接一次合格率98%的优异成绩顺利通过"百道焊口"考核。

真是巾帼不让须眉。

从开工到投产，"涩—格"输气管道复线仅仅用了不到三个月的时间，创造了青海油田管道建设史上的高速度和高质量。这是青海油田完全依靠自己的施工力量建设的工程项目，工程做到了全线无安全事故、无污染。这标志着青海油田天然气管输气能力得到大幅提升，柴达木盆地天然气综合利用迈入崭新阶段。这其中，刘梦娟的"女子焊工班"功不可没。

5月29日上午10时，"涩—格"输气管道复线竣工投产典礼在"涩—格"管道格尔木末站举行。刘梦娟受邀参加。她代表"女子焊工班"和全体建设者庄重地按下了启动按钮，点燃了光灿夺目的熊熊火炬。

那一刻，所有的付出都化作了幸福而激动的泪水，所有的努力都化作了自豪与荣耀。

青春因奉献而美丽，岁月因付出而生辉。

刘梦娟带着她的"女子焊工班"，为青海油田的工程建设栉风沐雨，无私奉献。

因为表现突出，"女子焊工班"获得集团公司"标杆班组"荣誉称号，还被青海省总工会授予首批"工人先锋号"，成为最富有油田建设者气息的精神样板。

五

从事焊工工作16年，刘梦娟参加了青海油田和国家重点工程10多项，参与焊接千方以上大罐5座，亲手焊接的管道100多公里，焊口连接起来足有十几公里，用去焊条5吨之多，她的视力从100度上升到了370度，穿烂了40多套工作服，除了结婚、生孩子以及正常冬休，她在野外工作的时间长达14年之久……可以想象，在这组数字背后，刘梦娟付出了怎样的劳苦和辛酸。

可以说，刘梦娟作为一名普普通通的工人，她的表现堪称模范和表率。作为一名有追求的焊工，她的表现可谓功德圆满。但是，作为一个女人、一个女儿、一个妻子和一个母亲，她的角色却是缺失的。

女人天生爱美，刘梦娟也不例外。但长年的野外工作和生活，她穿得最多的是工作服和大头皮鞋，时常把自己包裹得像粽子，根本看不出她是一个女人，更别说好看。不管是花红柳绿、草长莺飞的春天，裙袂飘舞、瓜果飘香的夏季，还是落英缤纷、凉风习习的秋天，她总是奋战在戈壁沙漠，与铁管钢板为伴，与弧光焊花为伍。而到了冬休回家，到处都是萧瑟一片。她没有机会穿漂亮衣裳，没有时间化美丽妆容。她的手臂上布满了因焊花飞溅留下的黑点，这让她即便在夏天，也很少穿短袖衣衫。然而，比起这些外表之美，她在工地上表现出来的才是真正的"大美"。

这么多年，她早已将劳动之美镂刻于心，深植于骨。

为了油田的建设发展，刘梦娟时常忍受着与家人的分离之苦。儿子明明始终是她心头的牵挂。电话那头，时常一句"妈妈"，就会让她泪花闪烁，而一句"你什么时候回来"，总让她不知如何回答。

孩子需要母爱，丈夫需要妻子，父母需要女儿，但自古忠孝难以两全。对家人，刘梦娟时常感到抱歉。好在，父母理解，让她的野外生活有了支撑。丈夫支持，让她的摸爬滚打有了依托。

为了油田的建设，刘梦娟敬业执着，无私奉献，把自己最美好的年华奉献给了柴达木的戈壁与荒漠，奉献给了山峦与沼泽。她辛劳着，也幸福着；她失去着，也收获着。

后来，为了更好地发挥她的焊工技能，刘梦娟被单位聘为焊接工艺训教员，毫无保留地将自己的工作经验和技能技巧传授给更多的油田建设者。

一批又一批学员，在她的培训下，陆续担当起了建设油田的重任，有的还成了单位的骨干。

而她本人，因表现突出，在 2008 年荣获全国"五一劳动奖章"。作为青海油田历史上第一位，也是全石油系统最年轻的获此殊荣的女职工，"刘梦娟"这个名字，将被永远地载入了青海油田发展的史册。

爱的天使

善良为根

慈悲为魂

心柔似水

志坚如铁

爱的天使

落脚凡尘

她是金色戈壁上爱的天使!

简陋的家舍,清贫的生活,都没能减少她慷慨无私的付出。她把自己的劳动所得变成善款,让失学的孩子脸上重新写满笑意;她的鲜血,奔流在很多与之素不相识的生命里;她的骨髓,让枯萎的生命之花再次绽放。心柔似水,志坚如铁,她用爱温暖了人间。

她叫赵婷,青海油田一名普普通通的女工,一位二十多年如一日,助人为乐,无私奉献,始终把爱洒向人间的爱心天使。

一

赵婷,女,汉族,籍贯四川。

她父亲是第一代柴达木石油人,从事钻井一线工作;母亲是家属。

小时候,赵婷跟随父母来到柴达木盆地的花土沟上小学。上了一段时间后,由于自然环境恶劣,加之父亲工作在野外,母亲要参加家属站的劳动,对她无暇关照，于是，一年之后，又转回成都，跟随舅舅和外婆一起生活，一直到高中毕业。

1991年，赵婷高中毕业后，通过招工，成了青海油田格尔木炼油厂的一名操作工。

格尔木炼油厂，是二十世纪八九十年代青海油田实施的三项重点工程之一，1986年11月由国家计委审批立项，1991年8月1日开工建设，1993年7月15日正式建成投产，年加工能力150万吨。

赵婷一参加工作就在炼油厂，从一名学徒逐渐成长为一名熟练的操作工，一干就是二十多年。

2019年，她调出炼油厂，成为物资装备公司一名化学危险品仓库保管员。

1994年8月的一个清晨，赵婷同往常一样下了夜班回到宿舍。她打开收音机，边听广播边洗脸。又困又乏的她，打算洗漱完毕后好好睡上一觉。

突然，收音机里播出的一条消息让她睡意全无。一个山区里的孩子，为了凑8元4角的学费跑到离家15里外的砖厂去搬砖，返家途中，天黑路滑，不慎坠入山谷。当家人久盼未归，翻山越岭找到他时，他早已没有了呼吸……

听完这个消息，赵婷呆立在那里，水龙头里的水"哗哗"地流着，把她的衣服都打湿了。她只感到内心有种说不出的难受，眼泪"啪哒啪哒"直往下掉。

赵婷心绪难平，全然忘记了夜班的疲劳。好可怜的孩子，好悲惨的命运，那个坠崖男孩的惨剧一直在她的脑海中出现。

那一天，赵婷躺在床上，翻来覆去，怎么也睡不着。

"不行，我得做点什么。我得帮助这些上不起学的孩子。"

她想起了小时候和外婆在一起的日子。外婆识字，当老师，还专门为不识字的人扫盲。那时，赵婷还小。每次外婆去给扫盲班上课，她就跟着去旁听。因此，小小年纪，她就知道，不管大人还是小孩，都得识字，都得上学，要不就是文盲。

她还想起小时候同妈妈一起带着生病的妹妹去内地看病的情形。虽然人生地不熟，但她们却得到了许多好心人的帮助。有的人帮忙带路，有的人帮忙挂号，还有的人帮助打水、买饭。赵婷一直心存感激，并牢记在心。

于是，赵婷决定做点什么。

她记得在曾经翻阅的报纸上，看到过有关"希望工程"的介绍。于是，她翻出原来的报纸，查到了中国青少年发展基金会关于启动"希望工程"的有关报道。

她得知，当时一个小学生五年的学费是300元。她算了算，虽然当时自己一个月的工资只有100多元，但帮助一个孩子读完小学还是可以负担得起的。

当时，基金会有规定，为了保证失学的孩子能够安全上完小学，捐助者必须连续捐够600元才可以进行一对一结对帮扶。

于是，赵婷给中国青少年发展基金会写了信，表明了自己的资助愿望，并于1994年8月12日向基金会寄出了第一笔善款，30元。

当将30元钱从邮局汇出后，她内心有说不出的激动。她觉得自己做了一件有意义的事。

为了尽快结对成功，赵婷每月都寄去30元，连续寄了4个月之后，12月1日，她又一次性寄去了240元。接连不断的汇款，让基金会感到了赵婷的诚意，于是便提前为她安排了资助对象。

在中国青少年发展基金会的安排下，赵婷以"结对子"一对一帮扶的方式资助了第一名失学儿童——海南省海口市的黎族男孩孟家彬。

孟家彬，父母双亡，与年迈的奶奶生活，才上一年级就因贫困失学。

于是，赵婷拥有了第一张结对救助卡，并拥有了一串独属于她一个人的爱心编码：119404122886。从此，她便走上了爱心捐助的道路。

赵婷每月为孟家彬寄去学费，让这个可怜的孩子顺利读完了小学，还上完了初中。

从资助第一个失学儿童开始，赵婷就越来越不满足于自己的付出，她总想多帮几个孩子，总想力所能及多帮助一些有困难的人。于是，她又开始给中国青少年发展基金会"希望工程"写信，先后又资助了5名失学儿童。

宁夏回族自治区盐池县的城郊乡佟记圈小学的王梅芳同学，是赵婷资助时间最长的孩子，从1998年王梅芳上小学开始一直到高中毕业，整整资助了她12年。为了筹足王梅芳高中时的书本费、学杂费等费用，赵婷不仅自己倾尽全力，还发动了家人一起捐款。在赵婷的帮助下，王梅芳最终以优异的成绩考上了大学。

2014年，赵婷又资助了3名品学兼优却因家庭贫困面临失学的青海省循化撒拉族自治县的藏族孩子。同年，在她的资助下，因家庭贫苦，被迫辍学务农的四川省内江市资中县女童黄丽雅也终于走进了她梦想的初中课堂。

赵婷默默无闻地奉献着自己的爱心，不计得失，不求回报。她想的最多的是"用她的付出改变一个孩子的命运"。她寄出去的不仅仅是钱，更是爱，是温暖，是信心，是力量，是希望。

从炼油厂到邮电局，这条不足三公里的道路赵婷一走就是二十多年。她总是带着刚发的工资和满满的爱，去给一个又一个素昧平生的孩子寄去钱和信，为一个个贫困的家庭寄去希望。

二

"除了资助失学儿童，我应该还能做更多的事。"赵婷心想。

她有两张银行卡：一张是工资卡，里面存放着上个月的工资；一张是储蓄卡，里面只有2000元钱以备急需。

工资收入并不高的赵婷，除了资助失学儿童，还不定期向中国妇女基金会以及中国红十字会等慈善机构捐款，除此之外，她还捐助了"母亲水窖"工程。500元、1000元、3000元……一笔笔带着赵婷爱心和情谊的善款寄往全国各地，送到了那些需要帮助的人手里，让那些素不相识的人体味到人心的良善和人间的温暖，让爱的种子在他们心里生根发芽。

2008年，四川汶川发生大地震，她一次就捐出了7000元。

赵婷为他人舍得，为自己却不舍得，她的日常生活过得特别节俭。家中的电视、沙发十多年一直没有更新，她觉得能用就行。在电脑成为家庭必备时，她却舍不得为自己买一台，她觉得那太奢侈了。一件衣服，她穿了又穿，洗了又洗。她也从来不买高级化妆品和名牌包。在她看来，生活无须太奢侈，能吃饱穿暖已是幸运，还有太多的人吃不起饭，上不起学，看不起病呢。

2007年，是赵婷最难熬的一年。这一年家里家外发生了好多事，让她明显感到了力不从心。

这一年，六十几岁的父亲摔伤住院，几乎花去了家里的全部积蓄，赵婷主动承担了父亲的药费。

这一年,她唯一的妹妹考上了中国人民大学,却因学费不足差一点失了学。赵婷力承担当,向父母保证:"妹妹的学费我来出",才让妹妹圆了大学梦。

这一年,赵婷也留下了人生的一大遗憾,因家庭的多重变故她差点让一个学生断捐。等她从痛苦和麻烦中稍稍喘了一口气,她突然想起了那个被自己捐助的孩子,竟有四个月没有给他寄钱了。于是,她向朋友借了500元,一次性为那个孩子补足了学费。在得知这个孩子没有退学后,她这才长舒了一口气。

责任,像一个警钟,长鸣在赵婷的耳际。再苦再难,她都不会出尔反尔,放弃承诺。

虽然,赵婷做得已经足够好,也足够多,但是,在爱心铺就的光明大道上,赵婷始终觉得做得还不够。她经常提醒自己:"还可以做得更多,还可以做得更好。"

2007年,赵婷又开始无偿献血。每年不定期献血一两次,十几年下来共无偿献血3000cc之多。

2011年8月,赵婷回四川成都休假时,在街头看到了"为14岁以下白血病儿童捐献骨髓"的活动宣传。她想都没想,当即在中华骨髓库留下了自己的资料,成了一名骨髓捐献志愿者。

三

在充满爱的道路上,赵婷一往无前。

2012年4月的一天,赵婷像往常一样坚守在工作岗位上,突然接到一个陌生人打来的电话。

"喂,您好,我是骨髓捐献中心,您是赵婷女士吗?有一位患白血病的6岁小男孩需要骨髓移植,您的血液刚好配型成功,您是否愿意捐献呢?"

赵婷当时就愣住了。

"是真的吗?不会是骗子吧!"

这是她的第一反应。她定了定神,开始仔细询问起那个小男孩的病情。经确认,这个电话不是骗子打来的,的确有一个生命垂危的小男孩正在等着她的救助。

在中华骨髓库留下自己的血液标本和相关资料后，赵婷虽也想过这件事，但没有想到的是，这样的小概率事件竟在这么短的时间内落到了自己头上。据说即便有血缘关系的人，匹配成功的概率也只有万分之一。而她作为一个非亲非故的陌生人竟然能配型成功，这个小男孩与她究竟是怎样一种缘分呢？这让赵婷竟有种喜出望外的感觉。没有犹豫，她告诉对方：同意捐献。

可是，当挂了电话，冷静下来之后，她又犯了难。

对方说，手术最好在7月底8月初进行，可那段时间是她上班的时间，如果请假，单位就得找人顶班，这会让领导为难。另外，她的妈妈虽然始终支持她献爱心做好事，可是捐献骨髓的事她却没向妈妈提起过。这样冒险的行为，妈妈会不会同意呢？她心里毫无把握。

但赵婷还是悄悄地为捐献骨髓的事做着各种准备。

她首先找到车间主任说明了情况，希望领导能够答应她的请假申请。捐献骨髓这个事，着实让她的领导吓了一跳。虽然他也知道赵婷捐助失学儿童的一些事，但捐献骨髓这么大的事，他的确感到太意外了。意外之余，还有几分感动。于是，他答应为赵婷批假。她的班长和同事听说之后，都纷纷主动提出帮她顶班。

领导的支持和同事的理解，让赵婷深受感动，并心存感激。

然而，当她试着把捐献骨髓的事向妈妈说明之后，一向支持她的妈妈却坚持反对。

"婷婷，其他好事怎么做妈妈都不反对，但这件事，你得为妈妈着想着想。万一你有什么意外，妈妈都70岁的人了，哪能受得了这样的打击？"

望着白发苍苍、操劳半生的母亲，赵婷沉默了。

接下来的那段时间，赵婷再没有和妈妈说起这件事，但依然没有间断和骨髓捐献中心的联系。她通过与骨髓捐献中心通话了解到，在她之前曾有一名年轻小伙子也和小男孩配型成功了，但就在准备手术时，他又改变了主意，拒绝了捐献。如今，赵婷成了挽救小男孩的唯一希望和不二人选。

赵婷感觉到身上的责任和使命很重。如果她放弃捐献，小男孩的人生就会过早凋零。他的人生还没有开始就面临死亡，这太残酷了。赵婷越想越觉得不能放弃这次救人一命的机会。

她要做通妈妈的工作，争得她的理解和支持。于是，赵婷就动员家人一起劝说妈妈，并私下委托在成都的舅舅进一步了解一下小男孩的家庭和病情。

舅舅了解到，小男孩也是成都人，爸爸是公交车司机，妈妈没有工作，还有一个年迈的奶奶。一家人的生活非常困难，家里的全部积蓄都用在了给孩子看病上，所有希望也都寄托在了孩子的身上。

了解到这个小男孩的情况，妈妈心有所动，流着眼泪答应了女儿的请求。

准备骨髓移植的那段时间对赵婷来说，是最煎熬的。尽管医生保证手术不会有任何问题，她仍然感到内心的恐慌。她也担心她的生命就此终止，她也担心再也无缘看到升起的太阳，她更担心如果她出了意外，父母亲人要承受多大的痛苦……

但是，担心之后便是不可更改的救人之决心。

2012年8月5日，带着同事的祝福和妈妈的牵挂，赵婷登上了南去的客机。在成都，医生在等她，小男孩和他的家人在等她，妹妹也在等她。懂事的妹妹要陪姐姐一起度过这次难关。

到达成都的当天，赵婷就在医生的安排下住进了医院。晚上，她辗转反侧睡不着，心里害怕着，同时也在感动着。

手机上，同事、朋友不断发来的短信，给她鼓励，为她加油。

"赵姐，你很勇敢。你是我们的骄傲和学习的榜样。"

"小赵，不要说你害怕了，即使是我们爷们儿，也照样害怕。不过，能挽救一个孩子的生命，害怕也值了。等你健康归来，加油！"

"赵师傅，大爱无言。祝你平安，等你归来。"

……

读着读着，赵婷落泪了。所有的担心也慢慢散去，最后只剩下满满的温暖和坚定的决心。

2012年8月6日上午8时，手术如期进行。

进手术室前，妹妹紧紧地握着赵婷的手，说："姐，加油！我在这里等你！"

赵婷满怀信心地进了手术室。进去不久，她便进入了全麻的状态。医生将针管扎向她的第七节脊椎的骨缝中，随即10克透明液体从她的身体里被针管抽出。之后，又缓缓注入了小男孩的体内……

按照惯例，捐赠骨髓的人会在手术后半天内醒过来。但赵婷却整整昏睡了一天，直到 8 月 7 日凌晨 4 点，她才慢慢恢复了意识。一直守在病床旁的妹妹喜极而泣，赶紧向远在西北的妈妈报告了好消息。一家人悬着的心终于放了下来。

一个月后，接受骨髓移植的小男孩渐渐恢复了活力。他高兴地告诉赵婷："谢谢你，好心的阿姨。我终于可以出去玩了。我终于可以去上学了。"

面对这个重新焕发了生命活力的可爱的孩子，赵婷觉得既心酸又幸福。她觉得所有付出都那么值得。

第二年，小男孩便如愿走进小学的校门，成了一名快乐的小学生。

四

20 多年来，赵婷的爱心源源不断地向外传递着。从 1994 年捐助第一名失学儿童开始，到如今累计捐款已近 40 万元。

但她的善行，也曾被很多人不理解，甚至被怀疑、被误解。比如，有人说她是为了追名逐利，有人说她出风头爱表现，还有人说她犯傻。不管别人怎么说，赵婷都不忘当初做好事的简单想法。她只是想用自己微薄的力量帮助更多的人。

在她的带动下，很多人也慢慢走向了公益之路、爱心之路。而受影响最大的是在成都工作的妹妹赵若雅。在姐姐的影响下，赵若雅也成了一名爱心志愿者。赵婷用自己的骨髓救助成功的那个小男孩，就是赵若雅的捐助对象。

由于小男孩家境贫困，为了给他治病，家里欠了很多债。因此，从小学到初中，赵若雅就接过姐姐的接力棒，一直为这个小男孩资助学费，还经常去家里看望他的家人。这家人感激不尽，视赵婷一家如同亲人一般。

每次休假回成都，赵婷都会和妹妹一起去四川大凉山扶贫。这已经成了她俩的习惯。

"那里没有路，孩子们没有鞋穿，每天都吃土豆和玉米。"贫穷，是赵婷对大凉山最深的印象。大凉山里的孩子们从小就开始帮大人干活，缺吃少穿，上学成了一种奢求。

赵婷清楚地记得，她第一次来到大凉山一个贫困孩子家里时的情形。孩子的奶奶拿出了家里唯一的一块腊肉说："今天我们过年,谢谢你,好姑娘,让我的孙子重新上学。"这位山区里的淳朴老人用最朴素的方式向赵婷表达了她的感激。

至今赵婷还保持着那些捐助者给她的来信。

"谢谢您,赵阿姨!是您让我重新回到了学校,再一次感受同龄人的快乐。我现在向您汇报一下这个学期的考试成绩,语文92分,数学85分。我会更加努力,勤奋学习,以优异的成绩向您汇报……"

"赵婷姐姐,我用你寄来的钱买了一个新书包和文具。我好高兴……"

"赵婷姐姐,我收到了您寄来的钱和信,有您的帮助,以后我就不会失学了。我会好好学习,将来做一个对社会有用的人。谢谢您……"

每当她收到这样的来信,赵婷都感觉内心的幸福满满当当,同时也更加坚定她要将爱心之路继续走下去的信心。

2012年4月,"感动格尔木"十大人物评选结果揭晓,赵婷名列其中。

2012年12月26日晚8时,青海广播电视台容纳500人的演播大厅内座无虚席,首届十大"青海好人"颁奖典礼在这里隆重举行,赵婷接受了颁奖。

2013年9月,赵婷荣获了第四届全国道德模范提名奖,荣幸地走进了人民大会堂,国家主席习近平参加了颁奖大会。

2013年12月,赵婷获得"中央企业道德模范"荣誉称号。

2014年5月,赵婷获得"青海优秀志愿者"荣誉称号。

2016年,赵婷当选为格尔木市第十四届人大代表。

……

因为付出,所以收获。尽管对于赵婷来说,她只想通过自己的努力帮助更多的人。但20多年的爱心付出,她俨然成了一种精神,一种榜样,一种力量。

在一次演讲中,赵婷说:"小时候,我认为帮助他人是我的本能;长大了,我认为帮助他人是我的义务;现在,帮助他人已经成了我的习惯,是我生活的一部分。"

当我问她,等退了休最想做的事情是什么时,电话那头,赵婷声音爽朗地说:"回成都,当一名爱心志愿者,去帮助更多的人。"

是啊,爱一旦生根,就会长成参天大树。

文学天空

戈壁荒凉
人生诗意
心热　便无冬寒
荒原不荒　文学在上

有一个地方，让人欲走又不忍，欲恨又不能；

有一个地方，让人未走已热泪奔涌，走出第一步就回转身来，如若断了线的风筝；

有一个地方，走出去就会讲述她的天、她的地、她的胸怀里那一群男人、女人；

有一个地方，让走出去的人一旦相逢，就会将冷漠变成微笑，让陌生变成亲切，让虚假回归纯真……

这个地方，叫柴达木。写这段话的人，叫李玉真。

30年的时间跨度，足以让一个人对一片土地产生眷恋与深情。

何况，这个地方是柴达木。

何况，这个人是视文学为生命的李玉真。

是的，要说李玉真，必须要说柴达木；要说李玉真，也必须要说文学。

一

1968年冬，当李玉真于重庆建材学校毕业，心怀报国理想，自愿申请去祖国最艰苦的地方去的那一刻起，就注定了她与柴达木的不解之缘。

那个年代，社会失去了秩序，身处其中的人们也心思摇曳，充满不安。好在，还有报效祖国的理想，如同火焰一般在年轻人的心中熊熊燃烧。

那一年，李玉真所在的班级，毕业时间延迟了半年，学校把两届毕业的学生一起进行了分配。

面对未知的前途，李玉真虽有迷茫，但内心的爱国热情却非常高涨。到祖国最需要的地方去，到祖国最艰苦的地方去，成了她与初恋男友的共同心愿。于是，他们很快达成了同识，双双递交了自愿到柴达木茫崖石棉矿的申请。

当时的重庆建筑材料工业学校隶属国家建材部，而当时的茫崖石棉矿也隶属国家建材部。因此，他们的申请顺利获得批准。当时，他们学校一起分配到柴达木茫崖石棉矿的有50多个学生。

然而，一直在重庆长大的李玉真对于柴达木的茫崖并不了解，只知道那是一个远离故土的遥远之地，一个祖国最艰苦的地方。此外，还有老师关于茫崖的描述：

茫崖很冷，有的人把耳朵冻掉了，有的人乘车把手放在车窗外，把手冻废了。风很大，走路与地面得呈70度角……

老师的介绍并没有吓倒这帮激情燃烧的年轻人。

"不就是冷吗，衣服穿厚点不就得了。"这是他们最单纯的想法。

对于李玉真的选择，家中父母一个支持一个反对。爸爸不同意女儿远赴边陲，但没有说，只是沉默了好几天。母亲却尊重女儿的选择，爽快地答应了："想去就去吧！"

事实上，已经打定主意的李玉真无论父母同不同意，她都是要走的。因为年轻，所以无畏；因为心怀理想，所以勇往直前。

春节过后，李玉真告别了父母家人，与同学们一起出发，奔赴遥远的柴达木。

临行前,她穿上母亲亲手为她缝制的蓝色卡其布棉衣,背上母亲亲自为她收拾好的行囊,在母亲的陪同下,走出了家门。

正值初春的二月,天气还透着清寒,楼下小区的黄桷树黄绿参半,树叶随风飘摇坠落。李玉真随手捡起一枚巴掌大小的树叶,一边走一边轻轻地把玩欣赏。

绿,是她从小生活环境的总基调。重庆,不仅有满街满院的花草与树木,还多江多水,连空气都是潮的、润的。因此,那时的李玉真皮肤白皙,是典型的南方美少女。

母亲陪她走了很长一段路。一路上,千叮咛,万嘱咐,把一个母亲的担心和忧虑一一道尽。最终,母女两人挥泪告别。

唉!纵有万般不舍,女儿终须远行,终要独自面对遥远的路途和未知的人生。

李玉真同十几个同学一起从重庆一路向北向西,经过五天的辗转才到了河西走廊的最后一个站点:柳园。一路上,她一直望着窗外由绿变灰的景色,默默无语。

他们在柳园下了火车,又改乘汽车。十几个人连同包裹行李一起挤在一辆解放牌货车上,继续向柴达木西部的茫崖进发。

大西北的二月还是寒冬,车厢四周虽然篷了帆布,但依然非常寒冷。

他们虽然穿上了羊皮大衣、戴上了狗皮帽子,但依然被冻得浑身发抖。这群从小在南方长大的年轻人,第一次真正领略到了北方刺骨的风和彻骨的冷。

第一次目睹戈壁的荒凉与空旷,李玉真和同学们竟毫无惧色,内心反倒升腾起了豪迈与激情。离别故土的情绪被眼前的高天流云和戈壁荒漠冲淡,他们忘记了伤感,开始打量起眼前这陌生又新奇的西部荒原。

有人还忍不住被内心的豪情鼓动得吟起诗来:

"黄沙百战穿金甲,不破楼兰终不还。"

"君不见,青海头,古来白骨无人收。"

"劝君更尽一杯酒,西出阳关无故人。"

"羌笛何须怨杨柳,春风不度玉门关"
……

大家争先恐后,你一句我一句。

李玉真也被眼前的景象激发出内心的诗情,一首生动活泼的打油诗酝酿成形。她不顾风吹,不顾颠簸,迫不及待地为大家朗诵了她的柴达木处女诗:

柴达木的黄沙浪打浪
吓跑了西海的老龙王
龙王一气收了水
渴死了昆仑的王母娘
寻宝的汉子偏要来
风当被子地当床
抓一把白雪啃干馍
捧一捧黄沙洗衣裳

同学们听了,连连鼓掌叫好。

就这样,他们就着黄沙,喝着凉风,冒着严寒,忍受着身体的不适与酸痛,说着,笑着,醒着,睡着,好奇着,激动着,一路西行……

二

两天的长途颠簸,李玉真一行到达茫崖石棉矿时,已是深夜。

他们误将亮着灯连夜生产的矿山当成了高楼,误将脚下踩着的地窝子的屋顶当成了小山坡。大多数人脚都冻肿了,走起路来一瘸一拐,脸上、身上全是灰尘。

迎接他们的师傅边给他们带路,边向他们提醒道:"记住啊,刮大风时,走路身子要弯下,跟牛拉犁一样啊;坐在车上胳膊千万不要放在外面啊!耳朵冻了千万不要用手扒拉呀!还有啊,吃不上大米青菜、馍馍黏牙可不要哭鼻子哟……"

最后，他又补充了一句："没事的，慢慢就习惯了。"

师傅的话，他们在接下来的工作、生活中一一得到了印证。茫崖石棉矿以它的原始、荒凉、单调、贫乏迎接了这群年轻人的到来。

那段时间，全国各地来到茫崖石棉矿的大中专毕业生有一百多人。按照不同的地区，分别被称为"上海学生""重庆学生""淄博学生"等。其中还有清华和北航的学生。

这些知识分子的到来，不仅为这个远在天边荒凉孤寂的石棉矿区注入了青春的活力，还给这里带来了宝贵的文化气息。

茫崖石棉矿，位于柴达木盆地最西端，紧邻新疆。北有阿尔金山环绕，南有昆仑山相望。这里平均海拔3000米，一年四季多风少雨，干燥缺氧，是典型的戈壁沙漠地带、名副其实的人类禁区。

从20世纪50年代，23人17把铁锹艰苦创业开始，到60年代末，石棉矿的发展已有了一定的基础，当时正招兵买马，扩大规模。

刚参加工作的李玉真成了一名矿工，与其他学生一起被分配在依吞布拉格山上铲石棉矿石。男同学则负责推矿车，往山下拉运矿石。

整个矿山都弥漫着石棉的粉尘，白茫茫一片。风一吹，迷得眼睛根本睁不开，越揉越疼。布满粉尘的空气，加之高海拔导致氧气不足，时常让李玉真和她的同学们呼吸困难，浑身乏力。这些无孔不入的粉尘，还无情地通过鼻孔，进入肺脏，悄悄地伤害着他们的身体。

远离了城市的喧嚣，李玉真感觉到了内心的安静，但小镇的荒凉与贫乏，又让她感觉到缺了一些什么。

她想念家乡，想念爸爸妈妈，想念兄弟姐妹。她时常回忆小时候的一些事。

李玉真从小生活在一个非常幸福且艺术氛围相当浓厚的大家庭里。解放前，父亲参加过街头革命的活报剧表演，非常有艺术天分。母亲是一名教师，后来自己主动开办了郊区幼儿园，一直从事幼儿教育。父母都喜欢读书，家里书籍比较多。因此，李玉真从小受父母影响热爱读书，喜欢背诵诗词名句。每周六晚上父亲回家，她同哥哥一起自编节目表演给父母看，还经常朗诵文学作品。这是她小时候的生活常态。

上初中时，大哥借来《莎士比亚全集》中的部分著作，李玉真一读便喜欢得爱不释手，一连读了五六本。她还在昏暗的灯光下抄写了《罗密欧与朱丽叶》《哈姆雷特》和《奥赛罗》。因为哥哥急着要还书，当时才上小学的妹妹也帮她一起抄书。

李玉真的大哥是公认的小天才。他不但会演奏多种民间乐器，还会自己制作二胡、扬琴等乐器。他一个人能够一边拉二胡一边吹口琴，脚下还兼顾着踩踏板打击铃铛。他还会做川剧脸谱。家里孩子的卧室墙上挂了一圈脸谱。上小学时，大哥就教会了李玉真识谱。拿着陌生的歌谱，李玉真能直接识谱唱歌。

因此，李玉真从小就有了良好的文学、音乐等方面的艺术启蒙。

参加工作后的第一个周末，李玉真和同学们聚集在一个地窝子里。他们聊着工作，聊着心里的感受。

地窝子外，黄沙弥漫，烈风阵阵。风一阵紧似一阵，似乎刮进了大家的心里。有人竟忍不住开起了风的玩笑：

风啊，你为啥总踢我的屁股
让我在人生的旅程
刚迈开脚步
就踉踉跄跄，跌跌撞撞？

"'屁股'太俗，砍了！"

于是，大家你一言我一语，一边评判，一边开动了自己的脑筋。在这个风沙弥漫的夜晚，一首首关于"风"的诗，被大家开开心心地"编"了出来。

柴达木的风啊
你为何挡住了我的去路
我只不过想去
山的那边　看看风景
……

有人鼓掌，有人喝彩。

柴达木的风啊
你究竟要吹向哪里
去草原　还是去高山
能否带上我的心
一起向前
……

就这样，文学的种子被这场"风"激活了。

李玉真回忆说："我们这群文学爱好者，无论男女，白天是包着白纱巾戴着白口罩的工人'大妈''大叔'，晚上是裸露心灵的阅读者、写作者。白天，我们用实实在在的身躯顶风沙、抗严寒，用结结实实的意志获取石棉产量；晚上我们用飞飞扬扬的思绪编织斑斓的图画。我们生活在两个世界。"

是的，因为有了文学，他们便有了另外一个丰盛富饶的新世界。

三

茫崖石棉矿自然环境恶劣，工作环境更恶劣，而工作之余的生活也单调得足以让人发疯。这里不仅是地理大荒、生活大荒，更是文化大荒、精神大荒。

就是在这样荒凉的环境中，李玉真的文学种子迅速被催生。正如她自己所说："文学一露头，生活添色彩。"

是的，文学是最不怕苦难的物种，文学也是最能让荒原变沃土的物种，甚至自古就有"文章憎命达"之说。

关于文学与现实的关系，后来李玉真在一篇《美丽的困境》中做了最有力的说明。

一个周末，她跟随徒弟和一名司机去戈壁打猎。因为怕她吃不消长时间的跋涉，徒弟没有让她跟随一起去打猎，而是让她一个人留下来看车。

徒弟们一走就是四个小时。戈壁洪荒，骄阳似火，她独自一人面对荒原。车里像蒸笼，车外像烤箱，她无处可躲，没处可藏，忍受着自然环境给予她的炙烤和酷刑。没人说话，一个人寂寞难耐，近乎绝望。

这是她第一次面对生命的禁区做最深入的思考。她体味到了最原始的生存本能，她体会到了戈壁的无情，她甚至开始思考起关于死亡的问题……总之，她一个人在孤独中欣赏，感受，煎熬，思考……

后来，她开始放弃焦虑，随着内心的节奏翩翩起舞，随心所欲，忘乎所以。她一度感觉到了发自内心的自由与快乐。

蛮荒原始的戈壁，让她失去了时间的概念。舞跳累了，无事可做的李玉真又开启了兴趣盎然的文学想象。她觉得在这片戈壁上，可以拍摄远古时的生活场景，也可以拍摄很现代的故事。她想象着藏族少年与失踪女青年的浪漫爱情。她构思了一篇小说，甚至想好了小说的题目，就叫《荒漠》。

丰富的想象让这片荒原不再死气沉沉，不再空无一物，而是有了色彩，有了人物，有了故事，有了温度，有了无穷无尽的可能……

几个小时后，徒弟带着丰富的猎物归来。李玉真激动地跑过去迎接，结果却摔了一跤，手里的水洒了，饼子也不知飞到了哪里。

那天，徒弟给她带回来一只小仙鹤。那天，李玉真收获的是生命中最为宝贵的人生体验。

文章最后，她写道："如果加上痛苦，就会厮杀出生命的血性；如果加上困境，就会咀嚼出人生的况味。"

文学，让困境变得如此美丽；文学，让人生有了别样的况味。

参加工作几年后的一个春节，一位比她年长的文学爱好者给了李玉真和几个文学青年一张手抄的李季的诗歌《柴达木小唱》，还有一本1955年的《人民文学》杂志。在杂志上，他们读到了李若冰的散文作品《柴达木盆地》。

他们激动万分，并奔走相告。原来，柴达木盆地在50年代就有了文学的火种啊！一时间，他们找到了柴达木文学的知音；一时间，他们对接了柴达木文学的基因密码。

是的，荒凉孤寂的柴达木，正是因为李季、李若冰最初的文学激情，才吸引了那么多热血青年激情满怀地奔赴她的怀抱，为之奉献青春和热血。

李玉真见书就读，见报就看，后来，她将工资的一半用来订阅杂志，购买书籍。她用文学的丰富填补生活的单调，她用无限的遐想弥补现实的匮乏。

文学为她建立起了一个博大的空间，她的文学让她与外界产生关联。

1980年春，她的第一篇随笔《丝语》在《青海日报》上发表了。同年秋天，《月亮之歌》又刊登在了《青海湖》上。她的文学之门因此洞开。

1984年秋天，李玉真病了，血压降到了死亡边缘。但躺在病床上的她稍有缓解，就让护士取来她订阅的《名作欣赏》《舞蹈》及《文艺报》等杂志和报纸。她离不开文字，她不能让时间虚度。文学是她最好地镇静剂。

读着读着，《文学报》上的一则命题文学征文让她眼前一亮。

"我要写！"

"不行，你的身体……"

"不，我就要写！"

于是，在病中，李玉真用真情和激情写下了《我们的同龄人》这篇小说，并通过邮局寄往上海。

同年冬天，李玉真的小说刊登在了上海《文学报》上。

一时间，茫崖石棉矿区沸腾了，大家议论纷纷，相互转告。李玉真一下子成了石棉矿区的名人。而对她自己来说，这算不得什么，因为她的作品发表已经不是第一次了。

然而，次年春天，一封来自上海《文学报》的获奖函真正让李玉真收获了文学的甘露。她的《我们的同龄人》竟荣获了全国征文一等奖。那可是从全国26000多件稿件中评选出来的5个一等奖之一！全青海省才只有她一个。

当时，《青海日报》头版头条登载了这个振奋人心的好消息。青海广播电台介绍了李玉真和她的文学创作，并朗诵了她的小说《我的同龄人》，以及作家鲍义志专门为这篇小说写的评论。

后来，青海电视台专门找到李玉真，让她将这篇小说改编成单本电视剧，并准备拍摄。她如约完成了改编，并按要求，将故事发生的背景设在了青海油田。时任青海省委书记尹克升亲自批示，省电视台到油田签订了拍摄协议。

从此，李玉真便有了与青海石油的缘分。

四

在石棉矿的15年里，李玉真经历了结婚、生女的生活磨砺，经历了矿工、播音员、电影放映员、语文老师等工作岗位的锻炼。对她来说，这些年，唯一不变的是她对文学的热爱与坚守。

她曾说："文学热了，冬天就不会冷。"

她也曾说："爱，让心中的阳光多了，阳光会覆盖阴影。"

1985年，因为她的文学才华，李玉真离开了那个奉献了她宝贵青春年华的石棉矿，东进千里来到了冷湖，成了青海石油管理局宣传部的一员。

从那时起，她便开始了书写柴达木石油的生命历程，成了一名为油而战的女性作家。

冷湖，曾因1958年9月13日地中四井喷出高产油流而闻名全国，原油产量曾经高达30万吨，一跃成为全国第四大油田。这里是青海油田最初梦想开花的地方。

那个时候，青海石油人的创业史和奋斗史，已被很多作家激情书写。

从20世纪50年代，诗人李季和作家李若冰第一批进入柴达木，他们就以大量的文学作品完成了柴达木文学的最初建构，成为柴达木文学的先行者和奠基人。

到了80年代，徐志宏、肖复华、梁泽祥、朵兴福、彭康等作家正在构建柴达木石油文学的新时代。而这个时候，李玉真来了，她以满腔的热情积极投入到了柴达木第二代石油文学的建设与发展之中，并成了成果丰硕的骨干力量和优秀代表。

她与油田文友为伍，跑遍青海石油的角角落落，采访，创作，兢兢业业。

她曾在世界海拔最高的钻井队，感受野外钻工的艰难与辛酸；她曾到昆仑山下的采油队，体验采油工人的生产与生活；她曾来到荒漠孤独的食宿站，采访工作在那里的男人、女人；她曾到钻井队的家属生活区，采访那些不被人关注的西部女性……

柴达木石油人旺盛的生命力和不畏艰难的奉献精神激发了李玉真的创作激情，她把这些可爱可敬的柴达木石油人一一融进了她的笔端。灵感如同喷泉，汩汩地从她心中流出。

她动情地写道："文学真好。柴达木文学真好。她让梦想落地，责任加强，自信提升，思维敏捷。梦想与责任与思维与自信都在地上行走，然后它们一起落在纸上。"

1988年,对于青海石油文学来说,是一个特殊的年份。

1987年,创作热情高涨的李玉真,主动向青海油田管理局宣传部提出,要成立文学协会,还要创办油田自己的文学刊物。部长让她写个申请。于是,报告一气呵成,感情充沛,有理有据。领导当即同意了她的申请。

创办人之一的王宏提议,杂志取名《瀚海魂》。当时的文学青年朵兴福还专程去了一趟西安,请柴达木文学的奠基人李若冰为杂志题了词:柴达木之恋。

李玉真办了油田第一个报告文学学习班,参加的一群作者为文学创刊号准备好了作品。

1988年,青海油田第一本文学杂志《瀚海魂》创刊发行。

自此以后的很多年,《瀚海魂》都担当着培养青海油田作家摇篮的重要角色。一篇篇文章创作并刊登出来,一个个作家在这里崭露头角,并走向成熟。

翻开《瀚海魂》,一个个熟悉的名字散落其中:肖复华、李玉真、彭康、开南、徐志宏、都现民、梁泽祥、朵兴福、李蕾、曹建川……

柴达木石油因有了热爱文学的他们,而得以精神传承,而得以星辉满天。

这一年的夏天,李玉真考上了西北大学中文系作家班。

两年的脱产学习,让李玉真的文学创作有了质的飞跃。

真是学无止境。

那些年,李玉真一有机会就去学习。青海省的、石油部的很多学习班她都参加过,比如青海省文学院、中国新诗学习班、鲁迅文学院等学习班,都让她受益匪浅,使她如虎添翼,也促使她的文学之路越走越稳,越走越宽。

学成归来,李玉真的创作呈现出井喷之势,创作出了大量的文学作品。尤其她开始关注西部女性,创作了大量石油女性题材的作品,这充分体现了她作为一个西部女性作家的担当和使命,也因此奠定了她西部女性作家的地位和名气。

五

1992年,青海油田管理局党委安排在文学上有一定成果的金海荣、肖复华和李玉真一起,成立了青海油田文联。紧接着,热爱文学的他们迫不及待地成立了青海油田作家协会。

协会成立那天,来自油田各单位的文学代表三十多人从四面八方涌到冷湖,共同见证了协会的诞生,并参与了民主选举。肖复华当选作协主席,李玉真当选文学常务副主席,彭康为秘书长。

从此,油田的文学爱好者们便有了自己的家。

作协积极发挥引领作用,鼓励广大文学爱好者创作作品。文联主席杨振非常支持作协工作,决定凡著书出版者给予一定的奖励。于是,在很短的时间内,就有十多本个人作品集问世。协会又积极推荐了十几名写作者加入青海省和中石油的作家协会。

一时间,油田上下,文学浪潮此起彼伏,写作者的创作激情像火一样熊熊燃烧。

各二级厂处也纷纷办起了自己的文学社,创办起自己的文学杂志来。当时最有影响力的有:采油厂的"沙舟"文学社及社刊《沙舟》、格尔木炼油厂的《圣火》、水电厂的《火花》、退休处的《驼影》、油田一中的《西江月》、天然气开发公司的《涩北之风》,等等。

一支铁笔、一块钢板、一卷蜡纸、一台油印机、一群志同道合的文学爱好者,就是一片广阔的文学天地。工作之余,他们加班加点创作作品、编辑稿件、刻字、油印、装订,把理想安放进一个个散发着油墨香气的铅字里,把热爱装订进一本本散发着植物香味的纸张里。

文学,让荒原变成良田,让孤独变成享受。

而柴达木盆地恶劣的自然环境,柴达木石油人艰苦奋斗为油而战的动人故事,为柴达木的文学爱好者提供了充足的创作源泉。

作为那个年代的文学创作的佼佼者,李玉真创作了大量的文学作品,并频频获得各种文学奖项。

那时的写作,没有电脑,全靠手写。因此,为了写作,通宵达旦、废寝忘食已是常态。大脑里的文字争先恐后地往外挤,李玉真的手时常写得酸麻酸麻,眼睛盯得酸胀酸胀。

散文、报告文学、小说、歌曲,李玉真的创作可谓门类齐全,遍地花开。

《爱之海》《我的心》《"寡妇新村"手记》《在那遥远的钻塔旁》《西北女

人》《西女昭昭》《大地的回声》……一篇篇带着石油体温的文学作品创作完成，并成功发表。《石油女性》《荒漠》《戈壁花也俏》《选择人生》《柴达木生命之旅》《井队区——太阳村》《情暖甲乙丙》……一篇篇情真意切的佳作纷纷获奖。

另外，她的小说集《西部故事》和散文集《西部柔情》也相继出版。

她写道：

我将整个身心投向了干燥缺氧多风少植物的戈壁荒漠，投向远离尘世喧嚣，远离人头攒动的原始蛮荒之地，因为这是一片绝少污染的人类的净土……

她写道：

在柴达木，文人只要与勇士相结合，成为勇士，文学的魔力就更加强大。万年死寂的土地与文学相碰，就会掀起生命的波澜；无人问津的土地与文学相撞，就会变成人们亲近的家园。

她还写道：

我知道我的笔正饱蘸我眼中的泪、心中的血，一旦落下便会反弹出西部女性情感的波涛、历史的回声，无论只写一个人还是一群人。

从走进柴达木开始，李玉真就总是思考何谓生命的价值和生命的崇高。一次次采访，一次次创作，让她对这个问题的认识越来越清晰。她用自己的心书写瀚海，用自己的爱书写生命，为本无历史的瀚海留下历史，为本来平淡的人生创造奇迹。

她在写作，同时，她也在拷问人生。因为，她觉得，短暂的人生是需要严肃拷问的。

六

李玉真在她文学道路上一路精进，执着前行。然而，作为一个母亲，她却留下了深深的遗憾。

当女儿在她年轻的身体里孕育生长，她曾不止一次地感受到内心的喜悦与幸福。可是，当女儿出生之后，因高原缺氧，因戈壁荒凉而面临生命危险时，她的心里是那么无奈与悲伤。幼小的生命就要经受这样严酷的考验，实在有些残忍。无奈，她将女儿送回重庆，由自己的父母代为抚养。

从此，母女相隔千里万里，彼此承受分离之痛。这样的现实，无论对母亲还是对于女儿，都是痛苦的，沉重的。

以下，是李玉真在《女儿的窗》中的片段，比较细致地表达了她的痛苦和遗憾。

那一年，我在柴达木盆地最西头的戈壁深处，一个叫茫崖的矿区生下了她。半岁时，因严重缺氧而嘴唇发青，腹泻不止，我将她送回家乡重庆。5岁又接她到茫崖上学。8岁时因家庭破裂又不得不将她送回重庆。从此，女儿幼小的心灵又增添了孤独的折磨。孩子需要母爱，那是其他亲情所不能替代的。

……

她小的时候，有两次向我奔来，那情景让我永远难以忘记。一次是她两岁时，我与她父亲回家休假就要离开她了，见她圆圆的脸上无比幸福的神态，我们实在不忍心离去。外婆给她一个煮鸡蛋，把她骗到屋外小朋友中间。我们含着泪匆匆走出家门，在马路上疾步行走。我的心在流泪，我一边走一边回头。在马路拐弯处，我再一次回头时，看见了我的女儿，她正疯狂地向我们奔来，外婆在后面追她。这时我已无法迈动沉重的双脚。但是，她父亲果断地拉上我朝前跑去。泪水在我的脸上奔涌，我听见了女儿的哭喊声："妈妈——爸爸——"那声音撕扯着我的心。我一边向前跑一边回头，禁不住失声痛哭起来。我再也迈不动我的双脚，我喊着："我不走了！"甩开丈夫的手，回转身向女儿跑去。丈夫追来，声音沙哑了："火车……就要开了！"他又拉上我，以更快的速度往前跑。女儿在后面哭喊着："爸爸——妈妈——"没有比这更痛苦的事了，我们是在甩掉亲生女儿，是在割裂骨肉之情，是在逃避父母这个神圣称谓的职责！

……

第二次是女儿5岁时，我回重庆出差。听说我要回家，女儿就从婆婆家到外婆家去等我。她和外婆计算着时间，提前两个小时站在窗前张望。女儿终于等不及了，就到马路上去接我。下了火车，我也不顾几天路程的劳累、不顾大包行李的沉重，急匆匆地往家赶路。见母亲、见女儿，我已迫不及待，心情格外激动。还是在这条离家不远的马路上，远远地我就看见了我心爱的女儿。她正向我奔来，一边跑一边喊着"妈妈！"我放下行李向她奔去，我把女儿抱起来，在马路中间转圈。我们笑着，流着泪，紧紧地拥抱着，脸也紧紧地贴在一起。

……

我深深地谴责自己，多少次，我都默默地说：心爱的女儿，我对不起你们！

至今，我仍然内疚，因为两个女儿都只享受我给予的久别重逢的欢乐。我在想，母爱的空白只有用母爱来填补。等我退休回到家乡之后，多为女儿做些什么，要让女儿向往的彩虹变为拥在怀中的现实。

现实的无奈，也让李玉真感到孤独和彷徨。她在《瀚海孤女》中写道：

狂沙埋葬了海市蜃楼的幻象，我领略着割肤钻心的寒，焚身炙魂的热。我到哪里去？

然而，她不得不重新鼓起勇气。

吸足大漠罡风，鼓起干瘪的心帆，借无垠瀚海再试力量之无穷。

孤独，迷茫，分离之痛，相思之苦，这是柴达木人共有的现实，这是柴达木给予生存在这片土地上的人的无情与残忍。

好在，李玉真一直是"渗透着精神圣水环绕着精神彩云的精神人"。

有文学做支撑，李玉真把生活给予的苦与甜、酸与辣统统都融化进自己的作品里。而柴达木的苍凉与孤寂，柴达木人艰苦创业、无私奉献、为油而战的精神也成了她文学创作源源不竭的动力。

文学于她，是生命。柴达木于她，是根魂。

七

2000年，李玉真结束了自己的职业生涯，回到了青海油田位于北京昌平的燕青大院，过起了幸福美满的退休生活。

她身在北京，却依然情系柴达木，关注柴达木，并且，始终坚持文学创作，佳作不断，获奖频频。

她先后出版了散文集《边塞曲》和《荒漠神游》。

2004年，她的《西部柔情》以散文组第一名的成就荣获第二届中华铁人文学奖。

2009年，她的小说集《西部女性小说集》荣获第三届中华铁人文学奖。

2017年，她又荣获中华铁人文学奖"成就奖"。

她是目前青海油田唯一获得中华铁人文学奖的女性作家，况且连获三次。她也是继李季、李若冰之后第二代柴达木文学的领跑者。

2018年，青海石油文联作家协会专门就李玉真的文学成就做了一期"文学回音壁"，比较全面地总结了她的文学成就，其中有不少名家的点评，不妨在这里摘录几段，以便更加全面地了解李玉真及她的文学创作。

著名作家、诗人雷抒雁说：

李玉真是一个倔强的女性，在她的散文中你能听见一种生命力和呼喊，那是对柴达木茫茫戈壁的蔑视，对人生价值的肯定。……读李玉真的散文，可以看到一个生命里挺立着的骨骼和涌动着的血液。她不在肌肤上涂抹秀色，不追求莺啼燕语，也断然拒绝了矫情和伪饰。……她带着女性的自豪，在荒漠的废墟中重新寻找当年那些女性战斗的足迹。

原中国散文协会副会长、著名作家、第五届鲁迅文学奖获得者王宗仁先生这样评价李玉真：

她让自己隐匿在别人的灯影里，与当事人保持一定的距离，这个距离能使她更清晰更深刻更客观地认识与她命运相连的柴达木。

《文学报》副刊编辑部主任、著名诗人朱金晨如是说：

想想吧，倘若不是凭着对身边生活的那份挚爱，对足下土地的那份深情，对文学创作的那份执着，李玉真这样一个本来娇弱的女性又怎能一个十年又一个十年，像红柳树一样生活在风沙滚滚的大西北？

著名作家刘元举这样写道：

她仍然在写西部，仍然以"西部柔情"书写西部女人。……从题目到开篇语言风格，仍然是柴达木时候的李玉真风格，爱憎分明，充满激情，直抒胸臆，有种淋漓尽致的劲头儿。

原中国石油文联秘书长、著中石油作家冯敬兰如此评价道：

从李玉真的作品里，你不能不感受到她胸襟的坦荡与宽厚，一如辽阔的高原与戈壁。柴达木教给了她直面人生，教给了她宽容与挚爱。当我们这些生活在大都市的内地人时常沉迷于麻木、冷漠、迟钝与平庸时，李玉真仍旧拥有着对生活新鲜的感受，她的情怀很纯净，她的心态很健康。

几十年了，无论在哪里，无论长篇短章，从李玉真笔尖流出的故事都映照着高原的阳光，从她键盘跳将出来的人物无不包含着大漠的深情。当写作成为一种生命表达，便永远也离不开与之生命相连的土地和人群。

李玉真说："我们这一代，理想是一个台阶，跨出的是青春的冲动。我们懂得要用生命而不是年龄拾级而上。"

她还说："我们只为了登上每一个山顶后那一声声爽快的呼喊，而不在意是否有人听见。"

其实，她的呼喊，早已被人听到，而且回声嘹亮，悠远……

下 篇

她们大多来自农村，只因嫁到柴达木，便成了柴达木人，只因嫁给了石油职工，便成了石油家属。

"家属"这个称谓，似乎总有一点从属的意味，因此，她们总是被忽略、被轻视。但是，她们的出现，让荒凉的柴达木有了温情和暖意；她们的到来，让孤单寂寞的石油人有了依靠和温暖。荒凉的戈壁有了家，才有了让人扎下根来的理由；孤独的个体有了家，便有了生命的升华与根脉的延续。

有很长一段时间，她们没有户口、没有口粮、没有工资，但她们既来之则安之，既来之则爱之。她们乐观顽强，在戈壁大漠生儿育女，建设家园；她们勤劳勇敢，在柴达木荒原为油而战，力承担当。她们承受着常人无法体会的痛楚与辛酸，为家庭、为油田奉献人生。

她们不应被遗忘。她们理当被尊重。

爱的天空

生活不易
有悲喜　有聚散
唯　知难而进
方　活得无悔
唯　以爱承担
方　死而无憾

7年前,沈淑芹送走瘫痪在床18年的丈夫周荣华,就明显一年不如一年了。今年,她已81岁高龄。

曾经挺拔健硕的身体,已经严重萎缩变形,再也站不直,伸不展。曾经亮如洪钟的大嗓门,也明显少了气力,降了声调。双侧股骨头坏死让她的双腿扭曲无力,只能靠轮椅和拐杖协助行动。小脑已经萎缩,记忆时断时续,交流能力明显受限。

曾经的过往,有的已经化作尘烟,消散无痕,有的却在脑海镌刻,清晰如昨。岁月峥嵘,苦辣酸甜,人至暮年,亦悲亦叹。

一

说起沈淑芹与柴达木石油的缘分,自然得说到周荣华。

周荣华,1934年出生于陕西西安。

1954年,总部设在西安的西北地质局四处招兵买马,决定成立柴达木地质大队,奔赴柴达木盆地进行石油地质勘探。

时年 20 岁的周荣华正值青春年少,便踌躇满志地报了名,立志要为祖国的石油事业奋斗终身。

作为第一批骑着骆驼挺进盆地的柴达木石油人,周荣华随同大队人马从西安出发,经兰州到敦煌,穿戈壁,翻雪山,一路向西。一路上,勘探大军风餐露宿,披星戴月,缺水少粮,甚至冒着被沙尘暴埋葬、被乌斯满残匪袭击的危险,历尽艰难,经过 20 多天的长途跋涉才到达了西部边陲柴达木。

那一年,勘探队伍克服重重困难进行了柴达木盆地的石油初探,并取得了丰富的成果,共发现十多处储油构造,为柴达木后来的大规模勘探开发奠定了基础。

自此,周荣华的根就深深地扎在了柴达木。

到 1993 年正式退休时,周荣华在柴达木盆地工作了整整 40 年。

40 年里,周荣华从事过许多个工种,仅担任基层队站干部就长达 30 多年。他先后在冷湖油矿的 506 队、采油四队、压裂队、五七站、敦煌的养鸡场等单位担任队长、场长、指导员等职。因其品行端正,吃苦耐劳,作风过硬,被公认为石油战线上永不停歇的"拓荒牛"。

20 世纪 70 年代,在冷湖的压裂会战中,周荣华作为 1203 压裂队的大队长,危急关头不顾生命安危冲锋在前,起到了表率作用。

在 594 井压裂时,高压管线突然爆裂,如果不及时处理就有砂堵的危险。周荣华二话没说,直接跳进冰冷的齐腰深的水坑里进行抢修。在他的示范带动下,其他人也都纷纷跳入水坑,耐着寒冷,奋力抢险。最终,抢修成功,确保了压裂工作的顺利进行。

率先垂范、无私奉献是周荣华一贯奉行的人生宗旨。

二

沈淑芹也是陕西西安人,20 世纪 50 年代同周荣华结婚。从此,便成了一名柴达木石油家属。

结了婚的沈淑芹,在西安待了几年。她第一次进盆地,是在第二个孩子出生七个月的时候。

从西安出发，沈淑芹带着一双儿女一路西行。

这是她第一次离开故乡，奔赴西北。一路上，看着与故乡不同的风景，她的心情有些激动。长期的两地分居，她渴望能够早日与丈夫团聚，早日同丈夫一起工作生活，养儿育女。

她曾无数次想象过丈夫为她描述过的柴达木，什么"天上无飞鸟"，什么"地上不长草"，什么"风吹石头跑"，她觉得很好奇，甚至有些不相信，好端端的地上咋就长不出草呢？得多大的风啊，才能把石头吹得乱跑？她想象不出来，柴达木究竟是个什么样子。

一路西行，当火车窗外的景色越来越荒凉时，她才渐渐意识到，的确，西部和西安不是一个概念。

而到了敦煌，她还没顾得上好好感受一下戈壁苍凉与沙漠的辽阔，还没来得及品味一下敦煌有名的李广杏，身体却有了与在西安不一样的反应。从敦煌出发再向西时，她开始水土不服起来，最直接的表现就是拉肚子。

本以为，到冷湖后慢慢会好起来。可是，不管吃什么，不吃什么，总是止不住地腹泻。

儿子才七个月，要吃奶，可沈淑芹吃进去的食物全都毫无保留地排出了体外。身体虚空了，营养流失了。别说奶水，连她自己的生命都到了危险的边缘。

沈淑芹住进了医院。

妻子生病以来，周荣华越发地辛苦了。之前，他一个人在冷湖，全部身心都用在工作上，是出了名的实干家。如今，他一边上井指挥生产，一边到医院照顾妻子，家里还有几岁大的大女儿和七个月的小儿子需要照顾。

因此，井上、家里、医院，周荣华不停地往来穿梭。

但是，沈淑芹的病医生也有些无能为力。最后，竟下达了病危通知书。

看着生命垂危的妻子，周荣华一个堂堂七尺钢铁男儿，无助地满眼泪垂。他苦苦央求医生，无论如何都要救妻子一命。妻子万一有个三长两短，留下一双儿女，他一个大老爷们可怎么办呀！

那个年代，冷湖的医疗条件很差。沈淑芹需要大量输血，可冷湖根本没有血库。消息一经传出，周荣华的同事朋友们都来了，他们纷纷要求献血。

如今，81岁高龄的沈淑芹虽然小脑萎缩，记忆衰退，但是，她依然记得

50多年前曾救她一命的献血者的名字:高虎子、马义斌、夏世祥、叶义忠……这些友爱的血一直奔流在沈淑芹的身体里,这些友情一直记在沈淑芹的脑海里。这是冷湖人的良善,也是柴达木人的情分。

一个月后,沈淑芹脱离了生命危险。

可是,在沈淑芹病危期间,只有七个月大的儿子没有奶吃,没有营养品,加之高原缺氧,也一直拉肚子。就在沈淑芹的病情逐渐好转时,这个可怜的孩子却一天一天走向了生命的边缘。他没有妈妈幸运,妈妈活过来了,他却被死神无情地带走了。

刚从死亡线上挣脱回来的沈淑芹心被撕碎了。她抱起没有了呼吸的儿子,看着他骨瘦如柴的小身体和依然挂着泪痕的小脸蛋,大放悲声,直哭得死去活来,地转天旋。

"可怜的孩子,是妈妈对不起你,是妈妈对不起你啊……"

可是,无论她怎么哭,儿子都再也醒不过来了。

一个幼小的生命,还没来得及好好看看柴达木,还没来得及学会叫一声"爸爸"和"妈妈",就被命运无情地抛给了戈壁,埋进了黄土。

这是柴达木的无情与残忍,这是青海石油人为祖国贡献石油的残酷代价。

沈淑芹病情稍有好转,周荣华就把她和大女儿一起护送回了老家西安。

三

沈淑芹第二次进盆地,是在1972年。那个时候,她已经有了四个女儿。

这次来了,她就再也没有离开。

那个年代,缺吃少穿,岁月艰难,沈淑芹一边养育女儿,一边参加油田劳动,尽自己所能挣钱养家。

如今,沈淑芹关于冷湖的记忆,最深的依然是那些为油而战的艰难岁月。

"五队、六队挖管沟,深8井打土坯。水源修水渠、打埂子……"

沈淑芹老人清晰无误地说出了她在冷湖干过的工作。

从沈淑芹老人说话的语气和表情,可以想象她年轻时的活力与干劲。

我曾看过她年轻时的一张照片。照片上的沈淑芹,又高又壮,非常有精神,打眼一瞧,就知道她是一个性格爽朗、勤劳能干的女人。

那个年代，家属工是青海油田建设中的一支重要队伍。她们大都来自农村，文化水平不高，只因嫁给了柴达木石油人，就死心塌地随夫西行，把家安在了寸草不生的柴达木。在荒凉的戈壁建起家园，养儿育女，让一个个单身男人有了一个个完整的家。

为了油田的建设，也为了充分发挥家属们的作用，油田将家属们组织起来，让她们也与职工一起担负起了建设油田的重任。虽然工资很少，但对于当时贫困的生活，也是一种有力的补充。

于是，挖管沟、拉石头、打土坯、烧砖、盖房子、平井场、修水渠……这些工作，都由家属们来完成。

现在想来，这样繁重的劳动，一定让家属们叫苦连天，怨声载道。其实，不然。

当我问沈淑芹老人，那时苦不苦时，她毫不犹豫地说："累是累，大家都一样，不觉得苦。"

是的，那一代人身上，有着那个年代特有的精神与情操——以苦为荣，不计得失，任劳任怨，无私奉献。

柴达木石油精神就是广大职工家属在柴达木这片荒原上实打实地干出来的。

沈淑芹的三女儿回忆道："小时候，父母总是早出晚归。爸爸天天为油忙，妈妈天天去劳动。妈妈下工一回家，就开始动手蒸馒头，一蒸一大锅。每天上工，她就带上几个馒头，灌上一壶开水。其余的馒头留给我们几个孩子吃。中午她也不回来，我们姐妹几个就自己吃馒头，也没有菜。

"有一次，妈妈去水源开荒种地。打埂子，挖水渠，种粮食……吃住都在工地，一周都没回家。

"家里孩子多，父母顾不上我们，我们就大的带小的，自己管自己，就这样稀里糊涂长大了。

"我们长大后，招工的招工，考技校的考技校，但无一例外都回到了油田工作。

"如今，我们这一代人，也都到了退休年龄。

"我半年前办了退休手续。

"妈妈现在生活已经不能自理，我们几个姐妹谁有时间谁就过来，24 小时陪着妈妈。

"妈妈这一辈子不容易，尤其是爸爸瘫痪后，妈妈照顾得很辛苦……"

四

1993年，工作了整整四十年的周荣华正式办理了退休手续。这一年，他62岁。

女儿们都大了，工作的工作，结婚的结婚。他们也可以好好享受退休生活了。

可是，退休手续刚刚办完，周荣华突然有一天就患了脑梗。

那天，从来不睡懒觉的周荣华，到了早上8点还没起床。当时，沈淑芹带着小外孙女在另一个房间。当她清早起来，感觉到有些不太对劲时，过来一看，周荣华已经失去了知觉。

沈淑芹一下子急了，赶紧叫来了救护车，周荣华很快被送到了医院。医生查看了他的病情后，建议放弃治疗。可是，全家人却一致要求继续救治，不惜任何代价。

这一救，就是18天。

18天后，周荣华终于醒了过来。可是，他却再也不能像正常人一样说话走路了。

他瘫痪了，一瘫就是18年，直到80岁那年去世。

这个一向刚强的硬汉，还没来得及享受一下清闲的退休生活，就失去了生命的自由。这个打击实在太大。

他无法接受这样的现实，但又不能说话。天天躺在病床上，他唯一能表达内心情绪的动作，就是流泪。

起初的那些日子，每次有同事和朋友来探望他，他都止不住地流泪。

唯有眼泪。

人常说"男儿有泪不轻弹"，对于这个好强了半辈子的男人，这源源不断的眼泪里该包含着多少不甘、无奈、无助和委屈啊！

两个多月之后，周荣华病情稳定了，就被家人接回了家。

从此之后，照顾、护理周荣华的重任就落在了妻子沈淑芹的身上。虽然女儿也来帮忙,但24小时始终不离不弃陪伴在他身边的,只能是自己的妻子。

生活不能自理的周荣华,日常起居完全依靠他人的照顾和服侍。可想而知,这18年漫长的岁月里,沈淑芹和她的女儿们过的是怎样的一种日子。

沈淑芹性格爽直,勤劳能干。她日夜守护在丈夫的身边,关怀备至,倾其全力,精心照料。每天买菜、做饭、洗衣服,为丈夫穿衣服、擦洗身体、喂饭喂水、端屎端尿……

天气好时,沈淑芹就推着丈夫出去晒太阳,呼吸新鲜空气。

日复一日,年复一年,她一直重复着这些琐碎又累人的事情。

当我问她,照顾了那么多年,有没有烦的时候。

沈淑芹老人说:"有时老头不听话,不愿出门,我就吼他。"

我知道,那不是烦,是心疼,是希望老伴更好。

她回忆道:"他不会说话,有什么需要,就用手肘推我。"

她说着,就用手肘做了一个推人的动作。这个动作,竟让回忆中的沈叔芹露出了幸福的表情。

这是他们夫妻之间的默契与懂得。

当我问到他们夫妻关系好不好时,沈淑芹害羞地笑笑:"老头脾气好,从没吵过架。"

三女儿说:"我妈可要强了,年轻时特别能干。没得老年痴呆时,她还经常读书看报呢!家里家外,总是收拾得干净利索。"

当我问到沈淑芹老人一生最幸福的事情时,她自豪地说:"五个女儿,是我最大幸福!"

是啊,五个女儿,虽然让她历尽艰难,但同时也让她的晚年有依靠,有温暖。

我问她,周荣华老人走之前有没有表达过歉意和感谢。

沈淑芹老人说:"自家老汉,没啥说的。只是,在临走的前一天,他表现有点反常。我给他喂水,他突然就抓住了我的手。我问他咋了。他摇头,接着就哭了,哭得像个孩子……第二天,他就走了。"

三女儿说:"爸爸走的时候,瘦得皮包骨头,看着好可怜。这一次,妈妈没有要求医生在爸爸身上动刀。她说,就让你爸好好地完整地走吧!"

送走了丈夫一年后,沈淑芹的身体一下子就不行了。况且,一年不如一年。

是的,她的责任尽完了。同时,她的精神世界也崩塌了。

五

看着眼前这个简单朴素却干净整洁的家,看着守护在沈淑芹身边的女儿,看着这位被岁月、被劳累、被疾病折磨得日渐枯萎的老人,想着她曾经又高又壮、风风火火的样子,我的内心五味杂陈。

曾经的干练,曾经的健壮,——败在了岁月面前。

沈淑芹用毕生的精力参加生产劳动,养育孩子,照顾丈夫,已经完成了作为一个母亲、一个妻子、一个劳动者的责任和使命。如今,她走到了人生的边缘,生命之花正在枯萎凋零,但她坚强不屈、自强不息的生命基因已然传递给了后人,并延续在她们的生命里。

这是一种坚韧、博大的生命之力,也是在特殊环境下滋生出来的一种独特的生命之魂。那就是我们熟悉的高原石油的魂魄。

大漠莲开

是女人，更是豪杰
是母亲，更是英雄
步步艰辛
步步为莲
她用大爱
温暖了大漠

其实，她的名字应该是窦当莲。

落户的时候，登记资料的人要么是不会写"窦"，或者是嫌这个字烦琐，因陋就简，随手写成了"豆"。后来，想更正过来，但已困难重重。于是，只好将错就错，她就成了"豆当莲"。

在这里，我想让她回归本来的"窦"姓，因为，姓氏宗亲不能说改就改，那是一个人生命的脉络，一个人认祖归宗的凭据。

一

窦当莲，1942年出生，陕西扶风人。与丈夫结婚13年之后，于1973年带着三个儿女从老家来到柴达木盆地的花土沟。从此，她的生命就紧紧地与柴达木这片荒原融合在一起。

窦当莲，从小在农村长大，有着坚韧刚强的性格，虽然身材矮小，但干起活来却既干脆又利落。当时，因为她的思想觉悟高，劳动表现好，在她20

岁那年，就被吸纳为中共党员。那个年代，能被批准入党的人都是百里挑一的。她也因为能干，被大家称呼为"铁姑娘"。

窦当莲在故乡生活的十几年里，除了养育儿女，照顾公婆和弟妹，还参加公社的劳动，挣工分，换粮食。当她来到柴达木之后，很快就加入了油田家属的劳动大军，成为一名为油而战的"铁娘子"。

刚到花土沟时，他们一家五口挤在一间十几平方米的单身平房内，物质条件相当匮乏。"先生产，后生活"，"吃饱三顿饭，睡够八小时，其他时间干、干、干"，在当时不是口号，而是柴达木创业者们最真实的表现。

窦当莲的丈夫叫伏宝玺，是1958年通过熟人介绍来盆地参加工作的。曾经干过采油、试油，后来成为一名司机，一直从事汽车驾驶多年，退休之前任采油厂小车队队长。

当时西部钻探指挥部各部门加起来2000多人，但总共只有四辆车，一辆在冷湖固定，剩下三辆在花土沟。作为司机的伏宝玺，随时都在待命的状态。有时会因为生产上的突发事件，一个晚上出车两三次，更别说白天了。那时车况差，路况也差，车辆经常出问题，他既要开车，又要修车，天天忙得团团转，家庭、孩子一概照顾不上。窦当莲只好一边参加劳动，一边兼顾着三个上学的孩子。

二

20世纪70年代初，青海油田正处于"重返西部建家园"的关键时期，花土沟成立了西部钻探指挥部。成千上万的职工家属，也积极投身到石油勘探开发事业中，高唱"我为祖国献石油"的壮歌。

她们的战斗集体，叫"五七站"。"五七站"有400多名油田家属。

"家属"，在油田是个特殊称谓，就是没有正式工作，只能依附他人生活的人，比如像窦当莲这样的，体现的是一种从属关系。但在那个年代，油田的家属们却始终把自己当作油田的主人。她们渴望劳动，渴望为建设油田出工出力。同时，她们也希望通过自己的劳动改善并不富裕的生活现状。因此，她们珍惜每一次参加劳动的机会。虽然，她们那时所从事的劳动比现在很多民工干的活还苦还累，但她们却带着冲天的干劲，尽职尽责，兢兢业业。

窦当莲，曾在20世纪70年代到80年代，担任过"五七站"副站长。站长由正式职工担任。她这个副站长是参加家属劳动之后的第四年，因为表现突出，通过公开投票选举，并由西部钻探指挥部正式任命的。因此，她深感光荣。

"五七站"的工作相当繁重，主要包括打土坯、拉石头、烧石灰、平井场、修公路、挖管沟、盖板房、输油管线解冻、打铁皮、开荒种地、搞后勤等，工作量多，劳动强度大。很多男同志干起来都很吃力的工作，却被这帮女人们干得热火朝天，风生水起。

现已退休的窦当莲女儿回忆说："那个时候，爸爸妈妈天天忙得见不到人，我们早早就学会了自力更生。放学回家，自己学着炒土豆丝、蒸米饭，和弟弟一起吃午饭，下午再带着弟弟一起去上学。晚上有时到了睡觉时间，父母都还没有回来。时间久了，也都习惯了……"

三

"那时，我们家属苦啊！"回忆起当年的工作，窦当莲一声长叹。

作为副站长，窦当莲每天把上级安排的工作任务按组、按片分派下去。大家接到什么活就干什么活，不讲条件，不讲客观。窦当莲一边忙管理，一边身体力行参加劳动。无论酷暑还是严寒，无论刮风还是下雨，她们始终忙碌在工地上，一身泥土，一身汗水，一身雨雪，一身酸疼……

戈壁的风吹干了她们原本柔顺的头发，大漠的太阳将她们娇艳的脸庞晒成了老腊肉的模样，纤细柔软的双手被铁锹、石头、土坯磨出了老茧，勒出了蛛网一般的血口，她们全然忘记了自己作为女人的性征，全然忘记了女人爱美的天性。

"劳动光荣""劳动最美"是她们共同的价值观念。

"三老四严""无私奉献"是她们始终坚守的信条。

远离内地，远离城镇，柴达木石油人在荒漠戈壁上白手起家，自力更生。一块块土坯在她们手中定形，一栋栋房子在她们一身汗、一身泥中栉比挺立。建设石油家园，是她们共同的心愿。

拉石头、烧石灰，是修房盖屋必需的基建材料。从花土沟基地到七个泉的石头山，距离 30 多公里，如果是平坦的柏油马路也就不到半小时的车程。但那时路面坑坑洼洼，来回一趟需要几个小时，别说干活，就光这几个小时的颠簸，也足以让人头晕眼花，浑身酸痛。

她们用炸药先将整座石头山爆破开来，炸成大小不一的石块，再用八磅榔头砸去过度尖利的棱角。小块的石头，她们一块一块搬到车上。大块石头，她们推也推不动，抬也抬不起来，只好用钢丝绳揽住石头，几个人用力往山下拉。拉到山脚下，再通过用木板搭建的斜坡，一点点推到一米多高的车槽子里。

在与石头的较量中，她们的手时常会被绳索勒出裂口或磨破皮，她们的脚时常被石头砸得一瘸一拐，她们的身体时常被石头的棱角碰得青一块儿紫一块儿，但她们全然不顾，一心只想快快地装车，尽早完成当天的任务。

最为痛苦的是在回去的路上。满车的石头，她们无法站立，只能坐着。坑洼不平的道路，卡车跑起来浑身弹跳，她们必须双手紧紧扒住车槽边缘，才不至于被摔下车去。如果遇到大风，只能任凭沙粒打在脸上；如果遇上下雨，只能任凭雨水淋湿全身；如果是冬天，只能任凭冷风将整个身子灌透。有些人实在累得抓不住或稍一分神，就会被无情地摔下车去。

一路颠簸下来，她们全身僵硬得几乎不能动弹。下了车，得缓很长时间，身体才能恢复知觉。

花土沟南北两山进山的公路，都是"五七站"的女人们修出来的。山高坡陡，需要打炮眼将一个个山包炸平。经常是炮声一响，沙石乱飞，稍不注意，就有被砸伤的危险。

作为副站长，安全问题始终揪着窦当莲的心。有危险的工作，她总是冲在最前面带头干，她用无声的行动关爱着所有的姐妹们。一条条通向大山、通向井场的道路在她们的努力下一一打通。这些家属工们担当了钻井、采油等工作的后勤保障。

她们，通过劳动，把自己的根魂深植进了油田。

除修路之外，她们还肩负了油田挖管沟的重任。原油要外输，必须铺设输油管线；水站要供水，需要铺设供水管线。于是，挖管沟成为一项非常重要且迫在眉睫的工作。重任在肩，她们铁肩担道。

管沟的深度通常要达到 2.5 米。这样的深度，无论是盐碱地还是砂岩石，只能靠一铁锹一铁锹、一钢钎一钢钎往下"啃"，很多时候还得借助八磅大榔头的威力。一天下来，人累得眼冒金星，四肢瘫软。长年累月，单靠人肉之躯，她们完成了花土沟油田山山峁峁纵横交错的管沟挖掘。

她们还会参与管线解堵任务。冬天，输油管线经常冻堵，无论是白天还是夜晚，令到即出，绝不含糊。解冻没有太好的办法，就是用原油烧，给管线加温。在荒郊野外，她们一冻就是几个小时，直到管线暖了，油路通了，她们才算完成任务。

平井场是另一项非常艰辛的工作。尤其要平整大山深处的井场，必须先疏通好进入井场的路面。大一点的井场一个多星期才能完成。先要炸平山包，用石头打底，再用水泥固面。还有开挖固定钻机的绷绳坑。为了钻井安全，必须严格按照标准进行。崎岖不平的山体上，一处处平整的井场在家属们的手中诞生了。

毫无疑问，"家属"这个的群体，已然是参与生产最重要的一支力量。她们用柔弱的女子之躯，扛起了重如大山的责任。

在生活困难时期，窦当莲还带领家属们在切克里切草原开荒种植小麦、土豆、萝卜，让本来荒芜的土地变成生机盎然的田垄。新鲜的粮食和蔬菜为物资匮乏的石油人提供了新鲜的生命养料，让这片荒凉的土地有了更多的人间烟火，世间情味，也为正在成长着的第二代石油子女提供了重新认识大地和粮食的机会——生长在花土沟的很多石油子女总是以为西瓜结在大树上，麦苗就是韭菜。

心系油田，主动作为。劳动之余，窦当莲她们还将草原上的荠荠草割下来，做成扫把，分发到各个生产部门，为油田节约成本。

这些来自祖国四面八方，操持着各种乡音的妇女们，在这片荒凉的戈壁深处，用智慧和激情书写了一个又一个荒原神话。

窦当莲说："那个年代，劳动虽苦，但大家却活得很开心，姐妹们经常会在戈壁滩上唱歌，跳舞，说说笑笑……"

为了让荒凉的戈壁也有人间情味，为了让为油而战的广大职工体味到生活的美好，家属们集思广益，妙招频出，先后办起了理发店，开起了小卖部，开设了饭店……她们自己动手砸铁皮、做豆腐、蒸酿皮、压挂面、做蛋糕、烤酥饼,还学会了做冰棍和冰激凌……

女人就是半边天,她们为单调的石油生活注入了情趣,人间烟火在戈壁上冉冉升腾。

花土沟有一个著名的"五七站饭店",因站长叫代刚,大家习惯称之为"代刚饭店"。代刚饭店做的饭菜特别好吃,一度成为领导和职工最爱去的地方。

窦当莲自豪地说:"早餐品种特别丰富,有油条、豆浆、包子、馒头、鸡蛋、泡菜等,吃饭的人多得每天都要排长队……"

四

然而,在热火朝天的劳动中,最让人担心和难过的就是安全事故,这也是窦当莲人生中最为痛苦的记忆。

有一次在烧石灰装窑时,一个叫申茹英的家属不小心将手卡在了装石头的钢丝网篮里。剧烈的疼痛让申茹英几乎晕厥过去,吓坏了所有在场的人。大家迅速把伤者抬到车上,送到了石油医院。由于伤势过重,加之当时的医疗条件有限,手虽然被重新拼接在胳膊上,但血管却不通,手术失败,不得不重新做了截肢手术。

事故发生时,窦当莲正在冷湖四号出差,准备参加样板戏的演出。得到人员受伤的消息,她立刻返回了花土沟。当看到受伤的同伴,窦当莲心如刀绞,泪如雨下。她立即安排人员轮流照顾伤者,并按相关规定及时为其办理了工伤手续。

还有一个家属,在拉砂子时,被突然塌陷下来的砂子埋在了下面。大家迅速展开营救。由于埋得太深,加之只有铁锹和人的双手,大家使出了浑身的力气才把她挖了出来。由于伤势太重,送到医院之后,虽然医生进行了全力抢救,但最终没有保住她的生命。

一个女人倒下了,一个家庭就垮了。最可怜的,是她留下了半大不小的一双儿女……窦当莲总是抽时间去照顾两个孩子,并发动全站的家属对这两个孩子进行救助和帮扶。

还有一次比较严重的事故,让窦当莲至今都不能忘记。

正值麦收时节，她带着一群家属去切克里克割麦。刚走到半路，她就看到前面有辆车出了事故。车翻倒在路基之下，车槽子上的十几个家属有的被摔出去几米远，有的被压在车下面，有的破了头，有的折了胳膊，有的断了腿，有的闪了腰，总之没有一个不受伤的。现场一片混乱，惨叫声响成一片。窦当莲赶紧一一查看大家的伤情，积极组织现场救援，并以最快的速度把伤者送到了医院。

看着受伤的姐妹们，她止不住地流泪。在伤员住院治疗期间，她跑前跑后，关心她们的病情，照顾她们的孩子，为她们购买营养品，并办理相关的工伤手续，尽自己所能为大家解决后顾之忧。

窦当莲凭着自己吃苦耐劳和责任担当，多次荣获先进，还当选为茫崖地区人大代表，成了青海油田家属群落的优秀代表。

五

窦当莲的三个子女在夫妻二人爱岗敬业的影响下，个个独立自强。女儿高中毕业后招了工，继续在柴达木奉献青春。二儿子在兰州培黎学校毕业后，分到水电厂工作。小儿子在西宁上完大学，同样也回到了油田，成为一名新闻工作者。

说到孩子，窦当莲老人的眼泪一下子涌了出来。

1999年5月15日，是窦当莲全家最为悲痛的日子。那一天，在水电厂工作的大儿子从花土沟到敦煌出差，在距离敦煌只有30多公里的地方，发生了车祸，不幸身亡。

窦当莲听到这个消息，头"嗡"的一声，手里握着的水杯差点掉在地上。"怎么会呢？这不是真的！"

她怀疑着，否定着，眼泪夺眶而出。

怕父母承受不了打击，窦当莲的小儿子坚决不让他们去现场，而是一个人赶到了事故现场。看着哥哥的遗体，弟弟泪如雨下，心痛不已。他将哥哥的遗体运到了医院的太平间，收拾妥当之后，才安排家人前去看望。

太平间里，伏家老少好几口人，面对亲人去世，无不痛哭流涕，泪水滂沱。

窦当莲更是疯了一样扑向儿子的遗体，号啕大哭。

"我的儿啊,昨天还说要回来看我的,怎么说走就走了呀?我可怜的儿呀,你走了,留下一家老老少少可怎么办呀……"

孩子可是母亲身上掉下来的肉啊!在这世界上,没有比一个母亲失去心爱的孩子更痛苦、更残忍的事情了。

埋葬了儿子,窦当莲夫妻二人双双病倒。

本来健健康康的身体,因为痛失爱子而受到严重的伤害。窦当莲想不通,儿子怎么会走在她前头;她想不通,儿子那么好,命为啥这么薄。

在她眼里,大儿子聪明能干,为人正直,方方面面都表现得特别优秀,在单位,是被领导重点培养的技术骨干;在家里,是孝敬父母的好儿子、爱护姐姐的好弟弟、照顾弟弟的好兄长;他还是知冷知热的好丈夫,以身作则的好爸爸;在同学朋友之间,他是友善担当的好哥们。这才33岁,正值人生最好的年华,却惨遭横祸。

儿子去世后的好几年,窦当莲都时常以泪洗面,身心憔悴,精神忧郁。

窦当莲说:"从此就怕过年啊!每年大年三十,我们都为他留一副碗筷,一个座位,让他和全家人一起过年……"说到这里,老人家声音哽咽了,眼里充满了泪水。

她稍稍平复了一下心情,接着又说:"儿子为人好,他的同学、朋友年年来给我们拜年。每次都说,大妈,我们都是您的儿子……"

如今,孙子作为第三代石油人重新回到了油田,接过祖辈、父辈手中的接力棒,继续为油田的千万吨建设贡献青春和年华。真所谓,祖孙三代,同唱石油曲;一脉相承,共筑石油梦。

年轻时过度对生命健康的消耗,老人也落下一身病根,胃病、脑震荡后遗症、沙眼病、腰椎间盘突出、坐骨神经痛、心脏病、高血压、糖尿病,浑身上下都是病啊。

看着窦当莲老人饱经风霜的脸,我心里既难过,又充满了敬意。是她们不计得失的奉献,让荒凉的戈壁有了温度;是她们的勤劳和汗水,让柴达木"家"的概念变得完整;是她们的智慧和才干,让油田的发展内劲十足,铿锵向远。

她是女人,更是豪杰;她是母亲,更是英雄。

标兵背后

没有生活　只有工作
没有享乐　只有奉献
标兵背后
站立着的　是一个女人
更是一名英雄

一

要讲周秀珍，必须先说说刘德义。

刘德义，陕西汉中人，1938年出生在一个极为贫困的农民家庭。他有一个哥哥叫刘德忠，是中国人民解放军第57师的一名军人。

20世纪50年代，刚解放不久的新中国百废待兴，急需石油资源，党中央决定对柴达木盆地等几个区域进行石油勘探。1952年，毛主席下达命令，将第57师的近8000名官兵整体划转成石油师。从此，他们换下戎装，穿上工装，奔赴柴达木盆地进行石油勘探与开发。

经过几年艰难的初探，1958年终于在冷湖地中四井见到了可喜的油流，日产原油800吨。一时间，柴达木欢腾了。于是，中央下令举全国之力开发柴达木。一时间千军万马齐聚冷湖，找油，采油，输油……帐篷、地窝子、干打垒……冷湖油田应运而生，一跃成为继玉门、新疆、四川之后的全国第四大油田，最高原油年产量30万吨。

在这样的历史背景下，正值20岁的刘德义被哥哥刘德忠从老家农村带到了冷湖，从一个农民变成了一名为油而战的石油工人。

那时，全国各地正处于困难时期，远离山清水秀的故乡，千里迢迢来到荒无人烟的戈壁沙漠，这是命运的安排，也是人生的选择。刘德义从此便与柴达木石油紧紧联系在一起，一干就是几十年。

刚踏上冷湖这片土地，不顾高原缺氧头晕脑涨，更顾不上风沙吹日头晒，刘德义很快就参与到了热火朝天、大干快上的油田建设中来。先是打土坯盖房子。后来，又被调去当了一段时间的炊事员。1962年，经过培训，刘德义正式成为了一名汽车驾驶员。从此，车轮滚滚，披星戴月，春夏秋冬，日夜兼程，一直到正式退休，他才彻底放下手中的方向盘。

二十世纪六七十年代，开车是件苦差事。那时的车况很差，到处漏风，发动车靠手摇，冬天水箱里的水不及时放掉，就会结冰。关键是路况极差，冷湖地区柏油路面很少，大多都是尘土飞扬、坑洼不平的搓板路。因此，那时的司机不但要会开车，还要会修车，半路抛锚当"团长"，是他们的家常便饭。

刘德义为人老实，肯吃苦，善学习，责任心也强。从"150"到解放卡车，从大拖拉到重型拖车……拉砂子，拉土方，拉砖块，拉石头，拉菜，拉面，拉水泥，拉钻具……西安，西宁，张掖，敦煌，兰州，西藏……领导安排开什么车他就开什么车，单位安排去哪里他就去哪里，组织安排他拉什么他就去拉什么，从不讲条件，更不讲得失。那时，没有生活，只有工作。

1976年，刘德义创造了安全运行十万公里的运输佳绩，被油田授予"学铁人"标兵荣誉称号，成为广大职工学习的榜样，还作为代表到大庆油田参加了表彰大会。

那个年代的标兵或典型，只是一种精神奖励，最多发一纸两元钱的奖状，没有一分钱的物质奖励。那是一个崇尚劳动、讲究奉献的年代，那是一个重精神、轻物质的时代，那是一个全局上下艰苦奋斗、无私奉献、为油而战的激情年代。

吃苦耐劳、勤勤恳恳的刘德义就是当时人们心目中的英雄。最终，他以连续安全行驶130万公里的佳绩，创造了当时青海油田驾驶历史的奇迹。

然而，这些荣誉和光环的背后，始终离不开那个一直支持他、爱护他、心疼他，同时也担心他的妻子——周秀珍。

二

周秀珍，1943年出生，陕西汉中人。自幼家境贫困，勉强上完初中，就结束了学生生涯。在那个年代，女孩子能上完初中已是难得。后来，经人介绍，与刘德义相识。1965年5月，两人结婚，周秀珍正式成为青海油田的一名家属。

初来冷湖的周秀珍，看到荒凉的戈壁沙漠上，到处都是帐篷，没有一处像样的房子，远处的山也是光秃秃的，与山清水秀的老家汉中相比，完全是两个世界。高原缺氧，天气干燥，让她感到心慌气短，口干唇裂，花颜尽失。她有些心灰意冷。

她说："如果不是已经结婚，如果不是家庭的传统观念，我真想一走了之。"

最终，她还是既来之则安之了。

荒漠里风吹日晒，她本来白皙红润的脸庞很快失了水分，变了颜色。打土坯、盖房子、拉砂子、搬石头、挖管沟、平井场，这些艰苦繁重的劳动，让她的双手磨出了血泡，裂开了口子。

油田需要建设，生活需要创造，在这远离人烟的荒漠戈壁，所有一切都要靠广大职工家属一点一点建设，一点一滴累积。没有房子，就打土坯、烧砖块，自己动手造房子。没有道路，就打炮眼，平路基，自己修路；没有厂房，就搬来砖瓦，自己设计建造厂房……

因此，那个年代，"吃饱三顿饭，睡够八小时，其余时间干、干、干"是青海油田广大职工家属切切实实的生命写照。

家园就是这样一点一滴建造起来的，生命就是这样一分一秒流逝殆尽的。

三

周秀珍一共生了四个孩子。她一边养育儿女，一边积极参加油田劳动。拉土坯，盖房子，拉石头，建厂房，什么工作都干过，什么苦都吃过。

作为一个母亲，周秀珍曾经遭受失子之痛。

1966年，周秀珍怀孕六个月。丈夫天天跑车在外，没有人照顾，她就回了汉中老家待产。几个月后，她在姐姐家生下了她生命中的第一个孩子，是个男孩。有了儿子，周秀珍一家非常高兴。

儿子长到半岁时，周秀珍带着儿子回到冷湖自己的家中。丈夫跑车辛苦，她除了照顾儿子,还要照顾早出晚归奔波劳碌的丈夫。

没想到,刚回来一个月,儿子就得了心脏病。这可急坏了周秀珍。

她把儿子送到冷湖医院。然而,当时有限的医疗条件和医疗水平没法救治儿子的病。没过几天,儿子就不幸夭折了。

埋葬了心爱的儿子,周秀珍失魂落魄地回到家里,她整整哭了三天三夜。

失子之痛,应该是一个母亲最不能承受的生命之痛。而周秀珍就这样硬生生地挺过来了。

1972年春节,28岁的周秀珍在生小女儿时,因为高血压,导致产后大出血。

据她本人回忆,当时的血就像流水一样从子宫往外流,她都能听到血流的声音。要不是当时马崇煊大夫及时施救,她那次必死无疑。她说,是马大夫帮她捡回了一条命。

唉!冷湖严酷的自然环境,总是让生命承受许多额外的重压与不幸。而作为一个妻子,尤其作为一个劳动标兵的妻子,周秀珍还承受着别的家属不能体会的辛酸与苦楚。

四

为了多拉快跑,刘德义总是在凌晨4点多钟就起来去发动车。他一起来,周秀珍就得赶紧起来做早饭。那个时段,是人最瞌睡的时候,况且,干了一天的体力活,身体酸软,困乏难当。但为了丈夫在出车前能吃上一口热饭,她再困再累都要起床做饭。

有几次,蒸鸡蛋的锅坐在炉子上,她一迷糊又睡过去了。再醒来时,鸡蛋蒸干了,锅底也烧煳了。但大多数情况下,她做好了饭,丈夫也发动好了车。她清楚,丈夫在外跑车,时常饥一顿饱一顿,热一顿冷一顿,因此,只要在家,她一定要让丈夫吃上热热乎乎的饭菜。

刘德义跑车回来经常是半夜三更。但无论多晚,周秀珍都要起来给他准备热水、热饭。因此,在刘德义跑车的那些年里,周秀珍没有睡过几个囫囵觉。

周秀珍说:"他身体瘦弱,又没日没夜地跑车,实在太辛苦。每次回家,我都保证他每天四个鸡蛋和一支蜂乳,那是当时最好的营养品了。有时,在没菜没肉的情况下,我就在米饭里给他拌上炼乳。就连我的孩子也吃不了那么好……"

这是一个妻子对丈夫的心疼与爱恋。漫漫长旅,千难万险,有了这份心疼与关爱做支撑,刘德义的长途运输就多了一份温暖。

但是,对于周秀珍来说,辛苦并不是最重要的,安全才是让她牵肠挂肚的事情。

当时由于条件艰苦,各个车队安全事故时有发生,事故一出,不是车坏,就是人伤,甚至死人。因此,周秀珍最怕看到几个人在一起窃窃私语的情形。每当那样的时候,一定是出了什么不好的事情。

左邻右舍都知道刘德义跑车辛苦,到周秀珍家串门的人,只要刘德义一到家,她们立即告辞回家,好让刘德义赶紧吃饭、睡觉。可以说,那些年,刘德义除了吃饭和睡觉,就是跑车,生活中没有任何其他内容。

他知道自己顾不上家,亏欠妻儿,每次出车前,都把家里的水缸提得满满的,保证他不在的那几天,家里有水吃。

五

因为要参加劳动,周秀珍将半岁的儿子送回老家姐姐那里,七八岁时才接回冷湖。大女儿出生不久,得了心脏病,在冷湖住院,总是不好。只好在八个月大的时候,也送回老家让姐姐帮忙照看。他们一共四个孩子,只有小女儿没有送回老家,自己带在身边。

长期与子女的分离,思念和牵挂无时无刻不在啃噬着周秀珍的心。想念孩子时,她就拿出从老家寄过来的孩子的照片。孩子想念他们时,也是看看她寄回老家的照片。他们彼此都活在一张薄薄的相纸里,那滋味真是酸楚。

据周秀珍回忆,她最长有十年没有回家。一方面要参加劳动,要照顾丈夫,照看最小的女儿,另一方面那个年代回一趟内地千辛万苦。火车票不好买,有时买上了却没有座位。她说,那年送三女儿回老家,她抱着孩子,从柳园到宝鸡,是一路站回去的,腿都站肿了,大人、孩子都受罪。因此,之后几年她就一直没有回家。等她再回家接孩子时,孩子都已经长大了。

丈夫长年在外跑车,家里的大小事情都由周秀珍一个人来负担。

有一天夜里,只有三岁的小女儿因感冒发起了高烧。外面的夜漆黑一片,她家距离医院很远，她一个人实在没办法带着孩子去医院。整个晚上，她只好抱着孩子，不停地给她喂水。最后，竟把一暖瓶的水全喂完了，女儿都没撒一泡尿。

看着孩子烧得红扑扑的小脸蛋，周秀珍心急如焚，泪水翻滚。她多么希望丈夫立即回到自己的身边，陪她一起带着女儿去医院啊！万一孩子有个三长两短，可怎么办呀！但最终，她也没有等来丈夫的脚步声。

天一放亮，周秀珍立即冲出门去，到丈夫的单位找了一辆车来，把女儿送到了医院。还好，后果不太严重。

女儿生病住院的第三天，刘德义回到了家。找不到妻女，到邻居家一打听才知道她们进了医院。他赶紧跑到医院。看到女儿安好，这才松了一口气。没有语言，他只是一把抱起女儿，将他饱经风霜的脸轻轻地贴在女儿的小脸蛋上，泪花点点，久久不肯松开。

对于丈夫的勤劳敬业，周秀珍一向支持，她只是心疼，从不抱怨。因为她明白，油田的建设与发展需要这样的付出，家庭的困难可以自己想办法克服。

四个孩子，长大后有三个留在油田，成了第二代青海石油人，薪火相续，承继父辈。

六

1988年，刘德义调到油田研究院开车，全家人随即搬到了敦煌。因为刘德义的好口碑、好作风和好技术，每次领导用车，首选就是刘德义。直到1993年退休，刘德义才正式交出手中的方向盘。

周秀珍说，开了那么多年的车，刘德义都有了职业病，有时半夜醒来，他都会喊一句："水箱的水放了没有？"

退休后的刘德义，由于技术娴熟、人品过硬，很多单位想返聘他去开车，但都被周秀珍一一回绝。

她说："这些年，老刘没日没夜地在外面跑，辛苦了几十年，经济再困难也不能让他吃苦了。另外，这几十年，我在家里担惊受怕，心理上承受了太大的压力和负担，实在不想过那样的日子了。钱多钱少，平平安安就好。"

于是，退休后的刘德义虽然工资只有300元，女儿也还在上大学，但一家人宁愿省吃俭用，也不让他再动方向盘一下。一家人终于过上了正常人的日子。

2006年，刘德义不慎被一个三轮车挂倒，还被拖出去了20米远。送到医院，三天后才醒来。从那以后，他的记忆力就明显不行了。刘德义本来就性格内向，一辈子除了开车，没有任何其他爱好。如今81岁高龄的他，失忆的症状越来越明显了。

当我和梁泽祥老师来到他家采访，对于采访过他多次本该认识的梁泽祥，他竟没有认出来。在我与周秀珍老人聊天的一两个小时里，他只是坐在那里，面带微笑，静静地听着。

周秀珍老人说：“他其实根本不知道我们在说什么、做什么。现在，他连去距离一百多米远的市场买块豆腐也办不到了。”

一日三餐，衣食住行，周秀珍尽心尽力照顾着辛苦了一辈子的老伴。曾经又黑又瘦体重不到一百斤的刘德义，在妻子的呵护下，面色红润，身体微胖。虽然脑子不太好使，但他依然闲不住。他主动去给树坑浇水，饭都不按时回家吃。他主动打扫小区卫生，认真尽责的样子，仿佛那就是他的本职工作。

饱尝生活之苦的周秀珍对于现在的生活相当满足。

她说：“现在的生活条件太好了，想吃什么都有，儿女们买的衣服穿都穿不完。只是，现在的身体不行了，高血压、心脏病、糖尿病，一个接一个。尤其是心脏的问题，查不出来什么病，就是经常心律过快。可能是那些年担惊受怕落下的病根。不过，我现在每天坚持走路，走完路就去买菜做饭，没事了和朋友打打牌、聊聊天。现在最大的任务就是保持好状态，把老伴照顾好，把自己照顾好，尽量不拖累孩子们……"

七

曾经的"学铁人"标兵刘德义，如今正走向他人生的暮年，曾经的光荣与声望，在他的心中慢慢隐去，成为青海油田历史长河中的一朵浪花。而在他的背后，始终站着他的妻子，默默无闻坚定不移地予他支持，予他温暖，予他疼爱，予他最后的陪伴……

弱肩担道

良善为本

义勇为根

率先才能垂范

弱女子谱写英雄曲

苦乐滋味　人间尝遍

一

赵桂珍，1943年出生，甘肃瓜州人，1963与青海油田职工李文选相识并结婚，从此有了一个新的身份——油田家属。

从敦煌七里镇东风农场到敦煌石油运输公司，从冷湖油矿到油砂山1031大修队，从西部试油队再回到敦煌，李文选自1958年到1997年近40年的职工生涯，就是这样一个单位一个单位干过来的。工作服从调遣，行动听从指挥，为了青海油田的勘探开发事业，他无怨无悔，务实勤勉。

而作为妻子的赵桂珍，也夫唱妇随，紧紧跟随丈夫的步伐，始终从事着油田家属工的工作。她曾在瓜州农场、东风农场开荒种地，曾在冷湖、花土沟从事打土坯、修公路、拉沙子、烧砖、平井场、挖管沟等重体力劳动，也曾在采油厂铁家堡养鸡场养过鸡，前后参加油田劳动长达30多年。

她虽然矮小瘦弱，并患有贫血症，但无论从事什么样的工作，总是冲锋在先，担当有为，也因此，曾担任家属班的班组长很多年。

赵桂珍出生在农村，家里兄弟姐妹九人，她排行老四。她性格直爽，热情大方，勇于付出，走到哪里都是表帅，干啥工作都很在行。

二十世纪六七十年代，柴达木盆地的勘探和开发正处于起步阶段，从生产到生活，一切都是白手起家，从无到有。荒凉的戈壁大漠，成千上万的青海石油人奋发大干，排除万难，为油而战。那个年代，以苦为荣，以苦为乐。无论是职工还是家属，所思所想所干，只为一个共同的目标：我为祖国献石油。

因此，那个年代，无论是处长还是班长，大小官衔都意味着带头干活做表率，吃苦耐劳抢在先，是真正的甩开膀子做出榜样。

赵桂珍说："身为班长，事事都要冲在第一个，干活从不偷懒，从不讲条件。有条件要干，没条件创造条件也要干。那时工作都有定量，实行多劳多得。每次，到了工地，我都是先把工作分派完之后，自己才开始干。有一次，我为班员量好一人两米的管沟，把最难干的一段留给自己，因地层坚硬，用了两天时间，挖断了三根洋镐把才挖完。平时，我总是干完自己的活后，赶紧去帮个别体弱多病的同伴，帮助她们一起完成定额。因此，班员们对我都很支持，也很信任。"

无论是挖管沟，还是平井场，无论是打土坯，还是修公路，都是非常繁重的体力劳动。那时的油田，机械化程度低，所有这些工作都是靠家属的双手一点一点完成的。

大山里，戈壁上，女人们穿着旧衣服，围着花头巾，像一朵朵鲜花点缀着荒凉的大地。她们是女人，但干起活来，却一点也不亚于男人。脸晒黑了，手磨烂了，胳膊累酸了，腿脚累麻了，她们全然不顾，除了干，还是干。

她们虽然身为家属，很多年里都没有口粮、没有户口，但她们却一心为公，始终把自己当成油田的主人，务实能干，无私奉献。所到之处，她们的欢声笑语，她们的劳动号角，总能将那片光秃静寂的荒原点燃，绽放出无限的生机与活力。

赵桂珍，因为事事都在做表率，所以，赢得了家属们的广泛认同和赞誉。

二

因为要参加劳动，大小四个娃娃没有人照顾。

赵桂珍说："在油砂山住的时候，大儿子4岁，二儿子3岁，三儿子2岁，四儿子只有几个月。每天出工之前，我就在一个小方桌上放上玩具，再放点饼干。然后，把小儿子用小被子包好，让大儿子抱着，把门一反锁就去上班，任由孩子们自己在家玩耍,哭闹,磕碰。孩子们饿了抓块饼干吃,渴了就渴着。大儿子抱累了,就把小儿子放在床上,任其哭闹,他只顾自己去玩……"

直到1973年11月,赵桂珍一家搬到了花土沟的地窝子,她才开始把孩子送到托儿所。又过了三年,一家六口才分到一间半平房。

赵桂珍不无遗憾地说:"那时候,职工工资低,他爸爸一个月才103元,根本养不起这么一大家子人。为了每天两块多钱的工资,我只有参加劳动,补贴家用。因此,天天早出晚归,根本顾不上孩子们的学习。因此,四个孩子都是初中毕业后就早早地参加了工作。"

1988年,随着丈夫的调动,赵桂珍来到采油厂铁家堡的养鸡场。

一调过来,她就立马又被推举为班长,可见当时她的名气之大、口碑之好。

她说:"日复一日的工作,没有太多惊天动地的事情,只有踏踏实实的付出。那是一个不讲物质享受的年代,通过诚实劳动为油田建设贡献力量,我觉得很满足。"

无论是干农业,还是干工业,她认为,用心尽责才是干好工作的前提,但因为既做母亲,又做妻子,还要参加劳动补贴家用,干好每一个角色都不容易啊。

赵桂珍说起话来,话语坚定,干脆利索。从她说话的神态和语气,能明显感觉得到她性格的耿直和做事的果敢。

当我问及她这一生之中最难忘的事情时,她的眼里闪过一道光亮,稍加思索,便开始娓娓道来。

她说,虽然现在老了,记忆力差了,但有三件事是永远也忘不了的。

三

1981年的冬季,一天她正带着一班家属在北山站附近挖管沟。挖着挖着,就看到北山站方向冒起了浓烟。

"不好,失火了!"

当看到冲天的火光时,赵桂珍立即提着铁锹向山上跑去。她边跑边喊:"姐妹们,跟我来,救火去!"

于是,其他姐妹也都拿着铁锹跟着她朝着着火的方向跑去。

赵桂珍冲上山顶，见到北山站的三口井都着了火，火势正在向四周蔓延。井口、井场以及周边，只要有油的地方就有火。

有一口井的井场外面有一个大油池，眼看火势就蔓延到油池里了，赵桂珍立刻用铁锹挡着脸，迅速穿过火海，来到油池旁边。

她不停地用铁锹从地面上挖土撒向着火的一边，姐妹们学着她的样子也一股脑穿过火海，迅速挖土压制火势。在场的所有人都与大火做着生死较量。

在赵桂珍的带领下，四处蔓延的大火一点一点被扑灭。

当看到还有一口井的井口冒着火光时，她忘记了天气的寒冷，迅速脱下自己的棉衣，将身体连同棉衣一起压向井口。终于，火苗被棉衣捂灭了。赵桂珍也精疲力竭地瘫坐在地上。

后来得知，这次失火，是因为天气太冷，进行修井作业的工人在井场点火取暖，不小心引发的。因为三个井场离得很近，加之落地油随处都有，风一吹，火就连成了一片。好在，修井工人及时将修井机开出了井场，才没有造成太大的经济损失。

赵桂珍带领家属冒死参与救火，避免了一场大的灾难发生，为油田立了大功。为此，大修队的领导亲自写了表扬信送到了她所在的"五七站"，并敲锣打鼓向赵桂珍及她的姐妹们表达谢意。

四

在花土沟"五七站"工作期间，有一天，赵桂珍正在家里做饭，听到邻居家在打架。她正准备出去劝解，却突然跑进来一个男人，躲在了她的身后。

当时她手上拿着面，一下子没有反应过来，只是说："要打架出去打，到我家来干吗？"

这时，隔壁邻居家的几个人紧跟着跑进来要打这个男人。这个男人为了自卫，就胡乱挥动着手中的刀子，砍伤了其中一个打他的人。

混乱之际，赵桂珍只觉得左肩膀一阵刺痛，刀子竟然不知什么时候扎到了她的身上。血从左肩膀处汨汨地冒出来，她疼得大叫起来。

打架的人一看，全都傻了眼，赶紧把她送到医院。

经过医生诊断，她的左侧动脉血管被捅破，需要立即做手术。

幸运的是，那时，正赶上江汉医疗巡逻队来油田巡回医疗，他们立即开始准备手术。

因为伤势严重，手术一直持续了七个小时才完成。

最终，她从死亡线上被救了下来。那次手术，由于失血过多，医院为她输了3000cc的血。

出院之后，赵桂珍休养了三个多月。

事发之后，伤人男子被公安局带走。后来，男子十分悔恨伤到无辜的人，托人来找赵桂珍求情。赵桂珍没讲任何条件，不计前嫌地替这个男子做证，让他免去了一场牢狱之灾。

后来，男子专门买了两个水果罐头来感谢她。

男子跪在赵桂珍面前，千恩万谢。赵桂珍赶紧扶他起来，并对他说："我什么都不要，相信你也不是故意的。你家也不富裕，只要以后你们一家人把日子过好就行了……"

为此，男子感激不尽，泪花四溅。

因为受了伤，赵桂珍从此再也无法从事繁重的体力劳动，只能从事一些后勤服务工作。

几十年过去，她的左肩依然没有完全康复，时常还会隐隐作痛。

虽然这个男子让赵桂珍无辜受伤，但赵桂珍在没讲任何条件的情况下反过来救他于水火，保全了一个完整的家庭。

这是她的善良，更是她的崇高。

五

赵桂珍一共有四个儿子，她最喜欢老二。

二儿子19岁这年，招到钻井队当了一名钻井工。

他一米八四的个头，长得一表人才，在家乖巧懂事，又勤快又能干，父母、家人都很喜欢他。他自学做饭，并做给家人吃。有时赵桂珍上班回不了家，他就把饭做好，送到工地。平时，他驮着母亲，去市场买菜，体贴入微。他个子高，喜欢打篮球，长跑也很厉害。上学时，3000米长跑比赛，经常拿第一名。参加工作后，由于诚实守信、责任心强，深受队领导和同事们的喜欢。

他积极要求入团，事事争先创优，被单位列为重点培养对象。

1985年春节刚过，二儿子所在钻井队的领导来到赵桂珍家，问道："你家儿子为什么回来十几天了，还没上井队，是不是有什么事情？"

"啊！怎么会呢？儿子就在家住了一晚上，第二天就上井队了呀！"赵桂珍惊讶地回答道。

她还回忆道："儿子回家，我们都很高兴。晚上，儿子还对我说，妈，我已申请入团了，我要好好表现，过不了两年，我就能申请入党啦。到时，我买个摩托车，下了班天天回来给你做饭……"

队领导一听家人这样说，立刻感觉出了事情。于是，打听同时下来的人，看有没有人知道他儿子的消息。

有一个同事说，中午11点的时候，看到他站在路边打车，后来就不知道了。

得知这些情况后，大家立刻意识到，他一定是在山里迷了路，或中途出现了什么意外。

单位立即组织了人力地毯式寻找。他们从花土沟出发沿着井队的方向一路找去。断断续续找了两个月，没有找到任何线索。

好端端的儿子就这样生不见人死不见尸，这让赵桂珍一家人心痛不已。

其实，在柴达木油田的勘探开发史上，在戈壁沙漠里走失的人不在少数。因为，山是光的，戈壁是秃的，地域广阔且地貌相似，特别不容易辨别方向和寻找参照物。况且，柴达木盆地一年四季多风多沙，很容易让人陷入困境，迷失方向。

事有凑巧。有一天，一个小修队在山上进行修井作业。两个工人抬着油管在山脊上走时，一不小心，油管滑落，顺势滚下山去。他们只得顺着山坡向下寻找。谁知，油管竟落在一个三米多深的大坑内。

一个工人就势滑到了坑底。当他抬起油管的一头，准备竖在坑壁上时，突然发现脚下的垃圾杂物下面有一具尸体。他吓了一跳，大叫起来。没敢多看，就匆匆和同事把油管从坑里拽了出去。

回到队上，他们赶紧把这一情况告诉了班长，班长又第一时间通知了队长，队长又赶紧报告给了处领导。

那时，赵桂珍儿子失踪的事花土沟几乎人尽皆知。因此，处里立即组织人员，并通知了李文选、赵桂珍。

到了现场，几个年轻人陪同李文选一同下到坑底。

经过李文选的辨认，果真就是两个月前失踪的儿子。他看到，儿子整个身体蜷缩着，衣服破旧，几乎看不出原色，双手血肉模糊，附近的坑壁上分布着已经乌黑的抓抠的痕迹。四周分布着破旧的食品包装袋……

面对形如枯木的儿子，李文选浑身颤抖，放声大哭。

"我的儿啊，我的儿啊，我的儿啊……"

一个年轻的生命，还没来得及品尝人生的滋味，还没来得及报答父母的养育之恩，还没来得及品尝爱情的美妙，就这样无情地被大山吞噬了。

大漠无语，大山静寂。只有这位父亲悲痛的哭泣声在山谷间穿梭回荡。

所有在场的搜救人员无不为之动容，泪水掩面。

最终，他们把尸体装在一个铁皮箱子里拉了上来。

赵桂珍是在儿子被送到太平间后才被带去看他的。

赵桂珍哭着，喊着，浑身颤抖着……但是，任她如何哭喊，如何泪流，她可爱的儿子也再醒不过来了。

一个才刚刚参加工作三个月、正准备为油田的勘探事业奋斗终身的年轻生命，一个家人喜欢的好孩子、单位器重的好职工，就这样，为了及时归队，不顾一切地走向大山深处，意外地落入了厄运的深渊。

在儿子走后的好几年里，赵桂珍经常处于神志不清的状态。

她有时坐在那里，会感觉到自己的胳膊没了，身体的一侧空空荡荡，什么都没有，有时是右侧，有时是左侧。但等反应过来，一摸胳膊，却依然安好。

有时炉子上的锅，才接了凉水，她就把菜放了进去，等半天也煮不熟。

有一次，她使劲向前推自行车，自行车却不走。旁边的一个人走过来帮她把车撑子打开，并告诉她："车还支在这里，咋能推得动嘛！"

有一天，一个刚从外面休假回来的人看到她，吓了一跳，问："桂珍，你病了吗？怎么这么面黄肌瘦的？"

她说："我没病。"

后来，那个人才得知，赵桂珍是因为失去了心爱的儿子才成了这个样子。

赵桂珍说："我这个二儿子真是太好了。家里家外，都让人放心。如今，几十年过去了，我的心里依然有个缺口，专门为这个儿子留着。其他孩子再好，也不能填补这个空缺。"

六

当这一连串的偶然事件，让一个家庭、一个母亲的命运扭曲变形的时候，人性的光辉并没有熄灭，反倒更加的光亮温暖。

在埋葬儿子后不久的一天，赵桂珍家里来了两个年轻人。他们皮肤黢黑，穿着工衣，一看就是野外小队的职工。

还没等赵桂珍开口，他们就"扑通""扑通"双双跪地，齐声说："对不起，赵阿姨，我们错了。"

这突然的一幕，把赵桂珍吓了一跳。她赶紧扶起他们，说："这是怎么回事啊？起来，进屋说。"

于是，他们进屋，落座。

两位年轻人把当时搭车归队的情况描述了一遍，并把这些天来的悔恨和内疚一一表达了出来。

原来，那次从井队回来，是队上专门安排表现好的队员在春节前回到基地买点东西，看看父母。但在该返回的时候，单位的送班车却坏了，大家只得自己想办法搭便车归队。

本来，赵桂珍的儿子已经搭上了一辆油罐车，还没出发，这两位同事就挤了上来。

可是，驾驶室只允许坐两人，司机就让他们三人必须下去一个。他们都要急着归队，都不想下去。但司机坚持必须下去一个，他不想违章载人。

看他俩都不下车，赵桂珍的儿子心一软，就下了车。

后来的事显而易见，他没搭上车，又不想推迟返队的时间，才决定步行归队的。

井队距离花土沟基地的直线距离并不是很远，但要翻过十几道沙梁才行，可谓望山跑死马。因此，迷路、跌落，就成为可能。

自从得知他们的同事没有按时归队，这两个年轻人就一直心怀愧疚。尤其在参加了追悼会后，看到失去儿子的父母亲人所承受的那种悲痛与凄惨之后，他们内心的负罪感就更加强烈起来。

如果，当初下车的是他们其中的一个，或许同样的悲剧就落在了他们的头上。

这让两位年轻人对自己的自私有了深深的悔恨之意，同时，对生命的无常也有了更深的认识。

他们时常在一起喝闷酒，借酒消解内心的悔意与愧疚。喝醉之后，总会不自觉地双双抱头痛哭，为同事的死去，为自己的活着。

他们也曾悄悄地带上烧酒、香烟来到同事的坟前，默默地敬上烟酒，送上纸钱，以减轻内心的罪责。

而在工作中，他们变得更加努力，加班加点，从无怨言。似乎只有这样，内心才会好受一点。

终于，他们下定了决心，要去向赵桂珍夫妇这两位不幸的老人承认错误。

面对两个与儿子差不多年龄的年轻人，赵桂珍内心百感交集，泪水再一次涌上脸庞。但她并没有责怪，也没有怨恨。她知道，人死不能复生，这样的事搁在谁家都是悲剧。既然命运如此安排，她只有坚强面对。

最后，两个年轻人双双表示，今后他们就是赵桂珍的儿子，有什么困难，他们定会义不容辞。

其实，在后来的日子里，赵桂珍从来没有打扰和麻烦过这两位年轻人。她用自己的坚强和担当承受了生命不能承受的重与痛。

七

如今，赵桂珍已经78岁高龄，依然照顾丈夫，哺育子孙，还不时地为附近曾经一起工作过的姐妹们熬汤送饭，充分发挥着自己的余热。

当赵桂珍老人拿出她一直收藏着的《工作证》《毛泽东选集》《毛主席语录》《中国共产党党章》等一大堆红本本时，我更加真切地体会到她积极上进和坚定执着的内心。

她说："若不是调动了单位，我早就成为党员了。"

这一大堆的红色，真像她身体里那颗火红的心。

人世无常，命运难违。但赵桂珍始终保持着她的善良与自强，她说："无论经历什么，人都要勤劳，要善良，要有担当……"

荒原不荒

只有荒凉的戈壁
没有荒凉的人生
　热情　坚韧　毅力
　乐观　吃苦　奉献
精神生辉 光耀昆仑

一

1951年,陈展娥出生在陕西省凤翔县一个小镇上。

1969年,她正值上初中,却赶上了"文化大革命"。学校停了课,她便没法继续上学。于是,经一个姨娘介绍,与邻村的赵建科相识。

赵建科,是青海油田的一名钻井工人。因为油田女性少,尤其是钻井队,几乎没有一个女性,已是大龄青年的他,只好回乡相亲。

赵建科从小父母双亡,孤苦伶仃。稍大一些,他就想找个工作自己养活自己。他打听到兰州有单位在招工,于是只身来到了兰州。

那时候,兰州同时有三十多个单位在招人,水利、电业、农林、牧业、石油、煤炭等,什么工作都有。说来也奇怪,他偏偏对青海省的"柴达木"这几个字产生了兴趣。他觉得这几个字有些与众不同,况且,石油在当时是一个比较新鲜的行业,他也一直想去一个离故乡远一些的地方。就这样,他成了一名柴达木石油人。

1969年,陈展娥与赵建科在家乡登记结婚后,便跟着赵建科来到了冷湖。

冷湖的戈壁荒漠让她既新奇，又恐惧，到处光秃秃的，满眼望去连一点绿色都没有，与老家的花红绿柳完全不同。空气干燥得让嗓子直发疼，高原缺氧让她稍一走快就感觉气短、腿软。太阳光无遮无拦地晒着，让她本来粉嫩的皮肤很快就变得又黑又糙。她心想，这哪里是人待的地方啊？

但已嫁为人妇，她也只好面对现实。

这次冷湖之行，她只待了四十多天，就又回到了老家。因为，学校开始复课，她要回去报考高中，继续上学。

回家后，她通过努力，顺利考上了高中。

那个年代，农村生活条件差，很多孩子早早就务农在家，与父母一起春播秋收，四季轮回。尤其是女孩子，能上学已经不容易，读完高中的更是少有。不得不说，陈展娥是幸运的。

高中毕业后，她重新回到了冷湖。

二

位于柴达木西北部的冷湖自古洪荒，20世纪50年代初石油勘探开始，这片荒凉的戈壁才正式进入人类的视野。1958年9月13日，地中四井出油，日产原油800吨，给青海石油带来了希望，从此，冷湖油田诞生。

冷湖自此进入全国视野。紧接着，中央下令"集中力量，猛攻冷湖"。从此，柴达木盆地的石油事业翻开了新的篇章，1960年石油年产达30万吨，成为继玉门、新疆、四川之后的全国第四大油田。

到了60年代中后期，冷湖的产量出现大幅下滑，油田的发展战略逐渐向西部的花土沟转移。一部分人上了西部重建家园，一部分人留在冷湖，继续在冷湖地区进行勘探和开发。

陈展娥来到冷湖时，冷湖正在掀起"工业学大庆"的热潮。不但油田的广大职工在争分夺秒，大干快上，而且广大家属也都积极投身到油田的建设与发展之中。家属工，是早期油田发展不可忽视的重要力量。

那个时候，油田每个二级单位都有自己的家属队伍。丈夫在钻井的，就参加钻井的家属队，丈夫在采油的，就参加采油的家属队，还有机修、运输等单位。因为丈夫赵建科在钻井队，陈展娥便成为钻井家属队的一员。

当时的家属工根据钻井的工作性质，分为几个小组，有拉土方打土坯的，有配泥浆的，有平井场的，还有负责装卸货物的，几个小组在几个工种之间轮换着干，有什么任务就干什么活。因此，所有这些工作，陈展娥全都干过。

三

陈展娥回忆，冬天拉土方，为来年春天打土坯盖房子做准备。四吨重的解放卡车，六个人一天拉六车。一天下来，陈展娥累得腰酸背痛，胳膊都抬不起来，身上、脸上到处都是土。关键是每次装车出了汗之后，又要接着坐上车槽，随着车的前行，不断地被凉风吹得浑身发冷。一热一冷，一冷一热，让人时常都处在感冒的状态里。

繁重的体力劳动，陈展娥手上生出了老茧，粗糙得像锉刀。这还哪里是女人的手啊！但为了完成任务，陈展娥根本就顾不上这些，心中只有一个声音：加油干！

出野外干活，中午根本回不了家。带的馒头时常冻成冰疙瘩，水壶里的水也凉得刺骨。每次吃饭前，陈展娥只好把馒头揣进棉衣里面焐着，用体温将馒头上的冰碴子一点点融化……

打土坯时，和泥，拉坯，都由她们家属独自完成，而每一道工序都不轻松，每天每人还必须完成400元的定额任务。土坯打好之后，盖房子，也是由她们家属工完成。泥匠、瓦匠、木工，她们样样都行，活脱脱一帮女汉子。

陈展娥说："工地上的女人们，既乐观又能干，充分发扬了艰苦奋斗、无私奉献、为油而战的柴达木石油精神。"

平井场是钻井前期工作中非常重要的一个环节。

井场是否平整坚固，直接决定着钻井的施工安全。很多井场都处于偏僻的山沟或者陡峭的山坡之上，她们必须先用炸药把场地炸平，然后再进行平整，可谓危险重重。为了确保井场坚固，还必须在沙土之上铺设石头。

石头要到老基地的石头山拉运，先得用炸药把石头炸出可以搬运的小块，这既危险又费力。坚硬锋利的石头经常划破她们的手和胳膊，有时也砸伤她们的腿脚。一群乐观坚韧的女人，与坚硬无情的石头做着艰难的抗争。时间长了，她们也便有了石头的品性。

冬季气温往往低到零下二三十摄氏度，但钻井不停钻，冒着严寒也要坚持作业。井场上铺好石头之后，还要抹水泥找平。水泥在零下三十多摄氏度，凝结质量非常差。于是，陈展娥与姐妹们就在井场上燃起火，以提高温度，连夜守护着水泥，确保它们正常凝固。

长夜漫漫，滴水成冰，浑身被冻得通透。为了避免身体冻僵，她们只好伴着星月，不停地来回走动。她们咬牙坚持，相互鼓励，度过一个又一个寒夜。

她们还挖掘固定钻塔的绷绳坑。绷绳坑，需挖长 1.5 米、宽 0.7 米、深 1.8 米，这是最低标准。通常两人一组，当天就得挖完。戈壁的地层，沙石相间，坚硬无比。她们用铁镐、铁钎、榔头等工具，一寸一寸往下"啃"。手上磨出了血泡，她们就挑破放血，第二天继续抓铁锹、握榔头。繁重的体力劳动早把她们摔打成一帮铮铮铁骨的女汉子。

20 世纪 70 年代，油田树立了几个行业尖兵，运输处的刘德义就是其中一个，一年跑十万公里是他的目标。他拉运的物资必须及时装卸，不能耽误一分一秒。钻井公司的家属装卸工 24 小时随时待命，不管是傍晚还是凌晨，不管是刮风还是下雪，随时准备投入战斗。

钻井用具都是金属制造，非常沉重，装卸劳动强度可想而知。人拉肩扛，负荷沉重。陈展娥说，那个时候她们单薄的身体里，不知哪来的那么大劲头，再苦再累，睡一觉就好了。

固井工作在那个年代还比较原始，要用人的速度与水泥的凝固速度赛跑。固井时，搬运水泥的活又累又脏，每次都像打仗一样。虽然累，但工作时间较短，差不多半天时间就可以完成。陈展娥说，她喜欢去固井，中午可以给孩子们做顿饭。但她又说，固井时，水泥粉尘会进入鼻腔、喉咙，头发、衣服上更不必说了。

那个年代，洗头、洗衣服用得最多的是工业碱和肥皂。水泥黏在头发里和头皮上，遇水就会凝固，特别难清理，对头发和皮肤的伤害特别大。每次固完井回家，清洗头发都是一件非常痛苦的事。

陈展娥说："尽管那个时候工作又脏又累，但没有一个人退缩。相反，大家都你争我抢，生怕落后于人。"

繁重的工作，可以换得每个月几十元钱的劳动报酬，除去要上交的各种税费，平均每天能余 2 元多钱。这对当时收入较低的家庭来说，也是一笔难得的家用补贴。

家属工劳动，从冷湖到花土沟，陈展娥一干就是十几年。

四

提起丈夫赵建科，陈展娥既感到骄傲，又有一丝不满。

骄傲的是，赵建科几十年的职业生涯，始终一心扑在工作上，从一名普通的钻工一直升到钻井处的处长，一次次被树为标兵，一次次被评为先进，还获得了油田功臣的荣誉称号。

有一年在单位春节联欢晚会上，有个领导编了这样一个顺口溜："问问工作苦不苦，要问司机史建伍；问问工作多不多，要问钻井赵建科！"也正是这个原因，赵建科对家庭、对孩子一向无暇顾及。

1973 年 8 月，陈展娥面临生产，赵建科所在的 32109 钻井队正在钻进冷湖一高地 83 井，刚好到了最关键时刻。领导亲自坐镇，身为副队长的他必须坚守在岗位上。尽管他知道妻子快要生了，已经 32 岁的他即将迎来人生中第一个孩子，但他却不能给予妻子太多关心和照顾。当他接到同事从五号基地打来的电话，才赶紧请假往家赶。

井上没车，他就一路狂奔跑步回家。从一高地到五号基地，有五六公里远。为尽快赶到妻子身边，赵建科中途一口气也没有停歇。当他气喘吁吁地跑到家时，妻子正疼得满头大汗，满屋子打转。他立刻找来一辆车，把妻子送到了医院。

儿子顺利出生了，体重却只有三斤九两。负责接生的马崇煊大夫非常严厉地批评了他："怎么搞的，老婆这么瘦，孩子这么小，你是有责任的。"赵建科连连点头认错。

他清楚，平时只顾自己的工作，从来没有关心过妻子的生活。而妻子为了给家庭多一份收入，没日没夜地参加繁重的劳动。在当时，一人一个月才半斤油，冬天长途运输到冷湖的菜，经常被冻成冰疙瘩，而夏天又时常闷出霉味，每个月挣了钱还要给老家寄去 10 元、20 元，供弟妹上学，哪有条件让妻子保证充足的营养啊！

赵建科看着虚弱的妻子、瘦小的儿子，心里像是打翻了五味瓶，这个铁打的钻井汉子，泪花迷蒙了眼睛。他多想陪陪妻子、孩子，尽尽做丈夫的责任啊，但是，井队上的工作时刻牵扯着他的心，责任像泰山一样压着他。没待几天，他就回了井队。工作中稍有空闲，他就从井队跑回家里看一眼妻儿。就这样，两头牵挂，不停奔波。

陈展娥一个人在家带孩子。肚子饿了，就自己下床做饭，孩子拉了、尿了，她就自己换尿片、洗尿片。刚生下来的孩子吃了睡觉，醒了哭闹，没有白天黑夜之分。通常，陈展娥瞌睡得眼睛都睁不开，还得强打精神给孩子喂奶；有时候孩子哭个没完，她只好一直抱着哄……父母不在跟前，丈夫为油奔忙，家里的大小事务，都靠陈展娥一个人承担，月子里的她反倒比平时还忙还累。

五

陈展娥生第二个孩子的时候，赵建科依然忙碌在钻井一线。考虑到没人照顾的现实，陈展娥写信给母亲，她想回老家生孩子。

嫁出去的女子是不能回娘家生孩子的，这是农村的传统，母亲不得不遵守。考虑到女儿的实际困难，还是答应让女儿回家，但说好孩子不能生在家里，必须去医院生。就这样，陈展娥挺着肚子，拽着儿子，艰难地回到了老家。

本来想着医院生孩子不会存在什么问题，但现实的情况却让人大失所望。

那个年代的农村，妇女生孩子大都不去医院，而是请接生婆到家里接生。因此，在医院里生孩子的人并不多。当孩子快要临盆时，妹妹赶紧陪着陈展娥去了镇上的医院。到了医院，大门竟然锁着。喊叫半天，没人应答，妹妹不得不翻墙而入，敲醒门卫。

在等待进门的时候，陈展娥感觉到羊水破了，裤子湿了一大片。还没等医生准备妥当，孩子便在楼道里生了下来。

寒冬腊月，医院里连个炉子也没生。天气太冷，刚落地的孩子受了风寒，感冒很严重。医院害怕担责任，给孩子打了几针之后，就强行让她带着孩子出院。

身体虚弱的陈展娥抱着病中的孩子，眼泪止不住地往下淌。这个时候，她多么渴望丈夫能陪在自己的身边呀！她多么希望有个温暖的肩膀让她靠一靠啊！她甚至后悔起来，早知如此，还不如不回来。

好在，回家之后，经过家人的细心调养，孩子的病慢慢好了起来，陈展娥悬着的一颗心也终于放了下来。

六

一年之后，陈展娥带着两个儿子重新回到了冷湖。

为了继续参加劳动，她不得不将孩子送进冷湖托儿所。那时的托儿所，只是一个简陋的帐篷。

每天，陈展娥用一个搪瓷缸子舀一点大米，连同孩子一起交给托儿所的阿姨，她就去参加劳动。中午，托儿所的阿姨在每个孩子的搪瓷缸子里加点水，放在原油炉子上熬成稀饭，喂给每个孩子吃，那就算午餐。而陈展娥的午饭则在劳动的工地上吃点冷馒头，喝点凉开水……

就这样，日子一天天过去。

大儿子上完初中就招了工，接续了父辈的理想，成为第二代柴达木石油人。几年前，二儿子在西宁上完大学，也同样回到了油田。这就是青海石油人所谓的"献了青春献子孙"。

陈展娥因为一直以来工作表现突出，几乎年年都得先进，不是先进工作者，就是"三八"红旗手。至今，她还保留了一张大红奖状，那是她1984年荣获青海省"三八"红旗手称号时得到的。

她说："那个年代，标兵、先进最多就是一张奖状，并不多给一分钱的奖励。但那时大家并不只是为了钱，而是发自内心觉得应该那样做。先工作后生活，是我们那一代人的信念……"

当我问她劳动这么多年，有没有落下什么后遗症时，她撩起头发让我看。我看到她花白的头发之下薄薄的头皮，癞疤一样。她说，那是那些年用碱面和洗衣粉洗头烧的。她还落下了风湿性关节炎，到处求医问药也无法根治。现在除了买菜，大部分时间她都在家里待着，腿疼，怕冷。

陈展娥和老伴如今在敦煌石油基地安享晚年。峥嵘岁月已成过往，历尽艰辛破茧化蝶。

回忆过往，陈展娥和老伴都说：虽苦犹荣！

爱生光华

创造生活
磨砺人生
大爱生光华
关键时刻
方显本色

最初见到她,是在青海油田老年大学的剪纸班。

她友善可亲,学习刻苦,是班里的活跃分子和优秀学员。她有一个好听的名字:牟小林。

一

牟小林,1956年出生,甘肃定西人。3岁时妈妈生病去世,一直跟着奶奶生活。小小年纪就饱受了生活的磨难。

17岁那年,经人介绍,她认识了一个叫朱永祥的男人。朱永祥比她大5岁,老家在榆中,自幼家境穷寒,1971年离开故乡,成为新疆某兵团的一名军人。

牟小林的家庭条件相对较好。奶奶看中了这个家境穷困但诚实正直的小伙子,就劝导孙女说:"虽然现在他家穷,但我看这人靠得住,将来会有你好日子过的……"

牟小林信了奶奶的话,决定嫁给朱永祥。

1976年,他们结婚时,朱永祥向大队借了200斤麦子办了婚事。当时家里人口多，房子不够住，他们就把灶房当了婚房。

结婚后，牟小林一直在老家与婆婆生活。种植庄稼，照顾家人。

1978年，朱永祥从部队转业到了柴达木盆地的冷湖油矿，成为一名石油工人。作为家属，牟小林的生命从此便与柴达木盆地有了密不可分的联系。

1980年，朱永祥因工作需要调到花土沟，从事汽车修理工作。牟小林也从老家来到了花土沟。

她依然记得刚来花土沟的情形。

从故乡出发，经兰州转柳园，从柳园到敦煌，再由敦煌翻越当金山到冷湖，再从冷湖到花土沟，第一次出远门的她，一路颠簸，一路风尘，一路好奇，也一路胆战心惊。眼看了一路的戈壁荒漠，感受了一路的尘土飞扬，她既兴奋，又惊奇。心想，这里无水、无草、无庄稼，人靠什么生活啊？怎么一路上连个村子都见不着呢？石油究竟是个什么东西？

带着诸多的疑问和不解，牟小林风尘仆仆地来到了花土沟。

几天的颠簸劳累，让她整个人都散了架。朱永祥接上她，却没有地方住。朱永祥平时住的帐篷里，挤着好几个单身汉。没办法，牟小林只好在一个老乡家的地窝子里凑合了一夜。

她眼前的花土沟，见不到像样的房子，除了帐篷就是地窝子。她感觉非常新奇。当她正好奇地到处查看时，有个人冲她喊："快下来，你踩到我家房顶上了！"她这才意识到，原来看似平坦的地面上，烟囱林立，是很多地窝子的房顶。

为了解决他们的住宿，第二天，朱永祥的班长开来一台推土机，在钻探处附近的一处空地上一口气推出了五个大坑。

其中一个给了朱永祥。

地窝子，是青海石油人在二十世纪七八十年代特有的一种住宿形式。柴达木勘探初期，因为工作地点流动性大，人们主要住帐篷。20世纪50年代，在茫崖会战时期，曾用上千顶帐篷围成一个万人帐篷城，办公、住宿、吃饭、医疗，帐篷城俨然成了一个完整的小社会。后来，勘探重点向东转移到了冷湖，帐篷城也逐渐收缩，最后全部撤走，只留下了一片空旷的原野。

20世纪70年代初，柴达木的勘探重点又重新转移到了花土沟，所谓"重上西部建家园",职工生活也有了相对固定的基地。帐篷冬冷夏热,住起来实在难受,于是,就有人想出了挖掘地窝子的点子。一时间,地窝子便成了花土沟的一个特殊景观。

看着这个大坑,牟小林心想,在老家,无论怎么穷,至少还有个土坯房子住。在这里,人们却像老鼠一样在地下挖洞住,生活在这荒凉的大戈壁上,可真不容易啊!

朱永祥和班长又到井上找来几根废管子和几片竹帘子。他们先把管子架在大坑的上面,然后铺上竹帘子,再在上面垫上一层厚土,一个简陋的地窝子就成形了。

朱永祥把自己仅有的一张钢丝床和一口铁锅搬了进去,老乡又送了几个旧碗旧盆,又在里面架了一个铁炉子,这就成了牟小林在花土沟的第一个家。

当天晚上,牟小林和丈夫挤在那张狭窄的钢丝床上,听着外面呼呼的风声,感受着细沙在室内盘旋飞舞,她感觉既温暖,又荒凉;既新鲜,又酸楚。

因为墙面没有经过任何加固,稍一有风,地窝子里就到处掉沙子。尤其遇到沙尘暴,整个空间就满是沙尘。一觉醒来,嘴巴里、鼻孔里都进了沙子。半年之后,他们才为地窝子安了一个稍微像样的门。

牟小林说:"即便是那样简陋的条件,我都经常自己做面条、包饺子,让老乡们过来吃。那个时候年轻,啥都不怕,大家在一起苦中作乐,还挺开心的。"

两年后,朱永祥调到了油建汽修厂。他们又在油建单位所在处建起了另一个地窝子,一住就是好几年。

他们的孩子,也是在地窝子里出生的。

二

提起孩子,牟小林有说不出的酸楚。

她的第一个孩子是女儿,1981年出生。在女儿一岁多的那年春节,他们一家人回老家过年。过完年之后,牟小林发现自己又怀孕了。于是,就决定在老家待着,等生完孩子再回花土沟。

当肚子里的孩子长到七个月时,有些封建迷信思想的婆婆请人给牟小林算了一命,说她肚子里的孩子还是个女孩,于是叫她去引产。

牟小林辛辛苦苦怀了七个月的孩子怎么能说引就引，但她又不忍心与婆婆发生争执。婆婆态度很坚决，这让牟小林感觉非常为难。要想生下这个孩子，她必须离开婆婆。

于是，为了保全孩子，有一天，牟小林向婆婆撒了个谎："妈，我先回家看看爷爷，然后就回来引产，好吗？"

婆婆答应了。于是，牟小林就简单收拾了一个小包袱，带上两岁的女儿，出了门。

出门后，她径直向火车站的方向走去。怀有七个月身孕的她牵着女儿的手，流着眼泪，匆匆赶路。她们走啊走，走啊走。女儿走不动了，她就背起来走一段。从早上一直走到下午，30公里的路程，她自己也说不清是怎么走过来的。

最终，她坐上了西去的列车，一路风尘，一路颠簸，逃回了花土沟自己的家。

面对突然而至的妻女，丈夫不能理解。谁知丈夫也不太同意她把这个孩子生下来。因为当时油田的计划生育政策很严格。好在，那个时候，牟小林的户口还在老家，老家规定一胎是女儿的可以生二胎。所以，这个孩子是有准生证的。牟小林坚决要留下这个孩子。她觉得，不管男孩还是女孩，都是自己身上的肉。况且，她想让女儿有个伴儿。

怀孕八个月时，牟小林到医院做检查。大夫问她是几胎，她说二胎。大夫便说："二胎啊，最好别来检查了，单位管得严呢，自己在家养着吧！"从此，牟小林再也没有去过医院。

两个月后的一天晚上，她感到腰部很酸，预感到可能要生了。于是，她把炉火烧旺，决定自己在家生。

牟小林蹲在沙发上，做着生产前的准备。

肚子越来越疼了，差不多过了一个小时，孩子的头竟然露了出来。她有些紧张，赶紧用手托住。可是孩子的身子还没出来，脖子部位被卡住了。她紧张极了，如果孩子不及时生出来，非得卡死不可。她浑身是汗，内心有了一股豁出去的勇气。她使出了全身所有的力气，连拉带拽，孩子终于生了出来。

她赶紧用衣服的前襟把孩子包住。太好了！是个儿子。

据她回忆，她没有见到羊水，只见包裹在孩子身上有一层白色的胞衣。孩子生出来了，丈夫也吓坏了，赶紧去叫邻居。当邻居赶到时，牟小林眼前一黑，晕了过去。

她睡了整整一天，才慢慢苏醒过来。

还好，有惊无险，母子平安。

荒凉的戈壁滩里，她又多了一个至亲至爱的人。

可好景不长，儿子长到三个月时，得了严重的肺炎。

当时花土沟开展甘青藏石油大会战，正好有从胜利油田过来巡诊的医疗队，他们是当时花土沟的医疗权威。他们看了孩子，给出这样的结论：这孩子没啥希望了，最好放弃治疗。即便治好了，不是傻就是呆，你们要有思想准备。

可是，历尽千辛万苦得来的孩子怎么能忍心放弃？！

"不管将来是呆是傻，我都养他一辈子。"牟小林决定带着儿子回老家去养。

可能是老天被她的执着打动了，回到老家后，经过慢慢调养，儿子的病竟然好起来了，不但没有傻没有呆，头脑还相当聪明。她带着恢复健康的儿子再一次回到了花土沟，一家人又团聚在一起。

三

那个年代，职工的工资收入比较低。丈夫一个人的工资不仅要养活一家四口，还要顾及家乡的父母双亲。由于儿子太小需要照顾，牟小林有那么几年无法参加家属站的集体劳动，只能自己想别的办法。

有一天，她看到一个卖酿皮的人，觉得这是一个不错的差事。那个年代，职工家属做生意的很少，她却想试一试。于是，她找到那个卖酿皮的人，跟着学了一次，竟然一下子就学会了。

第二天凌晨，牟小林5点钟就起了床。她根据自己前一天学的方法，用两个多小时，蒸了五十多张酿皮，并调制好了调料，并用盆装了，放在自行车上推着出了门。

但从没做过生意的她，推着车子走在街上，却怎么也喊不出来。那天，电视台附近刚好有个新疆车队，她就把自行车往那里一支，静静地站在那里。

过了一会儿，一个人走过来问她，是不是卖酿皮的？

她赶紧说：是！

那一天，她没吃喝，也没挪地方，五十多张酿皮很快就卖完了。

初战告捷，这给了她信心和勇气。

于是，每天她都凌晨 5 点起床，两个小时后出门，差不多两三个小时后，她就卖完酿皮回家了。回到家里，儿子还在睡着。

牟小林回忆道："说来也怪，那时候，儿子太乖了，不哭不闹，一个人在家睡觉，醒了就自己玩。我怕他从床上掉下来，专门在床的四周焊了一圈围栏。早上他爸带着女儿上托儿所，然后上班，我在家带孩子，做酿皮，卖酿皮……"

后来，在卖酿皮的过程中，牟小林又增加了新的生意。有一次，她到炼油厂区域卖酿皮。一个工人问她缝不缝衣服。她想，顺带着的事，当然可以啦！于是，她卖酿皮时顺便揽上洗衣服、缝被子之类的活，卖完酿皮回到家，就开始做针线、洗衣服。

她说："我缝被子可快了，一床大被子一会儿就缝完了。"

当我问到那时的收入情况时，她给我算了一笔账："酿皮一张 1.5 角，一天大概卖五六十张。洗一件衣服 2 元，缝一次衣服 5 角或 1 元，缝一床被子 2 元，最多的一天，她竟然挣了 30 多元。后来，一个月能挣 300 元，比一个职工的工资还高……"

牟小林说到这些时，语气里充满了自豪。她觉得靠自己的辛苦挣钱养家，是很快乐的事。关键是由于她的缝补、清洗，解决了当时许多单身职工的生活困难。

这样的生活，牟小林一过就是四五年，直到儿子也上了托儿所，家里的经济状况得到了好转，她才开始像其他家属一样，参加了油田的集体劳动。

四

那个年代，家属的集体劳动，为油田的建设和发展，为社会的稳定与和谐起到了良好的促进作用。家属们一边哺育后代，一边参与劳动；一边维系着自己的小家，一边建设着油田这个大家。她们将一个女人的能量发挥到了极致。

她们从事的工种有与油田建设密切相关的体力活，如挖管沟、修公路、拉沙子、打土坯、烧石灰、扛水泥、平井场、管线防腐，等等；有与生活息息相关后勤服务业，如开荒种地、养鸡养鸭、干餐饮、开商店、做糕点、淘厕所，等等。

那些年，扫马路、淘厕所、修公路、拉沙子、挖管沟、为输油管线做防腐、平井场，或者在托儿所、小吃部、招待所、职工食堂，很多工种牟小林都干过，且工作从不讲条件，更不讲客观，干得了也得干，不会干就边学边干。在牟小林看来，只要用心，舍得出力，没有干不好的工作。

油田条件差，很多工作得靠人工。虽然工作干得很累，但人干活的热情却很高。

她说："在油建家属站，我们给管线做防腐。穿上塑料罩衣，给管线上刷沥青。沥青气味浓烈，把人熏得头晕眼花，一干就是几个小时。那时年轻，有力量，也有精神，从不叫苦，更不叫累。干起活来，和男人没什么两样。后来在职工食堂工作，我做的臊子面出了名的好吃。吃过的人都记忆深刻，赞不绝口……"

五

其实，对于牟小林来说，过去人生岁月中遭受的苦和累都不算什么，她认为最重要的是要做个好人。她没有文化，只会勉强写出自己的名字，但她却识大体，有大爱，有作为，有担当，从几件发生在她身上的事情便可窥见一斑。

1989年的一天下午，她去接女儿放学。她接上女儿正推着自行车准备往家走，却看到一群孩子围着一个倒在地上的孩子议论纷纷。

看到这种情况，牟小林立刻把自行车一支，三两步就挤到躺在地上的孩子前，仔细一看，竟然是廖海峰。他爸爸跟自己丈夫是一个单位的。

只见廖海峰蜷缩成一团，闭着眼睛，脸色煞白。牟小林立刻把他抱起来，放到自行车前面的大梁上坐住，没想到孩子的头根本支撑不住，刚一坐上头就耷拉在车把上。牟小林吓了一跳，只好用手托起孩子的头。她让女儿自己赶紧回家，给廖海峰的妈妈报个信。

之后，她就一手推着自行车一手撑着孩子的头向医院走去。

那时候，花土沟的路还是砂石路，大坑小洼，加之，学校离医院有好几里地远。因此，她走得很累，很辛苦，但又不能停下脚步。

一路上，孩子的症状没有一点缓和，牟小林紧张得心脏乱跳。

一到医院，气喘吁吁的牟小林立刻抱上孩子冲向急诊室。她一边跑一边喊："冯大夫，赶紧！赶紧！赶紧！"一连几个"赶紧"之后，闻讯而来的大夫赶紧接过孩子放到了病床上，并立即进行抽血化验。

此时，牟小林已累瘫在了凳子上。紧张、劳累、恐惧，让她一句话也说不出来。据她回忆，当医生用针扎进孩子的胳膊抽血时，孩子都没有任何反应。医生打了两针急救针后，孩子才慢慢有了知觉。

廖海峰的爸爸妈妈急匆匆赶来，看到墙角呆坐着的牟小林，赶紧问了句："我儿子怎么样了？"牟小林只回了一句："你去问大夫！"

看着孩子已经脱离了危险，这位妈妈抱着孩子哭了起来。牟小林没说什么，径直走出医院的大门。

她回到家里，赶紧煮了一碗鸡蛋面又给廖海峰送了过去。看着孩子彻底没事了，她这才放下心来。

廖海峰出院后，他的爸爸妈妈专门来到牟小林家，向她表达谢意。大夫也再三强调，幸好孩子抢救得及时，否则就没命了。因此，对于牟小林的出于相救，这一家人感激不尽。多年过去了，两家人一直保持着良好的关系。廖海峰长大之后也一直感念牟小林的救命之恩，每年回敦煌过年，都买了礼物来给牟小林一家拜年。

为此，牟小林也深感欣慰。

20世纪90年代初，牟小林一家搬到了敦煌石油基地。

有一天，三区65号楼一家房子里着了火，黑烟从窗户向外冒着，情况非常危急。街坊邻居在楼下指指点点，议论纷纷，有人赶紧跑去报警。望着黑烟不断地冒出，牟小林心想，这样烧下去，液化气罐非得爆炸不可。一想到可能发生的可怕后果，她立即冲到楼上，冒着呛人的浓烟冲进卧室，拿起床上的被子到水龙头下淋了水，就立即进入厨房，向着火的炉灶扑了上去。

火被扑灭了，液化气罐安全无恙，但她的头发、眉毛却被烧得打了卷，满脸满身都熏得乌黑，像从煤堆里钻出来的一样。

扑灭了火，牟小林出了楼道，坐在楼下平复紧张的心情。这时，消防车也赶到了。

大家看着她狼狈不堪的样子，有人夸她勇敢，有人为她后怕，也有人觉得她犯傻。所有这些议论和评价，对她来说，都不重要。重要的是，她做了她认为应该做的事。

后来，电视台对她进行了报道，油建工程处还专门对她进行了表彰，并奖励了50元，但她最终没有去领这笔奖金。

有一天，牟小林去二商场买毛线，她打算给孩子打两件毛衣。当她过马路时，看到一个一米八的小伙子被旁边书店的老板扭着不放，并不时地拳脚相加。路边站着几个看热闹的人。

牟小林看不过眼，就走过去对那个打人的老板说："有啥事不能好好说，非得要打要骂！"

老板说："这孩子在我书店里偷书！你说该不该打？"

牟小林看了看那个孩子，不像是个坏孩子。况且，她觉得偷书一定是爱书却买不起书。于是，她对老板说，"书值多少钱，我来替他付。"老板说，"50元！"

牟小林没有犹豫，直接将准备买毛线的50元塞给他，说："放过这个孩子，再怎么着，也不应该这样对待一个爱读书的人。"

老板有些羞愧，拿了钱回店里去了。

那个大个子"扑通"一声跪倒在牟小林的面前，哭着说："阿姨，谢谢您！你叫什么名字，我有了钱一定还您！"

牟小林赶紧扶起他，说："孩子，阿姨不要你的钱，阿姨喜欢爱读书的孩子，你以后一定要好好读书，考上大学……"

孩子感动得泪水翻滚，连声道谢。

那个年代，50元对于一个家庭来说，也算一笔不小的开支，况且，牟小林是一个没有经济收入的家属。当时旁边有个人想同她一起分担这50元，但她坚决拒绝。她并不知道这个孩子最终的人生走向，但可以想象这个孩子一定会对她念念不忘。那颗爱的种子，一定能促使孩子会有别样的成长。

六

如今，步入老年的牟小林，一双儿女都成了油田的第二代石油人。她的儿子从事着油田最脏最累最苦的修井工作。很多年轻人都因为受不了这个苦而临阵脱逃，牟小林却对儿子说："儿子，你是男人，你不能跑。那个年代，老妈作为女人干得比你现在的工作苦得多、累得多，不是也挺过来了吗！"

儿子听进去了老妈的话，不再提工作苦和累的事。千万吨高原油气田建设，正在他们这一代石油人手中高歌猛进、快马加鞭。

牟小林虽然柔弱，但她勇猛刚毅；虽然平凡，但她大爱无疆。

她最好的名字，叫母亲！

命运交响

曾经纵马扬鞭　人生快意
人到中途　命运却跌宕起伏
生命无常　遍尝人生苦滋味
苦尽甘来　品味命运交响曲

对于孙生桂来说，如果早知道命运如此多舛，她宁愿一直待在父亲身边，骑马放牧，不婚不嫁，不生不育，苦中有乐，快意人生。但命运难违，她只能一步一步走进独属于她自己的命里，喜怒哀乐，悲欢离合，遍尝人间苦滋味，品味命运交响曲。

一

1957年，孙生桂出生在青海省湟中县沙湾村的一个牧民家庭。从七八岁开始，她就一直跟随父亲放牧牛羊，没上过一天学，如今62岁的她，也只勉强认得为数不多的字。

小时候，孙生桂生活穷困，有时鞋子都掉了后跟也还得穿，全家人只有一床像样点的被子，但那时的孙生桂心里却是快乐的。

她整天骑着大马，跟随父亲，放牧着几百只牛羊，驰骋在广阔的草原上。天是那么蓝，云是那么白，草是那么绿，羊儿是那么可爱，牛儿是那么强壮……小小年纪，孙生桂就骑得一手好马，放得一手好牧，是妈妈的乖女儿、父亲的好帮手。

孙生桂喜欢牧场，喜欢与牛羊在一起，更喜欢将自己放逐在草原、大山宽广的怀抱里。这样的春夏秋冬，孙生桂度过了十几个年头。

男大当婚，女大当嫁，这是自古以来人世的不二法则。因此，孙生桂十六七岁，就到了让家人操心婚嫁的年纪。

汪玉德比孙生桂大6岁。1971年，汪玉德通过招工成为青海油田勘探处的一名石油工人。

当时的青海油田，男女比例严重失调，男多女少的现状导致大部分男子都找不上对象。于是，他们就返回故乡，找个同乡农村户口的女人结婚。汪玉德与孙生桂从小就认识，相互之间知根知底。那一年，汪玉德回家省亲，两家干脆把他们撮合成了夫妻。

1975年，他们在亲人的祝福中结了婚，孙生桂便从一个牧民的女儿转身成为一位石油工人的妻子。

由于当时的青海油田还暂时解决不了家属的户口，没有口粮，没有住所，因此，虽然结了婚，但孙生桂依旧在农村生活，继续种地、放牧，照顾公婆，并养儿育女。只有在丈夫探亲回来时，夫妻二人才得以团聚。

这样聚少离多两地分居的生活，他们一过就是好几年。直到1983年，油田落实了她和三个孩子的户口问题，她才从农村拖儿带女来到了大柴旦，一个五口之家才真正团圆在了一起。

在大柴旦，汪玉德天天忙着跑车，一个人一个月不到100元钱的工资，不仅养活自己的五口之家，还要给老家的父母弟妹寄钱，因此，生活过得相当艰难。

孙生桂说："那几年，缺吃少穿，即便是过年，米面油也不够吃。床单烂了大洞，也没钱换新的。孩子们的衣服缝缝补补，大的穿了小的穿。天气太冷，就不让孩子们出门。要照看孩子，也没法出去干活，只能省吃俭用过日子。现在想起来，那段日子都不知道是怎么熬过来的……"

汪玉德所在的单位经过几年的改制，由起初的勘探处变成物探处，又从物探处改成地调公司，并最终将单位的总部从大柴旦搬迁到了敦煌。孙生桂一家也于1986年举家搬迁到了敦煌的七里镇，住进了一个叫玉门院的石油小区。

二

敦煌七里镇,是青海油田在继冷湖、花土沟之后,重新兴建的另一个石油基地。从20世纪80年代初到90年代初,用近十年的时间在这片乱坟横布的戈壁荒漠修建职工住房、办公厂、学校、幼儿园,建公园,修道路,栽种花草,种植树木,逐步建成了油田广大职工休养生息的生活基地,并成为青海油田机关新的驻地。

孙生桂一家搬迁到敦煌后,丈夫依旧天天忙工作,花土沟、冷湖、大柴旦,哪里需要就去哪里。

在敦煌,孙生桂一边从事家属劳动,挣点零钱补贴家用,一边负责照顾三个孩子的上学和入托。

尽管日子过得紧紧巴巴,但对孙生桂来说,并不觉得苦。在她心里,一家人健健康康、平平安安就是好日子。

可是,生命的无常,就在于你永远都不知道下一秒会发生什么事情。往往命运的转折就在不经意的一个瞬间。等你转过神来,天已经变了,地已经陷了。

搬迁到敦煌的第二年三月份的一天,汪玉德开着一辆油罐车从花土沟回敦煌执行任务。在翻越当金山的时候,由于天冷路滑,车子瞬间失去控制,一下子翻到路基之下。

当时,车上只有汪玉德一个人。

事故发生后,没有一个人前来救援。汪玉德忍着浑身的疼痛,挣扎着试图把头从车子底下撤出来,双脚使劲地蹬踹着身子下面坚硬光滑的冰面……

他绝望地喊叫,奋力地挣扎。他实在不甘心啊,老婆孩子还在家里等着他呢,父母家人还需要他挣钱养老呀!

但是,任凭他如何努力,直到脚下的冰层被双脚蹬出一个大窝,他依然没能把头从车底下撤出来。

就这样,只有35岁的汪玉德作为一个儿子、一个丈夫、一个父亲、一个石油战士,在毫无准备、毫无预兆的情况下,为了柴达木的石油事业献出了宝贵的生命。

二十世纪七八十年代,由于路况差,类似这样的交通事故,在花土沟至敦煌这条公路上时有发生，轻者人伤，重者人亡。这条公路，在青海油田几十年的开发建设中，曾无情地夺去过许多人的生命。这是一条洒满石油人眼泪的道路，但这也是一条给予柴达木石油开发建设提供给养的功勋之路、光荣之路。

噩耗传来，正在家里做饭的孙生桂顿觉五雷轰顶，天崩地裂，眼前一黑，瘫坐在地上。紧接着，就号啕大哭起来。

哭声惊天动地，撕心裂肺。她想不通，为什么老天对她这么不公平。她不知道，她和孩子以后的生活怎么办。

三个年幼的孩子看妈妈哭得那么伤心，也都跟着哭。

可是，无论他们如何痛哭，无论他们如何不舍，她都永远地失去了丈夫，孩子们都永远地失去了爸爸。

死者已去，活着的人还得继续在人世煎熬。

处理完丈夫的丧事，孙生桂失魂落魄地回到家里。她坐在客厅的沙发上，眼睛呆呆地看着窗外。突然，她看见阳台上的晾衣架上有截绳子。她心里一下子有了一死了之的冲动。

她走到晾衣竿下，把绳子套在了自己的脖子上，准备就这样一走了之，随夫而去。突然，听到楼道里传来儿子的喊叫声，"妈妈，妈妈，开门，开门！"她一下子心软了。想到孩子已经没有了爸爸，如果再失去妈妈，他们小小年纪可怎么活呀！

于是，她放弃了轻生的念头。

这一年，孙生桂29岁，大儿子9岁，二儿子6岁，小女儿只有4岁。

三

孙生桂的生活一下子陷入了绝境。她从事家属劳动，一个月只有70元的收入，要养活一个四口之家，困难可想而知。

1988年，油田为了解决孙生桂的生活困难，将她转为了油田的正式职工。收入从每月70元提高到了每月130元，生活总算还能过得去。

由于孙生桂从小没有上过学，即便有了正式职工的身份，也只能干些简单的工作。她起初在物探小卖部当售货员，后来又调到油田诚信公司的螺旋藻厂当工人。

在这期间，有人给她介绍了一个名叫熊华明的男朋友。

熊华明祖籍湖北，曾是湖北一家纺织厂的工人。因为工厂倒闭，十几岁的他就远赴西北，投奔他在冷湖工作的表姐夫。他吃苦耐劳，踏实肯干，在冷湖做了几年木工之后，又来到敦煌，依靠打工维持自己的日常生活。

当两个人互相认识后，孙生桂给了对方相当长的考虑时间。熊华明虽然没有正式工作，但年轻，没结过婚。孙生桂虽然有工作，但抚养着三个半大不小的孩子。这样的家庭条件，无论对谁，都是一个很大的考验。

熊华明没有退缩，他愿意同孙生桂一家四口组成家庭，愿意放弃生育自己的孩子，愿意与她共同抚养三个孩子长大成人。这让孙生桂心生感激。

1991年，34岁的孙生桂与28岁的熊华明登记结婚，组成了一个五口之家的大家庭。

因为有了局内户口，熊华明参加了油田组织的企业员工的招聘，成为敦煌社区园林公司的一名员工。虽然工资不高，但他也算是有了一份稳定的工作，为这个负担沉重的家庭减轻了一些压力。

孙生桂一家的生活在两个人的共同努力下，一切都在向好发展。

四

1997年，大儿子技校毕业后，分配到了花土沟一线的井下作业公司，当了一名修井工人，成了接续父辈的第二代石油人。儿子一就业，家里的负担又减轻了不少。

但是，人有旦夕祸福，天有不测风云，刚刚过上幸福生活的孙生桂，又一次面临命运的不公。

有一天，孙生桂接到来自儿子单位的电话，说她儿子受伤了。

孙生桂一听，就急了。

"我儿子怎么了，伤在了哪里？严不严重？"

对方回答："右胳膊受伤，马上转回敦煌治疗。"

孙生桂的心一下子被击碎了。刚刚才参加工作只有19岁的儿子，还没来得及娶妻生子，就身负重伤，他以后的生活可怎么办呀？！

孙生桂陷入了深深的焦虑之中。

当她在敦煌石油医院看到躺在病床上痛苦挣扎着的儿子时，孙生桂扑上前去，失声痛哭。

"我的儿啊，你好命苦啊！"

"呜呜……呜呜……"

又一次，面对命运的打击，孙生桂的生活被泡在咸涩的眼泪里。

经询问，她得知儿子是因为在修井过程中遭遇井喷，被高压喷射出来的油气流刺断了右胳膊的筋肉，当场被打出去五六米远。当时的情况非常惨烈。

看着痛伤右臂的儿子，作为母亲的孙生桂，心如撕裂般疼痛。她想不通，自己的命苦也倒罢了，儿子的命怎么也这么苦。

由于儿子的伤势严重，在石油局医院治疗了一个月之后，又转院去了上海华山医院继续救治。

由于胳膊上的筋被刺断，手术时不得不在腿部取筋填补，手术的过程不但让儿子深受其苦，作为陪护人员，孙生桂看在眼里疼在心上。

看到儿子每次都疼得大喊大叫，满头是汗，孙生桂恨不得这伤痛落在自己身上。儿子每叫一声，她的心都疼一下；儿子每疼一次，她的泪就落一回。

一次次治疗，一次次煎熬，让孙生桂的身心倍受折磨。她眼睛哭得红肿生疼，她的心时常如刀绞般疼痛。一个年轻的母亲在这突如其来的灾祸打击下，一下子老了好几岁。

因为儿子受伤，漂亮的女朋友也宣布告吹。这不仅对儿子打击巨大，对于孙生桂这位心疼儿子的母亲，也同样感到痛心。但她理解对方的选择，自己家的苦自己来承受就够了，不必去连累他人。这是人之为人应有的尊严。

那些年里，儿子先后经过五次大的手术，身心均承受了常人无法想象的苦痛。孙生桂每次都陪伴在儿子左右，感同身受着儿子的疼痛，全力以赴做一个尽责的母亲。

儿子手术之后，再次回到工作岗位上。由于身有伤残，只能从简单的门卫干起，后来去了工会、后勤，如今在机关从事材料计划工作。他身残志坚，努力工作，继续为油田的建设和发展贡献着自己的力量。

五

孙生桂因为腿部不适,无法继续在螺旋藻厂经常下水工作,无奈之下,只好2000年买断了工龄。

在陪儿子看病的那些年里,孙生桂东借西凑,欠了亲朋好友很多钱。买断的那年,她竟背负着十几万元的外债。对这个收入不高的家庭来说,这样的巨额外债实在过于沉重。

但是,天无绝人之路,人穷了就会思变,生活的重负让买断工龄、赋闲在家的孙生桂有了创业的想法。

她从小就喜欢放牧牛羊。虽然这些年在油田工作生活,远离牧场、远离牛羊已经很多年,但她却经常回忆起故乡的牧场和牛羊,曾经的放牧生活始终是她内心最美好的记忆。因此,当她想到创业,第一时间就想到了养牛、养羊。

丈夫非常支持她的想法。于是,她用买断工龄为数不多的钱,租了一处农民的土地,购买了牛、羊、猪、鸡,开始了她人生的养殖生涯。

丈夫工作之余,帮她一起打理养殖场的事务。他们在租来的土地上,建起牛栏,修起猪舍,围起羊圈,他们把鸡散养在土地上,他们没日没夜地围着这些牲畜们转。拉运淡水,准备草料,清理粪便……把这个小农场经营得风生水起,热闹非凡。

孙生桂说:"最多的时候,我们养着一百多只羊、几十头牛、三四十头猪,一百多只鸡,从早忙到晚,累是累,但心里很高兴。因为喂的都是草料,没有任何添加剂,肉质好,不管是牛羊猪,还是鸡肉鸡蛋,都特别受欢迎……"

孙生桂讲起她的牛羊,一脸幸福的表情。

"我给每只小羊都起个名字。它们可爱得很,经常主动过来蹭蹭我的腿,舔舔我的手。我也经常喊它们的名字,抚摸它们的头,还和它们说话……"

孙生桂的养殖事业,一直延续了很多年,直到现在依然还在坚持。只是年纪大了,养殖规模比原来小了很多。

保留这个养殖场,于孙生桂和丈夫来说,已经不是为了挣钱,因为这么多年的积累,早已让他们在经济上翻了身,不仅早早还清了外债,还有了不少的积蓄。他们热爱这份事业,同时,也让生活充实一些。

六

由于小时候放牧时腿部经常受寒，上山下山不断磨损膝盖，加之，在螺旋藻厂工作时经常下到冷水里作业，孙生桂的膝盖受到了严重损伤，以至于上下楼都变得困难。

2019年5月，在实在疼得无法正常行走的情况下，她狠了狠心，做了膝盖更换手术。

一生磨难不断的孙生桂，又经历了一次人生的大痛。

她说："换了膝盖，是比原来好多了。但是，换的过程可是受了大罪啊！那种疼痛，真是要了人的命呢！天天疼得眼泪汪汪的，有时真不想活了。孩子们看着我受罪，他们也感到心疼……"

如今，已经62岁的孙生桂，子女们都长大成人，也分别在油田参加了工作，组织了家庭，养育了后代。作为一个妻子、一个母亲、一个奶奶，孙生桂依然为家庭操心忙碌，但比起原来的苦日子，现在她感觉幸福多了。

尤其是她加入了油田老年大学朱美荣老师的剪纸班以后，心情比原来好了许多。在剪纸班，她不但学到了剪纸，还得到了老师同学们的关爱，她感觉晚年生活有了依靠。可谓老有所为，老有所乐。

孙生桂说："现在有了钱，反倒觉得钱不是最重要的。一家人平平安安、健健康康才最重要。"

苦尽总会甘来，花谢了还会再开。经历了诸多人生苦痛的孙生桂，正信心满满地享受着现在的晚年生活。

衷心祝她健康、平安。

生命之殇

命运多诡异
生命本无常
幸福与眼泪并存
忍耐和坚强同在

一

她叫如意。

多么好听的一个名字啊，这其中一定暗含着父母家人的美好期待和深切祝福。可是，一路走来，她却倍感命运的沉重和生命的无常。

朱如意，今年66岁，甘肃天水人。15岁那年，经人介绍与同乡苏守军相识。17岁那年，他们正式结为夫妻。结婚后的第二年，她生下自己的大儿子。同一年，丈夫应征入伍，当兵去了重庆。她则留在家乡抚养儿子，种植庄稼。

1978年4月，苏守军转业到了柴达木盆地的花土沟，成为运输一大队的一名驾驶员。作为妻子的朱如意顺理成章地成了青海油田的一名家属。同年11月份，朱如意跟随老乡来到了丈夫的工作地——花土沟。

是花土沟的荒凉迎接了她的到来，是花土沟的风沙为她洗去了一路的尘埃。第一次面对天无飞鸟、地不长草的广阔荒原，朱如意的心凉了半截。

那时的花土沟，没有房子，只有帐篷。朱如意和丈夫挤在一顶简陋的帐篷里。冬天寒冷，夏天闷热。一年四季，风总是刮个不停。风一来，帐篷里就弥漫着灰尘。如果遇到沙尘暴天气，小小帐篷里更是尘土晕黄，呛人心肺。

这样恶劣的自然环境，朱如意感觉非常不适应。丈夫天天跑车，狮子沟、南乌斯、大柴旦……哪里有需要他就去哪里。如果遇到刮风或下雪等极端天气不能按时回来，她就担心得整夜整夜睡不着觉，直到听到丈夫的脚步声，她才放下心来。

有一次，丈夫出车后，遇到了沙尘暴天气。整个大地，狂风大作，黄沙弥漫，暗无天日。朱如意挂念着出车的丈夫，心急如焚，坐立不安。

一天一夜过去了，依然不见丈夫回来，她就跑到运输调度去询问。那时通信不发达，调度上也无法确定她的丈夫究竟什么时候能回来。

于是，她一遍一遍地跑，一遍一遍地问，又一遍一遍地失望而归。

风刮个不停，朱如意的心一阵一阵地发紧、发疼。尘土飞扬的帐篷里，她寝食难安，默默地流泪，痴痴地等待。她把饭热了又热，水烧了又烧。她不知道丈夫被困在了什么地方，她不知道丈夫有没有饭吃，有没有水喝，她担心丈夫是不是安全……

直到第三天的上午，她的丈夫终于回来了。她看到丈夫被风吹得土黄干皱的脸庞和零乱干枯的头发，一头扑进丈夫的怀里，两人随即抱头痛哭起来。

原来，苏守军是从南冀山拉水返程的过程中，车的水箱颠漏了，当了"团长"。车动不了，又没有通信设备，他只好待在驾驶室里等。

车没等来，却等来了风。

正值初春，柴达木的风总是说来就来。况且，这次风势来得突然且凶猛。照往常，这条路上过往车辆虽然不多，但总还是有那么几辆。这沙尘暴一起，车辆自然能停就停了。

等不来车，报不了信，救不了急，苏守军有些焦躁不安。本计划天黑之前能赶到花土沟的，因此也没带干粮。仅有的一壶水，也早被他喝完了。

天黑了下来，风依然没有停下来的意思。他又冷又饿，坐在驾驶室里直打战。他只好坐一会儿，下车跳一会儿，以缓解身体的麻木与寒冷。

整整一夜，他就这样一会儿坐，一会儿跳，几乎没合眼。

终于天亮了。可风依然没有停下来，但他还是有了一丝希望。他相信，肯定会有车来的。

直到下午2点多，他才看到一辆解放牌卡车缓缓地从后面开了过来。他激动地站到马路中间，使劲向司机招手示意。

司机停下来，询问了一下情况。赶紧把随身携带的馍馍拿了两个给了苏守军，又给他倒了一杯热水，并答应为他去报救急。

这样一折腾，又是十来个小时过去了。

风沙大，路不平，车难走。

等救援车把苏守军的车拖回花土沟时，已是第二天凌晨。车直接进了修理厂，苏守军这才拖着疲惫的身体回到家。

这就是柴达木的司机，在如此恶劣的自然和交通条件下，他们随时都有抛锚、当"团长"的可能，更有付出生命的危险。有人说，瀚海八百里，每一个里程碑，几乎都有一个司机的故事。

苏守军是千百个石油司机中的一个，他们为了保石油勘探，九死一生也在所不辞。他们用车轮丈量着高原油田发展的轨迹，他们用血泪，乃至生命铺就了柴达木石油的发展大道。

他们，是不朽的丰碑。

二

在花土沟，朱如意怀上了第二个孩子。

丈夫希望她能在花土沟生产，等孩子长到一岁再抱回老家，给父母一个惊喜。但是朱如意觉得这样简陋的帐篷会让孩子受风、挨冻，甚至生病。另外，丈夫天天出车，也没有时间照顾。为了让丈夫安心工作，为了让肚子里的孩子有个稍好一点的出生环境，她在怀孕七个月后，就回了老家。

两个月之后，也就是1979年的9月，她生下了第二个孩子，是个男孩。

作为一个母亲，她在家乡尽心抚养两个孩子。作为一个妻子，她时刻都在牵挂着远在千里之外的丈夫。

她觉得，一家人，再苦再难也得生活在一起。于是，当小儿子长到八个月时，她和两个孩子重新回到了花土沟。

为了让年幼的孩子有一个相对较好的生活环境，苏守军在水电厂附近挖了一个地窝子，置办了简单的家具，这一住就是五六年。

地窝子，是在戈壁沙漠这样严酷的自然地理条件下，石油职工自己发明创造出来的一种类似山西、陕西等地区窑洞模样的简易住所。只不过，窑洞是依山而挖，地窝子则是直接从地面向地下挖。挖出长方形或正方形一个大坑，在上面横架上铁管或木梁，铺上草帘子，垫上土、抹上泥或铺上油毡等，做成房顶，留出一边做门。

比起帐篷，地窝子有冬暖夏凉的好处。因此，在柴达木的开发建设历史上，职工有很长一段时间住在自制的地窝子里，生儿育女，安放身心。直到后来建了平房，盖了楼房，人们才彻底告别地下那又小又暗的生存空间。

住进了自己制作的地窝子，在花土沟这个荒凉小镇，朱如意才算有了一个真正意义上的家。

苏守军每天早出晚归，忙着跑车，拉油、拉水、拉水泥，工作任务繁重。朱如意就一边带孩子一边参加油田的劳动。到红柳泉石头山、砖场等处修路，在花土沟基地打扫马路，清理垃圾池，组织安排什么她就干什么。

那时年轻，朱如意怀揣对生活、对未来的信心和希望，心里装着对丈夫和儿子的无限爱恋，照顾家庭，辛苦工作，起早贪黑，任劳任怨。

丈夫的工作相当出色，年年被评为单位的先进工作者，并在1986年被评为青海油田的劳动模范。

那一年，花土沟基地的第一批公寓楼房也已建成竣工。由于丈夫表现突出，他们一家第一批分到了公寓楼房。

带着几分骄傲，一家人欢天喜地告别了地窝子，搬进了干净明亮的新公寓。

生活越来越好，朱如意有说不出的满足。

三

然而，命运的转折往往就只是一个不经意的瞬间。

1988年3月20日的下午5点多钟，朱如意正在清扫运输处材料库附近的公路。突然，一辆吉普车停在她的身边。她吓了一跳。

车上的人对她说："朱如意，上车，你家来人了！"

朱如意一下子紧张起来，心想，家里来了什么人呀，一定是出了什么事。但她不想上车，说自己回家。车上的人没办法就开着车走了。

朱如意赶紧把剩下的几米马路扫完，扛起扫把和铁锹，就心慌意乱地往家跑。

当她急匆匆地赶到她家住的8号公寓时,看到楼下围了一大群人,叽叽喳喳地议论着什么。她一走近,人群立马就散开了。

顾不得许多,她赶紧打开家门。她看到阳台上的玻璃碎了一地,不知道发生的什么事,心情紧张到了极点。

这时,邻居进来说,刚才莫名其妙来了一个大旋风,刮得很急,单单就在朱如意家的窗户附近盘旋了一阵,就很快散去了。

这时,丈夫单位的领导也来了。朱如意觉得一定出大事了。

"出事了!"领导说。

"谁出事了?"朱如意立刻问道。

"你家苏守军出事了!"

"出啥事了?"。

"翻车了!"

"人咋样了?"

朱如意强压着自己的心跳。

"人没了……"

"嗡"的一声,朱如意的脑袋一下子就炸开了。她大叫一声猛地朝墙角的柜子撞了过去。瞬时间,头破血流,人随之倒在了地上。

老乡赶紧把她扶起来,帮她擦去头上的血迹,安抚她,劝慰她。

整整两天两夜,朱如意不停地哭,一心只想死。她觉得命运对她太不公平,没有了依靠,今后他们孤儿寡母可咋活呀!

在四个家属二十四小时轮流看护和劝说下,朱如意最终放弃了轻生的念头。

当她清醒一些,才弄清楚丈夫是在去南翼山送水的半路上发生了翻车事故,当场身亡。当天下午3点多钟,遗体就被前去救援的车拉回了花土沟医院,安放进了太平间。

于是,她明白了,那场莫名其妙击打他家阳台的大旋风,一定是丈夫的灵魂来和她做最后的告别。

已经第三天了,朱如意要去医院看丈夫最后一眼。

她被人陪同着来到医院的太平间，看到躺在冰柜里的丈夫，疯了一样扑向前去。怕她出事，陪同的人一下子抱住了她，不让她靠得太近。她看到丈夫头上戴着帽子，大半个头部被白纱布裹着……

朱如意浑身颤抖着瘫坐在地上，撕心裂肺，泪水汪洋，嘴里不停地喊叫着："守军啊守军，你好狠心啊！就这么走了，留下我们孤儿寡母可怎么活呀……"

两个儿子也跪在地上，陪着妈妈一起哭喊："爸爸！爸爸！爸爸……"

所有在场的人无不心痛落泪，泣不成声。

最后，他们母子被人们强行拉了回家……

为了祖国的石油事业，苏守军以自己的生命为代价做出了自己的贡献……

四

失去了丈夫的朱如意，像丢失了魂魄一般，六神无主，情绪低落。失去了父亲的儿子，就像两片凋零的树叶，孤苦无依，让人可怜。

为了照顾朱如意，单位不再安排她出野外干重活，只是让她在基地干些打扫卫生之类的轻活。但一个月98元的工资，她要养活两个儿子、一个小姑子，还有家里的父母、公婆，生活的重担压得她喘不上气来。她只有省吃俭用，勉强度日。

有一天下午下班回到家，正在上初二的大儿子的老师来找她。她以为儿子在学校调皮了，正准备询问是怎么回事，老师就开口了："明亮妈妈，我们知道，你家里有困难，生活不容易。但再苦再难，都该让孩子上完初中啊！"

朱如意深感意外，"我儿子不是天天在上学吗？我咋可能不让他上学呀？"

老师说："他已经一个星期没来学校了，你这当家长的不知道吗？"

"啊！我早上上班，他上学。我下午下班，他放学。没觉得有啥不正常啊！我真不知道他没去学校！老师，你放心，等他回来，我问清楚情况，一定让他去学校。"

送走了老师，朱如意坐在家里越想越生气，越想越想不通。

5点多钟，儿子回来了，满头满身都是土。

她一把揪住儿子，问："你不上学，天天干什么去了？"

儿子一下子跪到她的面前："妈，我没上学，是跟着家属上山拉沙子挣钱去了。拉完沙子回来,我又去卖冰棍了。爸爸走了,你一个人一个月那么点钱,哪能养活得了我们那么多人啊。我都十几岁了,可以干活了,就让我帮你一块养家吧!"

说着说着,儿子"呜呜"地哭了起来。

朱如意又气又急又心酸,本打算把儿子好好打一顿的,听到儿子这么一说,她自己也难过起来,眼泪"哗啦哗啦"流了出来。

她拉起儿子,心疼地说:"儿子,你那么小,不上学,将来咋办?不管生活在多难,就让妈妈一个人来承担,明天你必须去上学,听妈的话……"

但无论朱如意如何劝说,儿子都铁了心不再去学校。朱如意最后也没了办法。

后来,组织看到朱如意一家的困难,就在1988年底,让她顶了丈夫的班,身份由家属变成了职工。工资从原来的一个月98元涨到了148元。

五

1993年,朱如意经人介绍,与一位炼油厂的职工结婚,重新组成了家庭。两家合一家,一共六个孩子。经济负担虽重,但相互依靠着,生活也算过得去。

1993年丈夫退休,朱如意把家安在了敦煌。

1994年,朱如意从花土沟调回了敦煌,分到运输处下设的食品加工厂工作。

那时的食品加工厂,香肠、烧鸡、馒头、包子等,什么都做,朱如意也根据工作需要什么都干。

敦煌的气候和生活条件比起花土沟好了很多。朱如意与丈夫恩爱有加,日子过得很幸福。

1995年3月9日,朱如意早上上班后,负责蒸馒头的老太太,让她帮忙把滚馒头的机器里粘的干面清理一下,一会儿准备做馒头。

于是,朱如意就开始着手清理。

她用刷子把干面从滚轮上刷下来,然后用右手揽起来往外倒。就在朱如意清理最后一点时,机器突然开动了。朱如意还没反应过来,她的右胳膊就被卷进了滚轮里。

她身子一歪,大叫了一声,只感觉整个心脏肺器一下子被拽到了嗓子眼。

她下意识地往回一撤，右边的衣服袖子卡在了滚轮里拉不出来。朱如意感觉整个身体都被撕碎了，血已经把衣服和机器全染红了……

同事们看到此情此景，一下子慌了神。几乎晕厥的朱如意喊了一声："拿剪刀。"于是，这才有人赶紧拿来了剪刀，把衣袖剪断。朱如意一抽，感觉右臂空空荡荡……

朱如意眼前一黑，晕了过去。

同事赶紧在她的白大褂上剪下一块布条，把右臂紧紧地缠住。

单位领导闻讯赶来，组织人员以最快的速度把朱如意抬到车上，送往石油职工医院。

当她被抬到二楼外科时，所有医生护士都被吓坏了。外科医生蔡国文接诊后，决定马上手术。他们这才想起赶紧通知朱如意的老伴儿来。

当丈夫匆匆赶到，看到妻子全身是血、右臂断残的情形，还没来得及说什么，一下子就瘫软在地。没有办法，单位负责人只好强行抓着他的手在手术单上签了字。

从上午10点多一直到下午5点多，手术室内紧张地手术，手术室外焦急地等待。

当朱如意被推出手术室的时候，她的右臂已经没有了……

事故的原因，是一个同事因为前一天馒头做小了，想调整一下机器，按下了按钮。

命运又一次给朱如意开了一个大大的玩笑。她的人生又迎来了一个低谷。

在住院休养期间，虽然有组织的关怀、家人的照顾，但身体的疼痛和心里的无助时刻都在折磨着她，让她感觉生不如死。于是，一次次哭，一次次闹，直到眼泪流干了，身心疲惫了，她才无奈地接受了这个残酷的现实。

半年后，她拖着空荡荡的袖筒，回到单位。干不了其他工作，领导只好安排她干些打扫卫生之类的简单工作。

虽然工作并不复杂，要想干好也不容易。每天，朱如意都是用一只胳膊夹着扫把，一步一屈地清扫着地面，伤口时常会因用力过大而疼痛难忍，这是常人无法体会的艰难。而她，总是一声不吭地忍耐着。她知道，只有干好本职工作，才能对得起每月的工资；只有自强不息，才能获得他人的尊重。

在朱如意手术之后的两年，生活上由老伴照顾，还算过得去。但两年后，老伴得了半身不遂，生活无法自理。没办法，老伴的子女只好将老伴接去西安照顾。

2004年，单位改革重组，要精简人员。她因身体不能满足工作需要，无奈之下，办理了企业内部退养，一个月只发400多元的工资。当时小儿子还在外面上大专，正是需要用钱的时候，因此，生活过得比较困难。

五年后，由于油田许多内退人员家庭存在经济困难，油田又重新让他们返了岗。朱如意被分到劳动服务公司上班。

返岗后，朱如意更加珍惜自己的工作机会。孩子上学需要钱，她必须尽到一个母亲的责任和义务。因此，她每天拖着残疾的身体，为生活、为工作奔波忙碌，竭尽全力做一个好工人、一个好母亲。而每一个身份于她，都格外艰难。

2013年，她正式办理了退休。

2015年，老伴在西安去世。

六

晚年的朱如意，经历了诸多磨难，生命如同淬了火一般坚韧刚强。她每天都戴着假肢，只有睡觉时才取下来，生活依然不便，但她却越来越乐观，越来越自立。

两个儿子都在油田参加了工作。儿子懂事，想让她搬过去同他们一起住，朱如意却坚决不肯。不能帮忙照看孙子、孙女，她已经够内疚的了，怎么能再加重孩子们的负担呢。因此，她坚持一个人住，衣食住行，都独立完成。

平时，她尽量不给孩子们增添太多麻烦，自己能一个人干的就一个人干。做不了复杂的饭，就做简单的。实在不想做，就买点吃。一个月两三千元的工资，不富裕，但也过得去。

每到周末，孩子们都会来看她。为了准备午餐，她总会早早地去市场买菜，也总是采购一些平时自己不舍得买的食品。一只手，干活慢，她只能用更多的时间来弥补。

她喜欢全家人团聚在一起的温暖，她喜欢孙子、孙女叫她"奶奶"，她喜欢听儿子、儿媳们陪她聊聊家常。

多年来的苦难，让她格外珍惜这来之不易的幸福。她的乐观和自强也总是潜移默化地感化着他人。

街坊邻居都很佩服这个历经磨难依然乐观向上的朱如意，生活中，她总能得到大家的关心和帮助。子女不在身边，平时买菜、散步、游玩，她有自己的伙伴，大家相互陪伴，相互帮助，这让她的晚年生活一点也不寂寞。

都过去了那么多年，朱如意胳膊的刀口处依然不能着凉，即便是夏天，也得戴上假肢。

她把假肢取下来，让我摸一摸她的伤口。我触摸到了她温热的刀口下最深层、最剧烈的疼痛。那痛通过手臂直抵我的心尖，泪水一下子湿了我的眼眶。

看着眼前这位饱经风霜的老人，我的心一阵紧似一阵地疼痛起来。

不得不让人心生悲叹，那源源不断的黑色油流里，混杂着多少石油人的汗水、泪水啊！

手上乾坤

平凡的生命
不平凡的人生
用心传递好名声
用手刻绘大图景
因为有爱　所以美好
因为有为　所以光荣

一

人常说，三岁看大，七岁看老。朱美荣从还是个孩子的时候，就有了不同寻常的表现。

1952年，朱美荣出生在河南省扶沟县崔桥乡的一个小村庄。父亲解放前曾当过机枪连的连长，后来在县民政局当干部。她从小就受到了良好的家庭教育，心地良善，胸怀大爱。

母亲时常教育她，要懂得助人，要舍得付出。直到现在，朱美荣都记得母亲时常说的一句话："自己吃了填坑，给别人吃了传名。"

小小年纪，朱美荣就树立了"留下好名声"的志愿。

她家一共五个孩子，朱美荣排行老三。因此，家里的事情轮不到她干，她就天天操心别人的事、村上的事。

在朱美荣十一二岁的时候，全国上下掀起了学习焦裕禄的热潮。"亲民爱民、艰苦奋斗、科学求实、迎难而上、无私奉献"这样的字眼让小小年纪的朱美荣产生了强烈的热情和冲动。她主动成立了宣讲团，宣讲先进思想，传达奉献精神，得到全村老少的热烈欢迎。大家送她一个亲切的外号——"焦书记"。

有了先进的思想，自然就会催生先进的行动。朱美荣有着超强的号召力，是出了名的"孩子王"。她召集起村里的小伙伴们，专门带着他们做好事。

好事一旦开始做，就一发不可收拾。

有个邻居牙疼，朱美荣听说松树上的松果煮水喝可以治牙疼，她就放了学连饭都顾不上吃，就跑到几公里之外的树林里去拣松果。当她气喘吁吁、汗流浃背地把松果送到邻居家里时，邻居大为感动，一个劲地夸她懂事。

有一次，社员们把作为肥料的碎玉米秆一车一车拉到地里，一堆一堆地卸好，等着第二天再去撒开。第二天，到了地里，大家惊奇地发现，50亩地的碎玉米秆竟全部均匀地撒在了地里。

后来得知，是朱美荣带着她的小伙伴们连夜干出来的。在全村人都在睡梦中时，他们披着星星，戴着月亮，用手一把一把地捧起，抛撒，再捧起，再抛撒……天亮了，他们也干完了活。

还有一次，也是晚上，朱美荣带着她的小伙伴们给大队上的菜园子偷偷浇水。一帮小朋友轮流推着水车，累了就找个沙窝窝睡上一觉。他们干一会儿，睡一会儿，睡一会儿，再干一会儿。一个晚上，他们就把几十块菜地全都浇完了。

村里有个70多岁的老太太，朱美荣叫她荣奶奶，身边无儿无女，一个人孤独地生活。朱美荣心疼她，就每天去陪荣奶奶睡觉。夜里，荣奶奶起夜，她就帮着拿尿罐。她还专门睡在荣奶奶的脚头上，帮她暖脚。

一天凌晨，她觉得不对劲，都暖了一夜了，荣奶奶的脚咋还那么凉呢？她有些纳闷，就去摸荣奶奶的脸，也是冰的。于是，她赶紧跑回家去告诉妈妈。妈妈赶过去一看，荣奶奶已经去世了。朱美荣伤心地哭了。

朱美荣说，在离开家乡之前，她也不知道自己究竟干了多少件好事，光被村子里记录下来的就有上千件。

"朱美荣"这个名字，一直被陈列在家乡的"好人馆"里，被家乡人民学习、颂扬并铭记。

二

在故乡，那种无忧无虑、风光无限的日子，在朱美荣20岁那年彻底改变。

朱美荣的一个姑姑在柳园西藏运输站工作。有一年探亲回老家，就想给朱美荣介绍个对象。父亲了解朱美荣的性格，也刚好有意让她出来闯一闯。

于是，朱美荣离开故乡，跟随姑姑来到了柳园运输站。

起初，她一心想要有个正式的工作，不想太早结婚。况且，对姑姑介绍的那个远在昆仑山下运输站工作的对象，她还一无所知。

但是，姑姑比她急，对方也催得紧。她只好听从了大人的意见，与一个叫陈新田的男子结了婚。婚后，她搬到在敦煌运输站的公公婆婆家里，与他们共同生活。

婚后第一年，朱美荣生下一个女儿。

与很多女人不同，当了母亲却生性好强的朱美荣，并不甘心过这样平凡普通的家庭生活。她想工作，想到社会上发挥自己的光和热。

于是，在女儿两岁时，她义无反顾地将孩子留给了妈妈，自己去了西藏的拉萨。通过考试，她以第三名的成绩被录取，成为拉萨市商业局的一名财务出纳。

永不服输的朱美荣，正想通过自己的努力干一番事业时，却遭到了家人的强烈反对。公公写信给她，劝她回家看管孩子，照顾丈夫。可她对工作充满热情，于是她回信拒绝了。但是，公公的信依然雪片般飞来，还谎称自己生了大病，这让朱美荣无法安心工作。最后，无奈之下，她狠心辞掉了那份来之不易的工作，心有不甘地回到了敦煌。

半年之后，她带着女儿追随丈夫来到了昆仑山下的纳赤台西藏运输站。

1981年，她又怀孕了。因为丈夫工作忙，照顾不上她。于是，在预产期还有两个多月的时候，她让远在河南的妈妈来格尔木照顾她。可能是不适应格尔木的高海拔气候，妈妈才来几天，就得了脑血栓。

这可急坏了朱美荣。她只好挺着大肚子反过来照顾妈妈。但面临生产的朱美荣实在有些力不从心，无力支撑。不得已，为了照顾生病的妈妈，爸爸只好提前办了离休手续，将妈妈接回老家照顾。

这样前前后后一折腾，朱美荣的身体有些吃不消了。于是，在离预产期还有近两个月的某一天,朱美荣肚子剧烈疼痛起来,她感觉可能孩子要提前出生了。

看到妻子疼痛,丈夫一时也慌了手脚。

正值寒冬,没有任何准备的丈夫,只好跑到邻居家借来一辆平板架子车。于是,大家七手八脚地把朱美荣抬到了架子车上。

从家到医院的路坑坑洼洼,又冷又疼的朱美荣躺在冰冷坚硬的平板车上,一路颠簸,苦不堪言。她感觉肚子里的孩子正一点一点往下坠。她痛苦地哭泣,叫喊,声嘶力竭。

当推到医院时,孩子已经生了出来。因为天太冷,当时就没了气息。通过医生全力抢救,孩子才最终保全了性命。

而一路颠簸震荡的朱美荣,虽然孩子生了出来,胎盘却破碎在了子宫里,取不出来。一个缺少经验的大夫,只好用手去一点点往外掏。剧痛一阵一阵地袭击着虚弱的朱美荣,她咬牙坚持,拼命挣扎,撕心裂肺的疼痛,几乎让她背过气去。整整一夜,她的子宫才被清理干净。

好在经过一段时间的住院调理,她和孩子最终挺了过来。

三

1986年,丈夫作为格尔木运输公司汽车二队的一名修理工,被统一招到青海油田工作,朱美荣也随夫来到了冷湖,成为青海油田的一名家属。

那一年,她刚刚生了三女儿。生产时,朱美荣又遭遇了大出血,住了一个月的院,才恢复健康。

因为冷湖条件差,她还要参加油田劳动,三女儿只有40多天就被她送回公婆家。

在冷湖,朱美荣同其他家属一样,参加"五七站"的集体劳动,修公路、挖管沟,样样能干。

1987年,她还通过学习,考取了锅炉工操作证。当时,运输处那么多家属,只有四个人考取。她成了运输处机关锅炉房的一名锅炉工。后来,她还当了师傅,带了徒弟。

她说:"那时候,上夜班烧锅炉,看压力表,读书,整晚不睡,精神大得很……"

1993年，因丈夫工作单位搬迁到了敦煌，他们一家也随之来到了敦煌。她调到运输队敦煌食品加工厂，继续从事烧锅炉的工作。食品厂解散转产后，她又成为三区家属管理站的班长，带领100多名家属打扫小区和楼道卫生。

总之，无论在哪里，无论干什么，朱美荣都有着积极认真的态度和永不服输的精神。所到之处，总是出类拔萃，引人注目。

1998年，家属站解散，家属们都回了家。不再参加油田集体劳动的家属，也就意味着没有了一分钱的收入。

2000年，朱美荣的丈夫也因身体等原因买断了工龄。

三个女儿要上学，公公婆婆要养老，小姑子要结婚，小叔子要盖房子，所有的大小事务都压在朱美荣的肩膀上，朱美荣感到了前所未有的压力。

但她自立自强，不等不靠。困难面前，她只有勇敢前行。

她当洗碗工，手被水泡得打不了弯，下了班，她把酒店里的剩菜打回家给孩子们吃；她去农村摘棉花，早出晚归，双手并用，一天能摘200斤；她在敦煌夜市摆摊，靠出色的剪纸技艺，曾经一个月挣了1000多元；她加工沙发套子，速度快、工艺好，一套15元，活多的做不过来；她还同别人合伙开荒地、挖鱼塘……

她用自己的坚强和毅力艰难地支撑着这个家。

她说："当时三女儿正在读研究生，一个月只给她400元，孩子可怜，但没办法，那个阶段家庭负担实在太重……"

生活的穷困并没让朱美荣感觉气馁，她相信，只要好好干，生活一定会越来越好。

四

然而，还没有摆脱经济困境的朱美荣，又迎来了人生的一个重大打击。

1992年，16岁的大女儿玲玲通过招工成为采油厂北山站的一名司炉工。

有一天上班，因为天冷，北山锅炉房的管线发生了冻堵，她只好烤管线解堵。

三九严寒，为了给管线解冻，她在荒郊野外冻了一个晚上。后来，她就病了，是发烧、尿路感染。虽然经过一番诊治，但却没有完全恢复。

那时年轻，也没想那么多，玲玲依然天天上班。后来又由急性肾炎，转成了慢性肾炎。几年过去，虽然也一直在治疗，但病情不但没有好转，反而越来越重。

于是，朱美荣就带着女儿去河南、陕西等地去看病。

2007年，玲玲确诊为尿毒症，必须换肾，否则，就有生命危险。

朱美荣一家陷入巨大的焦虑和悲痛之中。

尤其作为母亲，朱美荣的心像被撕碎一样的疼痛。玲玲才31岁，孙女儿只有7岁！无论如何，都得救女儿一命啊！

于是，朱美荣发动全家人去为女儿配型。她多么希望能将自己的肾换给女儿啊！但最终，所有人中，只有她的丈夫配型成功。这让一个家人重新燃起了希望。

2007年的11月的一天，在西安交大附属医院的手术室里，一边躺着丈夫，一边躺着女儿，两个都是她生命中最重要的人，哪一个出了问题，对她都是致命的。因此，站在手术室外，朱美荣欲哭无泪，焦急地等待着命运的安排。

一个小时过去了，两个小时过去了……朱美荣一会儿坐，一会儿站，心慌意乱，手足无措。

最终，手术成功了。女儿转危为安，丈夫也无生命危险。

高悬着一颗心的朱美荣，这才放声大哭起来。所有的担心和焦虑，都被汹涌奔流的泪水冲刷了出来……

五

受母亲影响，朱美荣从几岁就开始学习剪纸。

父亲看她对剪纸一往情深，就给她买来绘画书，让她从基础的绘画学起。从简单的窗花、双喜，到小猫小狗、小花小草，再到后来《红楼梦》《三国演义》《京剧脸谱》里的人物故事，她的剪纸技艺越来越纯熟，越来越高超。

"心里有，手上才有"，这是母亲对她的教导。"用心才能剪出好作品"，这是几十年来，朱美荣始终牢记的剪纸秘诀。

跟随丈夫来到油田后，繁重工作之余，朱美荣依然发挥着她的剪纸特长。

为单位办板报，过年为街坊邻居剪窗花，尤其是有人办喜事时，她更是忙个不停，剪双喜、剪窗花、做花灯，深受新人们的欢迎。后来，她的很多剪纸作品发表在了《青海石油报》上，被越来越多的人认可和喜欢。

而真正让她的剪纸事业得到蓬勃发展的，是她在2006年被青海油田的老年大学聘请当了剪纸班的老师之后。

虽然她对剪纸技艺驾轻就熟，但当老师教学员，还是让她有些紧张。一回生二回熟，当她拿起剪刀，如同变魔术一样将普通的一张红纸剪出各种花样来时，学员们立刻被吸引住了。得到了学员们的认同，朱美荣的信心也越来越足了。

对她来说，最为自豪的一件事，莫过于她与她的团队为2008年北京奥运会创作的百米长卷《青海石油迎奥运》了。

那是2005年11月11日，朱美荣无意中在电视上看到2008年北京奥运会的吉祥物五个福娃的可爱造型，内心便萌生了要干一件大事的念头。作为青海油田的一分子，她想通过自己的剪纸代表油田为奥运做点什么。

念头一经产生，她便开始苦思冥想起来。

她最终决定以《青海石油人迎奥运》为题，剪一幅百米长卷，赠送给北京奥组委。

这样的构想让她兴奋，也让她倍感压力。这是她自我赋予的责任和使命，再苦再难都得坚持。

于是，她发动起油田的画家、书法家以及她的学员80多人，共同参与到庆奥运百米长卷的构思和创作中来。

在她的带动下，大家经过反复思考和讨论，决定将长卷分为三个部分。第一部分为"同一个世界　同一个梦想"；第二部分为"高原创伟业　油田创辉煌"；第三个部分为"传承文明　构建和谐"。

根据这三个主题，朱美荣通过各种渠道寻找创作素材，照片、绘画、书法、年画，共搜集创作素材上千件之多。然后，她再根据学员的水平层次，把内容一项一项进行分派。

一群平均年龄50岁左右的学员，在朱美荣的带动和指导下，没日没夜加班加点投入创作。有许多学员边学边干，态度相当认真。

在创作到了最关键的阶段，正是大女儿需要做换肾手术的时候，朱美荣一边顾着家中的病人，一边操心着长卷的创作。

时间紧迫，身心压力巨大，她只嫌时间过得太快，通常一天只睡四五个小时。

唯有精神是战胜一切困难的法宝。朱美荣身上永远保留着一股干事业的劲头和不服输的精神。

整整花了两年时间，长卷终于在2007年年底正式完工。

那一刻，朱美荣和她的队员们喜极而泣，抱头痛哭。这幅长卷里饱含着她们太多不为人知的辛酸与劳苦。

长达124.4米的画卷上，有奥运五环、奥运福娃、金字塔、埃菲尔铁塔、悉尼歌剧院……有青海油田创业初期的骆驼队、井架、采油树、炼油厂、原油外运的火车……有莫高窟、青海湖、布达拉宫、嘉峪关、长城……还有各行各业不同民族不同造型的人物500多人，内容丰富，寓意美好。

作品得到了中石油和北京奥组委的充分肯定。为此，朱美荣及她的几个骨干收到了2008年8月8日北京奥运会的入场券。

在拿到入场券的那天，她激动得热泪盈眶："太激动了，真没想到我能去北京看奥运……"

六

朱美荣是干起事来特别卖命的人。不怕吃苦，不怕麻烦。其实，当老师一个月也才几百元的工资，但她不在乎这些，她更在乎她的剪纸事业能否得到传承和发扬。

小到五六岁，大到七八十岁，朱美荣的学员男女老少都有。她一视同仁，细心教授。

如今的朱美荣，剪纸作品频获国际国内大奖，光荣誉证书就装满了一个书柜。

她还带领着她的学员一起受邀到韩国、日本、泰国等国家交流、参赛。她的作品被韩国、泰国等相关机构或个人收藏。

她以自己的智慧和勤奋，将中国的剪纸艺术推向了国际更大的舞台。

如今，她的学员们也逐渐成长起来，小小剪纸班，时常收到来自全国各地的剪纸大赛荣誉证书。

除了教授剪纸，朱美荣还利用剪纸班这样的团体播撒真情与大爱。

她关心学员的身体是否健康，心情是否愉快，并主动引导大家积极乐观地面对生活。

有四年学龄的孙生桂就说："朱老师人太好了，参加她的剪纸班，不但学会了剪纸，原来总是郁闷的心情也变得愉快起来了。"

一个70岁名叫史明霞的老人，因为参加了朱美荣的剪纸班，困扰她多年的抑郁症竟然有了好转。

76岁的崔桂兰，参加剪纸班两年了。她感觉老年生活有了乐趣，有了依靠。她喜欢剪纸班这个大家庭。

一个叫杨文华的学员，被查出患了胰腺癌。在她外出看病期间，朱美荣和她的团队时常通过视频为她鼓劲加油，不仅感动了患者及家人，还让医院的大夫、护士深受感动。虽然，最后杨文华老人还是不幸离开了人世，但朱美荣团队的鼓励和帮助让她收获了快乐和感动。她走后，朱美荣和队员们又尽其所能，忙前忙后。

……

就这样，朱美荣以自己的激情和爱心传授技艺，予人关爱，让许多老人老有所乐，老有所为，老有所依。

大爱与真情，构筑了朱美荣广博的精神世界。

七

在我采访朱美荣老师的那段日子，她正带着她的剪纸团队，不分昼夜地赶制一批旗袍服装的剪纸图样，为2020年青海油田离退休处的元旦文艺演出做着紧张的准备。

十几天了，从接到任务的那天开始，朱美荣除了吃饭睡觉，就一刻也没有清闲过。刚刚装修好的房子也顾不上收拾，任其凌乱，她只一门心思在她的剪纸上。

从初稿的绘图设计，到一刀一剪、一丝一毫地剪刻成形，每一个环节，朱美荣与她的学员都认真对待，容不得一点马虎。

在位于敦煌七里镇新三区的剪纸工作室，长长的桌案上，龙飞凤舞，花团锦簇，一幅幅栩栩如生的剪纸图案在朱美荣的笔下缓缓流出。底稿画完，再由她的学员分工合作一刀一剪地在布上剪刻出来。

这是一个细活，稍不留神就会刻坏、剪断，因此，要求全神贯注，一丝不苟。尽管手磨出了茧子，眼睛盯出了泪水，但看着手下的图案一点点活起来、动起来、美起来，她们总有说不出的高兴……

如今，已近七十高龄的朱美荣依然激情满怀，干劲十足。

对她来说，年龄不是问题，因为她心有大爱；对她来说，钱多钱少也不是问题，因为她的梦想正在开出花朵。

牧放昆仑

踏荒原
牧牛羊
舍己为公有担当
昆仑山下
一身肝胆　半生寒凉

在柴达木盆地的尕斯湖畔,有一片雪山融水哺育的草原,名叫切克里克,距离柴达木石油重镇花土沟有 30 多公里。

切克里克草原四周是大面积的戈壁荒漠和盐滩沼泽,因此,这片草原便成了花土沟地区难得的一片绿色,更成为柴达木石油人最喜爱的一片沃土。

如果不是因为石油,花土沟这片无人区连地名都不会有。自 20 世纪 50 年代中期,国家在这里进行石油地质勘探以后,花土沟才有了自己的姓氏,才逐渐被外界了解和认知。

1954 年,挺进柴达木的诗人李季创作的《柴达木小唱》,至今依然萦绕在人们的耳畔:

辽阔的戈壁望不到边
云彩里悬挂着昆仑山
镶着银边的尕斯湖呵
湖水中映照着宝蓝的天

这样美丽的地方哪里有呵

我们的柴达木就像画一般

也正是这首热情洋溢、深情款款的柴达木处女诗，让柴达木和尕斯湖进入了更多人的视野。而切克里克草原就位于昆仑山下、尕斯湖畔，是构成这如画美景的一部分。

然而，美景只属于那些到此一游做短暂停留的人们。对于那些一年四季，几年甚至几十年一直生活在这里的人来说，或许，又是另外一番感受。

20世纪70年代中期，油田西部试采指挥部曾在这片草原开荒、盖房，建起农场、牧场，种植小麦，放牧牛羊。农业及牧业，这两个本来与石油并无关联的行当，是当时青海油田为改善职工生活、弥补食品短缺而开发自然资源的阶段性举措。

这里，曾经麦浪滚滚，土豆花飘香；这里，曾经驼铃叮当，羊肥牛壮。这里的粮食和牛羊，曾为在艰难困苦中为油而战的石油人充饥果腹。

这里，曾经有一位青海油田唯一的一位牧民家属，她的一生都在昆仑山下为油田牧放着羊群。

她，叫宋玉花。

一

宋玉花，1962年出生在甘肃省武威市长城乡上营村。家中兄弟姐妹五人，她排行老二。

1982年，经人介绍，她与上沟村一个叫孙延永的人相识并结婚。

孙延永，1954年出生。18岁那年，也就是1972年，青海油田到他的家乡武威招收挖土方的合同工，当时，包括孙延永在内的100多人与油田签订了用工合同。于是，孙延永便从老家来到了花土沟，成了一名开发柴达木的合同工。

开始，他被分配到土方队工作。每天上山下沟，拉土运石。刚刚成年的孙延永个子矮小，土方队的工作对他来说，干得有些吃力。后来，油田牧队招人放牧，孙延永因在老家经常放羊，有经验，也喜欢，就报名去了牧队。

从此，他便成了切克里克长达40多年的"草原王者"。

1982年，28岁的孙延永回到老家，与20岁的宋玉花结了婚。

结婚之后，宋玉花就跟着孙延永来到了花土沟，同丈夫一起，以草原为家，放牧昆仑。

据她回忆，当时的羊群有四大群，差不多2500只，还有很多骆驼和马。牧队只有五间平房，油田职工住在里面，他们住的是活动帐篷。

高原的冬天最低气温达零下三十多摄氏度，而且经常遭遇大风大雪。通常，帐篷外边寒风刺骨，帐篷里面滴水成冰。而夏天，阳光晒得整个大地都发烫冒油，帐篷里更热得像蒸笼。草原上的蚊子一到夏天就铺天盖地，无孔不入，让人无处躲藏。

因此，无论春夏秋冬，牧队的日子都很难熬。

那个年代，生活物资相当匮乏，时常缺吃少穿。孙延永一个人每月20斤的定量口粮，两个人根本不够吃，只有靠孙延永平时打打猎获得一些肉类做补充。没有菜，仅有的萝卜、土豆和白菜也是油田不远千里万里从内地拉运进来的，不是冬天冻成冰疙瘩，就是夏天闷得发霉变质。水果更是一年到头见不到一个。

宋玉花记得1983年吃过的唯一一次水果，是花一块钱买的一个西瓜。至今，她都记得那个西瓜的味道，真甜！

那时候从草原到花土沟，一般骑骆驼或马，要不就搭油田的生产车，来回一趟特别不方便。况且，花土沟没有他们的住处，没什么大事，他们很少离开草原。从那时起，他们就已将自己的命也长进了草原。

二

1983年，附近的蒙古族乡亲要收回草原。

油田撤了切克里克的农场和牧队，把人员、机具、骆驼等转移到了大柴旦和敦煌南湖农场。当时2000多只羊只留了300只母羊，其余全部宰杀供应给了油田的职工食堂。

这300只母羊，油田指定让孙延永和宋玉花夫妻继续放养。

孙延永和宋玉花是当时放牧队伍里最老实、最本分、最会放牧的人，因此，领导把信任给了他们。

300只羊是他们继续在草原上生存下去的理由。孙延永夫妇没有辜负油田的信任，像珍惜自己的生命那样，守护着、放牧着、壮大着这支羊群，源源不断地为油田提供着鲜美的羊肉。

这一年的10月，草原上的大队人马都撤走了，只剩下孙延永一家三口和300只羊、几匹马和几头骆驼。荒原深处，三人相依为命。

宋玉花的儿子是这一年的3月在昆仑山里生下的，是丈夫孙延永为她接的生。儿子出生后，宋玉花走到哪里就把儿子背到哪里。牧队解散的时候，儿子才刚刚半岁。

他们自己都没有想到，这一待竟是几十年。

每年的冬天，羊群都要转场到昆仑山里过冬。因为那里拥有更充足的草料。而每年的冬季，也是母羊产羔的季节。

300只母羊要生产300只羔羊，这是硬指标。孙延永夫妻为了保证300只小羊的成活，在整整一个月的时间，无论白天还是晚上，他们时刻准备着为母羊接生。

海拔3000多米的昆仑山里寒冷异常。没有羊圈，所有的羊全部都在冰天雪地里生产。小羊羔一生下来，他们就立刻抱到帐篷里保暖。第二天，再抱到太阳下面晒一晒。两三天后，确定小羊没事了，才把它们送回到母羊的身边去吃草。

300次接生，宋玉花顾不上儿子的吃饭睡觉，更顾不上寒冷与饥饿，同丈夫一起不分昼夜地整整忙碌了一个月。

昆仑山里没有人监管，没有人督促，作为合同工身份的孙延永夫妇一心想着的是不让公家的羊群遭受损失，一心想着母羊小羊们的吃喝与安全。这种一心为公的优良品质，他们几十年如一日，从未改变。

宋玉花每天背着儿子一起去放羊，儿子像是长在她身上一块肉。随着儿子体重的不断增加，宋玉花背着越来越吃力，但又不敢把他一个人放在帐篷里，因为草原上有狼、熊等野兽。无奈之下，他们只好把一岁半的儿子送回了老家，交给父母抚养。

三

1984年12月,宋玉花的第二个孩子已孕育了七个月。

可这段时间丈夫孙延永的身体出现了问题,吃啥吐啥,浑身无力。孙延永便动身去了花土沟,他要检查一下身体。

宋玉花一个人留在牧队照顾牛羊。

四天过去了,还不见丈夫回来,宋玉花有些着急了。

那个年代,没有手机,宋玉花没法与丈夫取得联系,也不知道丈夫究竟得了什么病。于是,第五天时她急匆匆走出草原,拦了一辆油田上的工程车到了花土沟。

她来到医院,一打听,原来丈夫得的是黄疸型肝炎,三天前就转到冷湖医院住院去了。因走得匆忙,也没来得及给她捎个话。

宋玉花出了医院,已是傍晚时分。花土沟没有家,认识的朋友也不知道住在哪里,她不知道夜宿何处,中午又没有吃饭,这时肚子已饿得咕咕直叫。

她一个人挺着大肚子在采油厂菜窖附近不停地转悠,饥寒交迫,不知所措。

正当她几近绝望的时候,采油厂"五七站"站长代刚碰到了她。因为牧队经常为"五七站"的饭店供应羊肉,彼此都认识。

"小宋,你一个人在这里干什么?"

"来找孙延永。没想到,他去冷湖住院了。"

"吃了没有?"

"吃了!"

"找到地方住了没有?"

"没有。"

"那就跟我走,住我办公室吧。"

就这样,宋玉花才没有露宿街头。

丈夫病了,羊不能没有人管。第二天,她就急匆匆回了牧队。

回去没几天,羊群便到了要转场的时间。每年的这个时候,他们都要把羊赶到昆仑山的沟里去过冬。宋玉花对此了然于心。丈夫也不知道啥时能回来,但转场的事不能再拖。于是,宋玉花决定一个人赶羊进山。

这一天凌晨3点多钟,宋玉花便起了床,收拾了帐篷、被褥、锅碗、粮食等生活用品，一一放到骆驼背上。还有两个刚出生没几天的小羊羔，她也装到麻袋里，放到骆驼背上。

她牵着骆驼，赶着 500 多只羊摸黑向昆仑山口走去。她顾不上肚子里已经七个月的孩子，也顾不上寒冷的侵袭和路途的遥远，心里只有一个念头：公家的羊一只也不能丢。

一个孕妇。一头骆驼。几匹黑马。一大群羊。

不是所有的羊都老实听话，不是所有的马都听从指挥。宋玉花有时得快速追回远离队伍的羊，有时又不得不让羊群慢下来，等待那些体弱的小羊。累了，就找块石头坐下来休息几分钟。饿了，就啃几口冰凉的馒头。她以极大的耐心维持着羊群的秩序，她以极大的勇气直面一个孕妇长途跋涉可能存在的风险。

从凌晨走到天亮，从上午走到下午，从下午走到黄昏，又从黄昏走到了夜晚。将近 20 个小时的行走，上百公里的戈壁滩，宋玉花就这样挺着肚子、牵着骆驼、赶着羊群一步一步挪着向前，一米一米走向昆仑。

没有人知道，没有人看见，只有戈壁，只有大山，只有寒风，只有满戈壁的枯草和乱石可以作证，一个怀孕七个月的女人为了一群羊，甚至不惜自己的生命，艰难挺向昆仑。

那天的月亮很圆，一路照着她前行。走了 20 个小时的宋玉花，腿走肿了，脚磨破了，手冻僵了，眉毛上、额头上结满了冰。

到达昆仑山东沟草滩时，已是夜里 11 点钟。宋玉花累得瘫坐在地上，休息了好长时间才又撑起身体，搭建帐篷，燃起羊粪。

这时，天已经蒙蒙亮了。

长途跋涉让宋玉花动了胎气，肚子疼得直不起身。

起初，她觉得孩子肯定保不住了，并做好了流产的思想准备。但羊饿了就要跑着去吃草，渴了就要去河沟里去喝水。如果不管，就会跑丢，甚至掉下悬崖摔死。因此，宋玉花肚子再疼，也得硬撑着去放羊。羊群不能有闪失，否则，没法向油田交代。

于是，每天宋玉花都用双手托着疼痛的肚子，步履艰难地跟着羊群，爬高下低，跋山涉水。

冬天最怕下雪，雪一下平地上的草就被盖住了，羊只好爬到山坡上找草吃，人也就得跟着羊群上山。加之高寒缺氧，宋玉花经常累得眼冒金星，双腿发软。

宋玉花牧放着羊群，羊群也在牧放着宋玉花。在外人看起来轻松浪漫的放牧工作，实则充满了困苦与艰险。残酷的现实既无奈又无助，宋玉花只能咬紧牙关坚持着，忍受着，甚至连一滴眼泪都没掉。

她哭给谁看呢？

丈夫一个人在冷湖住院，也没个人照顾，本身已够可怜。何况，相隔遥远，关心的话都无法传递。

冰雪覆盖的昆仑山里，一个怀着七个多月身孕的女人，独自应对着黑夜、严寒、孤寂、劳累之苦，时刻提防着野兽侵袭的危险，她默默承受着生命不能承受的痛与重。

或许是肚子里的孩子实在可怜妈妈一个人在这大山里的艰难，竟然慢慢安静下来，不再折腾。宋玉花在羊群吃饱喝足休息时，也能享受片刻的宁静，晒着冬阳，摸着隆起的肚子，心境安详。

可是，天一黑下来，她的心情就没那么轻松了。漫漫长夜，她一个人孤独地面对整座大山，大山安静得有些瘆人，似有不祥之兆。

一天夜里，两只大哈熊袭击了她的羊群。

之前也经历过这样的事情。但有丈夫在，有丈夫的猎枪在，她也没觉得有多可怕。但是，那一刻，她却不敢出去，也不能出去。她一个大肚子的女人实在无法对付那样凶猛的庞然大物。因此，只好任它们肆无忌惮地在羊群里为非作歹，胡乱撕咬那些可怜的羊儿。宋玉花只有躲在帐篷里，紧张、恐惧地听着羊群里的混乱。

两个小时后，熊吃饱了，折腾够了，走了。

天一放亮，宋玉花就冲出帐篷查看损失，收拾残局。那一夜，竟有二十几只羊惨死于熊爪之下。

宋玉花这次哭了，哭得肝肠寸断，天昏地暗。为那些惨死的羊，也为无能为力的自己。

昆仑静默，羊群呆立，只有一个无助女人的哭声在山谷里回旋，飘荡……

四

一个多月过去，依然不见丈夫的身影。

1985年1月20日晚上，宋玉花感觉肚子有了反应，她预感到可能要生了。于是，她在炉子里多加一些羊粪，又把提前做好的小褥子拿了出来，并准备好了剪刀、热水、卫生纸等物品，然后安静地等待孩子的降临。

帐篷之外，刚下过的雪还没化完，羊群白天吃饱喝足了，正相互依偎着进入梦乡。夜显得格外安静。

宋玉花或许一直以来就不是那种娇气的女人，肚子只疼了两个小时，孩子就顺利地生了下来。她咬着牙，没有哭，也没有叫。她自己剪断脐带，然后提起婴儿的小脚，在孩子的屁股上"啪啪啪"拍了几下。"哇"的一声，孩子哭了。她这才仔细确认了一下，是个女孩。

她给女儿做了简单的擦洗，就用小褥子包了起来。等她清洗、收拾完，天都快亮了。

她起身抓了一把米放在锅里煮，然后，就躺在女儿的身边，平复一下心里的紧张，缓解一下身体的疲惫。

大约过了一个小时，天就大亮了。

羊群开始发出"咩咩咩"的叫声。她知道，羊儿饿了，要去找草吃了。于是，她把稀饭从炉子上端下来，匆匆喝了一碗。米还没有完全煮烂，有些夹生。

她穿好棉衣，把刚刚出生的女儿用一个羊皮大衣包裹起来，抱着就出了帐篷。一天的放牧生活又开始了。不同的是，她怀里多了一个孩子。

这一天，这位刚生下孩子两个小时的女人，抱着刚刚出生的婴儿，在零下三十多摄氏度的昆仑大山，跟着羊群沟沟坎坎，山坡平地，不停地奔波跋涉……

为了让羊群填饱肚子，宋玉花顾不上自己需要静养的身体，也顾不上需要保暖的女儿。没有奶水，每天宋玉花就给孩子煮点面糊糊吃。有时实在累了，她就把女儿包裹严实，找块大石头把女儿放在上面，自己便跟着羊群走。一走就是几个小时。这期间，任凭女儿自己在石头上面挨饿受冻，甚至面临被野兽吃掉、被老鹰啄伤的危险。

有一天，宋玉花背着只有十几天大的女儿回到帐篷，当她准备解开绳索放下女儿时，手一下子碰到了女儿冰凉凉的小腿。她这才发现，一路上只顾赶羊，女儿的腿竟露到了外面。

女儿被冻坏了。第二天，从小脚到大腿全都肿了起来。

看着可怜的女儿，宋玉花心急如焚，但却毫无办法。

几天后，当丈夫终于出现在她的面前时，她的眼泪一下子涌出眼眶，所有的委屈在这一刻全都迸发了出来。丈夫看到可怜和妻子和被冻坏的女儿，也心疼地落下眼泪。

其实，孙延永的病也没有完全好。

他住在医院里，心却一直在草原上。他计算着羊要转场的日子，也计算着妻子快要生产的日子。一天一天过去，他的担心日益强烈起来。他清楚，妻子如果一个人在山里生孩子，弄不好要出人命的。

最后，他不得不向医生说明了情况，带了针和药离开医院，急匆匆赶回了昆仑山。

结果，还是晚了。

半个月过去了，女儿的下半身还是肿着。不能再拖了，孙延永便骑上马，一路风尘去了花土沟。

他找到儿科大夫，说明了女儿的病况。大夫开了药和针剂，并告诉他，如果肿到肚脐以上，孩子就保不住了。

万幸的是，女儿命大，病情没再恶化，且一天一天好了起来。

牧队生活艰苦单调，女儿一出生就跟着大人放牧。没有人说话，没有人玩耍，没有好吃的，也没有好穿的。通常，被大人背了一天，回到帐篷就再也不想靠近父母，宁愿一个人在地上坐着或爬着玩。束缚了一天的胳膊、腿脚需要舒展，小小的身体需要解放。女儿天天被妈妈捆在背上，冷了、热了、疼了、麻了只能忍着……

宋玉花说，女儿两岁那年，牧队断了粮，没有面粉，只有肉。大人消化能力强还能对付，女儿太小吃不了肉，每天只能喝一点面糊，饿得直哭。曾经装过馒头的蛇皮袋子里有残留的馍馍碴子，女儿自己爬过去把袋子翻个底朝天，把仅有的一点馍馍碴子倒出来，然后，坐在那里，用小手一粒一粒拣着吃。她看着，心疼得直掉眼泪。

女儿长到三岁，宋玉花实在背不动她了。于是，也把她送回了老家让母亲抚养。

而这个时候，在老家长大的儿子已经不认识他们了。

五

孙延永从20世纪70年代初就一直在切克里克放牧，因为表现突出，油田在1987年将其身份从合同工转成了正式职工。从此，宋玉花的身份也从一个合同工的家属转成了一个正式职工的家属。

自此，他们在油田有了户口，有了社保，有了医疗保险，有了"菜篮子"，还分了房子，一家四口的生活有了更好的保障。

儿子四岁半那年，他们把他从老家接到了花土沟上托儿所。

因为要放牧，宋玉花没法留在花土沟照顾儿子，只好把儿子送全托，并交代给一个青海的老乡帮忙照顾。

直到儿子到了上了小学的年龄，宋玉花才把一双儿女带在身边，陪他们在花土沟上学、入托。她找了份打扫卫生的工作，一直到儿子小学毕业。

90年代中期，儿子到了上中学的年龄，刚好，他们在敦煌也分上了楼房，宋玉花便暂时离开了花土沟，离开了牧队，到敦煌照顾两个孩子上学。一直到他们高中毕业，她才又回到了切克里克，重新开始了放牧生涯。

1997年，切克里克牧队正好归生活服务站管理。那时，孙延永已经被人称作"老孙"了。

那时牧队条件已经好了很多，有房子住，有菜吃，米面油也供应充足，烧炉子用的是落地原油。

那些年，采油厂职工每年冬天都会分到半只切克里克现杀现宰的新鲜羊肉作为福利，都由老孙张罗宰杀、装车。这是全油田唯一能够享受到羊肉这种特殊福利的单位。这一只只鲜美的草原羊，无不包含着孙延永夫妇的倾情付出和诚实劳动。

有一年春节，我去牧队看望孙师傅一家。正值母羊生产的时节，草原上，暖暖的阳光下，一只只母羊领着一只只小羊在冬日的草地上悠闲自在地漫步、吃草，画面格外温情动人。

孙师傅说草原上没人来,好久都没说话了,都快不会说话了。他说有时憋得慌,就对着羊说上几句,可它们听不懂,没反应,也就不说了。

其实,生活中并不一定需要语言。

六

2013年,孙延永到了退休的年龄。

虽然办了退休手续,但草原依然离不开他。于是,单位又返聘他继续在牧队管理。宋玉花也就一直跟随丈夫在牧队生活。

儿子中专毕业后,回到油田,成了一名采油工。

女儿大学毕业后,也回到油田,在职工医院当了一名医生。

当我问到在牧队生活那么多年,有没有什么遗憾,身体有没有留下什么后遗症时,宋玉花叹了一口气,心情一下子复杂起来。

她说:"在草原,没有菜,没有水果,只吃肉,热量太大,我们的头发早早就白了。尤其两个孩子,都不到二十岁就开始长白头发。医生说是血热,没什么治疗办法。

"儿子从小在老家长大,和我们之间有隔阂。"

"女儿经常抱怨缺父爱。女儿三岁之前,我几乎天天背着她去放羊,忙得没有时间和她说话,因此长大后就一直不爱说话。那时年轻,不觉得啥,现在想想,真是亏待了两个孩子。"

"两个孩子都是山里生的,我都没有坐月子。生了孩子就接着干活,当时并不觉得有什么不对。但随着年龄的增长,毛病慢慢都出来了。眼睛风一吹、太阳一照就疼,两条腿天一冷就开始疼……"

停顿片刻,她又充满希望地说:"再有两年,合同就到期了。我们就不干了,就回敦煌生活。只是有些担心回敦煌能不能习惯太清闲的日子……"

宋玉花把一辈子的光阴都深扎在昆仑山下孤寂的荒原里了。看着她对未来清闲生活无所适从的样子,我的内心充满酸涩……

后　记

当我写下"后记"这两个字，内心便有了如释重负的感觉。

半年时间，我几乎将所有的时间和心思全都用在了这部书稿上。终于，尘埃落定。

2020年，是青海油田建局65周年。在这样一个历史节点，创作出版这样一本关于柴达木石油女性的书籍，似乎暗合着某种天意。当然，天意之中包含的是人愿。

是的，事在人为。没有人，天意又何如！

这是一次应时的书写，缘起于两方面的意愿。一方面，是青海人民出版社有出版石油题材书籍的愿望，另一方面，青海石油文联有鼓励写作者创作石油作品的意见。于是，就有了一次碰撞与对接。

那是2019年10月，青海油田作协一行三人去了一趟西宁。此行有两个任务：一是校对"天际线上的石油人"丛书书稿，二是与青海人民出版社总编辑马非见面，商议柴达木石油文学创作与出版事宜。

其实，在前往西宁的路上，他们就有关创作内容进行过探讨，并有了一些初步的设想。到了西宁，在与总编辑马非交谈的过程中，又产生了不少的共鸣。他们提出了几个比较可行的书写方向，其中关于柴达木石油女性的创作题材引发了马非的兴趣。最终商定，2021年，青海人民出版社为青海油田作者出版石油题材小说一本、纪实文学一本。

这当然是好事。

当油田作协指定这本女性题材纪实文学由我来创作时，我却有些犹豫了。

原因有三：一是近一两年身心始终处于"乱码"状态，总有力不从心之感；二是虽在油田工作多年，但大部分时间从事后勤服务行业，对于柴达木石油的前世今生缺乏最直接的体验和感受，对石油题材的书写存在隔离感；三是对于采访、书写纪实文学作品缺乏实战经验，担心写不好。

但考虑再三，最终还是接受了这个任务。原因也有三：一是柴达木女性是非常值得书写的一个群体，尤其是那些在柴达木石油勘探开发初期参与过油田生产建设的家属，虽功不可没，但始终被人忽略和轻视，非常有必要让更多的人了解她们的工作和生活的酸甜苦辣；二是2020年是青海油田创业65周年，也是我职业生涯的最后一年，我想通过自己的书写为青海石油送上一份自己的礼物；三是作为一个油田作家，有责任通过这样的书写更好地了解油田历史、认知石油人生。

2019年11月份，我便开始了这部书稿的构思与创作。初步计划上篇是职工，下篇是家属，各写10个人物，字数20万字左右。通过书写人物故事，回溯油田发展历程，宣扬柴达木石油精神。

先是查阅了大量的历史资料，从中寻找书写线索。

从历年来的《青海石油报》《瀚海魂》，到肖复兴、梁泽祥、肖复华、李玉真、都现民等前辈作家的文章和书籍，我都进行了阅读，慢慢地就有了一些线索。

对于那些已经离世或调走的典型石油女性，比如马崇煊、侯桂芳、孙子华、龚德尊等人，调离的调离，去世的去世，无法进行现场采访，也有个别女性因某种原因不愿接受采访，于是，我只能借用了前辈作家的"米"，加上自己的"鸡蛋""葱花"等配料，烹制出自己的"菜肴"。

为尊重原创作者，现将这些篇章的素材来源逐一进行说明：《生命使者》素材来自李玉真《西女昭昭》和肖复华《生命的使者》；《当金山下》素材来自肖复华《当金山的母亲》；《春华秋实》素材来自都现民《女工程师孙子华》和李玉真《西部寻梦者》；《师道尊严》素材来自李玉真《圆月清辉》和肖复华《永远的苹果》；《命运之弦》素材来自肖复兴《柴达木传说》和梁泽祥《拉不断的琴弦》；《生命之光》素材来自张云龙《熠熠焊花耀人生》。

组织消化材料的过程，并没有亲自采访自由。况且，前人的书写在提供了充分写作素材的同时，对自我创作难免产生一些先入为主的印象，因此，创作的过程并不轻松。

但我依然由衷地感谢这些可敬可爱的作家前辈，是他们的书写让我的创作有了强有力的支撑。没有他们，有些篇章我就无法完成。

对于10位石油女工的选择，年龄跨度从40多岁到80多岁，所从事职业有物探放线工、采油工、医生、教师、焊工、服务员等，加之每个人的贡献不同，经历有别，因此非常具有代表性。

为了寻找家属的写作线索，我走访了油田人称"活档案"的梁泽祥老师。他根据自己了解的情况，给我推荐了几个可供采访的人物，我自己又通过多方打听，确定了几个自认为符合条件的采访者。她们的共同特征是：年龄偏大，参加过油田集体劳动；经历丰富，曾为油田做出突出贡献。我觉得，比起那些后来的年轻家属，她们更具时代特征。

在起初的家属采访中，梁泽祥老师给了我很多帮助。他提前打听好受访人的家庭地址，并亲自陪我登门采访。那时，正值初冬，地冻天寒，梁老师每次都要求自己走路，拒绝让我接送，务实朴素的作风，让我很是感动。

这些受访家属，大都来自农村，因为嫁给了石油人，就成了柴达木石油家属。她们很长一段时间，没有户口、没有口粮，但她们养儿育女，参加劳动，经历了许多不为人知的人生酸痛。她们的故事，曲折、生动，让人心碎。她们默默无闻，任劳任怨，为油田的开发建设做出了突出的贡献。

采访的过程，并不顺利。有的人接受了采访，我把书稿写完了，她们却又改变了主意，不同意出版。有的人，不愿接受采访。有的人，联系不上，无法进行采访。对此，我只有尊重，只有接受。

采访与书写的过程，也是我不断学习和思考的过程，倾听各种不同的人生际遇，感受生命的无常、精神的可贵，同时，我更加了解了柴达木石油开发建设的艰难与困苦。

几个月来，这些石油女性的丰满人生，时常让我感动落泪。她们身上具有的乐观、豁达、勤劳、博爱与坚韧，一直激励并鼓舞着我。她们让我获得了成长。我由衷地向她们致敬！

当所有的担心和焦虑伴着书稿的完成而消散殆尽，我发自内心地感谢给予我这次创作机会的青海人民出版社和青海石油作协，尤其感谢建川的信任、鼓励、帮助和指导。

由此，我完成了向青海油田创业 65 周年献礼的心愿，并将此书献给 65 年来所有奉献柴达木的石油女性，是她们支撑和丰饶了柴达木的天空与大地！

2020 年 5 月于敦煌